동네 헌책방에서
이반 일리치를 읽다

동네 헌책방에서 이반 일리치를 읽다

초판 1쇄 발행 2018년 6월 20일

지은이 윤성근
펴낸이 강수걸
편집장 권경옥
편집 윤은미 정선재 김향남 이송이 이은주
디자인 권문경 조은비
펴낸곳 산지니
등록 2005년 2월 7일 제333-3370000251002005000001호
주소 부산시 해운대구 수영강변대로 140 BCC 613호
전화 051-504-7070 | 팩스 051-507-7543
홈페이지 www.sanzinibook.com
전자우편 sanzini@sanzinibook.com
블로그 http://sanzinibook.tistory.com

ISBN 978-89-6545-525-7 03810

* 책값은 뒤표지에 있습니다.
* 이 도서의 국립중앙도서관 출판예정도서목록(CIP)은 서지정보유통지원시스템 홈페이지(http://seoji.nl.go.kr)와 국가자료공동목록시스템(http://www.nl.go.kr/kolisnet)에서 이용하실 수 있습니다.(CIP제어번호: CIP2018017428)

동네 헌책방에서
이반 일리치를 읽다

윤성근 지음

산지니

"사실 내 인생은 대부분 적절한 순간에
적절한 사람을 만나 친구가 된 결과이다."

『이반 일리치와 나눈 대화』
(이반 일리치 · 데이비드 케일리, 권루시안 역, 물레, 2010)

여는 글

오늘도 당신 책을 읽습니다

헌책방을 시작한 지 올해로 딱 11년이 되었다. 2007년 초여름부터니까 요즘같이 변화무쌍한 시절에 한 가지 일을 참 오래했다. 어떤 일을 오래하기 위해서는 몇 가지 조건이 충족되어야 한다. 우선 일 자체가 즐거워야 한다. 아무리 돈 잘 벌고 멋지게 보이는 일이라도 재미없고 짜증이 난다면 오래 못한다. 그다음은 '돈'이다. 자꾸만 퍼내도 계속 가득 차 있는, 돈 나오는 항아리를 갖고 있지 않는 한 일을 해서 돈을 벌어야 그 일을 지속할 수 있다. 이것이 참 중요하면서도 곤란한 문제다. 재미있는 일을 하면서 돈도 많이 버는 건 쉽지 않기 때문이다. 대체로 재미있는 일이란 돈이 안 되는 쪽인 경우가 많다.

그리고 마지막이자 가장 중요한 것이 바로 일하는 사람의 '건강'이다. 몸의 건강만을 말하는 건 아니다. 마음도 건강해야 하고 그 사람을 둘러싸고 있는 생활 자체가 건강하지 못하면 오래 일하는 건 의미가 없다. 건강하지 못한 상태에서 일한다는 건 자신을 소모하는 것일 뿐이다. 이렇게 말하고 있는 나는 그럼 건강한가? 백 퍼센트 그렇다고 말하기는 어렵지만 노력하고 있다.

이런 기준은 사실 십수 년 전, 한창 IT회사에서 일하고 있을 때 생각해본 것이다. 당시 나는 많이 지쳐 있었다. 월급은 넉넉하게 받았다. 하지만 그것 이외에 다른 것들은 전혀 균형이 맞지 않았다. 아침에 일찍 일어나야 했고 밤늦게까지 일했다. 개인적인 시간은 거의 없었고 회사에서 일하다가 눈 좀 붙이고 일어나서 다시 일하는 게 일상이었다. 서버컴퓨터를 다루는 게 업무다 보니 24시간 내내 일하거나 일하기 위한 준비작업 시간이라고 봐도 심한 말이 아니다. 체질적으로 이런 일을 즐기면서 하는 사람도 있을 테지만 나는 그런 쪽 인간이 아니었다. 당연히 몸이 고장 났다. 월급은 대부분 병원비로 나갔다. 내 키가 170센티미터인데 당시 몸무게가 90킬로그램이었다. 건강검진을 해보면 정상수치로 나오는 게 몇 개 없을 정도로 허물어지기 일보직전이었다. 급기야 병원에서는 체중을 감량하고 운동 및 식이요법을 당장 시작하지 않으면 갑자기 쓰러질 수도 있다는 얘기를 들었다. 그리고 의사의 말대로 두어 달 후에 진짜로 쓰러졌다.

쓰러졌다기보다는 아침에 자리에서 일어나지 못했다. 눈은 떠졌는데 몸이 안 움직였다. 가위에 눌린 것도 아니다. 곧이어 등에서부터 발가락 끝까지 엄청난 고통이 밀려왔다. 병원에선 급성디스크라고 했다. 마치 드라마에 나오는 것처럼 "환자분 지금 몸 상태로 보자면 이만한 게 다행입니다. 조금만 더 나갔더라면……." 하면서 말끝을 흐리는 것이다. 무서웠다.

그렇다고 해서 일을 적게 할 수는 없었다. 허리보호대를 착용하고 출근했다. 그때 문득 생각이 난 것이다. '이게 사는 건가?

언제까지고 이렇게 살아야 할까?' 그 외에도 여러 가지 계기가 있었지만 어쨌든 결정적으로 건강을 잃게 되었을 때 지금의 생활을 진지한 눈길로 되돌아보게 되었다. 건강을 찾아야겠다는 생각보다는 삶의 균형과 몸의 리듬을 찾아 맞춰야 된다는 결론에 닿았다.

그런 결론에 이르게 한 일등공신은 책이다. 시간을 잠시 돌려 사고가 터지기 몇 개월 전으로 가보자. 당시 강남에 살고 있던 나는 무역센터건물 지하에 있는 서점에서 주로 책을 샀다. 한번은 누가 버지니아 울프의 『세월』이라는 책을 권해주기에 그걸 사 보려고 매대를 살피고 있는데 눈에 먼저 들어온 것은 소로우가 쓴 『월든』이었다. 두 책의 표지디자인이 비슷해서 처음에 헛갈린 것도 있었지만 "세월"보다는 "월든"이라는 제목이 어쩐지 더 멋있는 것 같아서 충동적으로 구입해버렸다. 읽어보니 그 내용은 실로 충격적이었다. 오래전에 소로우라는 남자가 한적한 호숫가에 나무집을 짓고 자급자족생활을 하면서 살았다는 거다. 소설이 아니라 실제로 그랬다는데 첫 번째로 놀랐다. 나를 더욱 놀라게 한 것은 호숫가에서 생활했던 경험을 그저 감상적으로 풀어낸 글이 아니라는 것이었다. 책의 초반부에서 오두막을 짓는데 재료가 얼마큼 들었고 그 비용을 어떻게 충당했는지 세세하게 기록한 것을 보고 흥미가 발동했다. 심지어 1장 제목은 "숲 생활의 경제학"이다. 읽어보니 소로우는 단순히 유유자적한 삶을 살고 싶어서 숲으로 들어간 게 아니다. 거기서 생활할 때 소비한 것과 경작해서 벌어들인 수익에 대해서도 회사의 회계장부처럼 꼼꼼하게 기록해두었다. 마치 숲속생활자들을 위한 매뉴얼 같았다. 공대출신에 컴퓨터 프로그래머였던 나에게 딱 맞는 책이었다.

부끄럽게도 뭔가 다른 식으로 사는 게 가능하다는 것도 그즈음에서야 알았다. 하지만 그렇다고 해서 당장 숲속에 들어가서 살 수는 없지 않은가? 알아보니 소로우도 사실은 경제적으로 넉넉한 환경이 뒷받침되고 있었기에 그런 실험도 가능했던 것이다. 심지어 거기서 평생 살았던 것도 아니고 호숫가에서의 삶은 2년을 조금 넘겼을 뿐이다. 앎과 의심의 경계를 좀 더 좁혀보고자 소로우를 시작으로 다른 책들을 찾아다녔다. 그 길 끝에서 '이반 일리치'라는 학자를 만났다. 그가 쓴 책 몇 권을 구해서 읽었는데 특히 내 가슴을 뛰게 했던 건 『병원이 병을 만든다』, 『행복은 자전거를 타고 온다』, 그리고 『그림자 노동』이었다.

그 책들을 통해서 나는 '삶'이라는 추상적인 개념에 앞서는 '생활'의 중요함을 알았다. '내 삶의 주인은 나'라고 했을 때는 잘 와닿지 않았는데 '나는 생활인이다'라고 마음속으로 선언하는 것은 비교적 거리감이 없었다. 그러니 일하고 돈 버는 것에 앞서서 그와 균형을 맞추는 생활 역시 중요한 것이다. 게다가 균형을 맞춘다는 것, 내 생활의 건강한 리듬을 찾아간다는 것은 전혀 뜬구름 잡는 얘기처럼 들리지 않았다. 일리치는 기가 막힌 통찰력과 통계자료를 근거로 그런 이야기를 거침없이 풀어냈다.

시간이 좀 더 지난 후 드디어 나는 회사를 그만두고 헌책방을 차릴 수 있게 되었다. 많은 사람들이 나를 볼 때 회사를 갑자기 그만두고 불현듯 헌책방을 시작한 걸로 오해하기도 하는데 사실은 꽤 오랫동안 계획하고 생각을 정리한 끝에 이 일을 시작하게 된 것이다. 소로우와 일리치 책에서 배웠듯이 감상적으로 접근해서는 안 될 일이었다. 그리고 나는 무엇보다 그들이 책에 쓴 것들이 실제로 작동하는지 검증해보고 싶었다. 그러니까 헌책방은 일이기도 하지만 모종의 검증장치 역할을 하고 있다. 아마도 이 부분은 내가 컴퓨터프로그래머 생활을 오래했기 때문에 습관적으로 무작정 검증해보겠다고 했던 것인데, 결과를 놓고 보면 잘한 일이었다. 철학자 버트런드 러셀은 자기가 알고 있는 방법이나 태도에 대해서 무조건적인 확신을 갖는 것보다 위험한 일이 없다고 했다. 세상에 좋아 보이는 말들은 널려 있다. 하지만 그것들이 모든 사람에게 좋을 리는 없다.

그래서 10년이 지난 지금 검증이 얼마나 됐느냐고 묻는다면, 소로우와 일리치의 말은 적어도 절반 이상 정확했고 나머지 절반은 앞으로 검증해나가야 할 부분이라고 하겠다. 소로우가 했던 것처럼 입고, 먹고, 자는 것에 대해서 경제성을 따져보고 일지를 남겼다. 그리고 그것이 지금 내 생활리듬에 맞는 것인지 따져보았다. 헌책방도 사업이기 때문에 불특정 다수의 손님을 상대하는 일이다. 생각해보면 운영시간이라든지 방법을 정할 때 특정할 수 없는 손님들의 입장을 일일이 고려하는 것보다 운영자의 리듬에 맞춰서 일하고 손님이 그것에 큰 불편함이 없다면 이쪽이 더 괜찮은 게 아닐까?

다음으로는 일리치가 책에 쓴 것처럼 삶터와 일터로 오가는 이동 시간을 줄이고 걷거나 자전거를 탈 수 있는 거리로 생활영역을 좁혔다. 이 부분은 신중을 기해야 하는 일이기에 좀 오래 걸렸다. 강남에서 일산으로, 또다시 일터가 있는 은평구까지 이사를 한다는 게 현실적으로 쉬운 것만은 아니었다. 하지만 해냈고, 일리치의 말이 틀지지 않았다는 걸 알았다. 동네에서 걸어 다니다 보니 자동차를 탔을 때는 생각할 수도 없었던 골목상권을 알게 되었고 단골집도 생겼다. 몇 년 후에는 그런 가게들을 정리해서 동네지도를 그렸다. 헌책방에 온 손님들에게 동네지도를 복사해 줬는데 반응은 폭발적이었다. 동네지도를 그릴 수 있을 때까지 몇 년이라는 시간이 걸렸지만 회사에서 엄청난 수익이 걸려 있는 프로젝트를 완수했을 때 이상으로 마음이 뿌듯했다. 물론, 동네지도를 만든 것도 헌책방에 더 많은 손님들이 쉽게 찾아올 수 있도록 만들기 위한 장치였다. 일리치의 책을 보고 나름 응용해본 일이었는데 결과는 기대 이상으로 좋았다.

내게 맞는 생활리듬을 찾기 위해 2016년부터는 일주일에 4일만 일하기 시작했고 가게 운영시간도 오전부터 일했던 것에서 벗어나 오후 3시부터 밤 10시 정도까지 하는 걸로 바꿨다. 노동시간이 적어진 만큼 집중해서 일하니 헌책방 매출은 오히려 늘었다. 이렇게 헌책방을 운영하는 동안 생활은 조금씩 건강해졌고 이제는 건강검진 결과표를 받는 일도 많이 두렵지는 않게 되었다. 몸무게는 현재 60킬로그램 정도로 안정된 수준을 유지하고 있다.

지금까지 말한 것은 내 계획의 절반 정도다. 앞으로 실천해야 할 일들이 많이 남아 있다. 물론 회사에 다닐 때보다 돈은 더 적게 번다. 그렇지만 건강해졌기 때문에 병원에 갖다 주는 돈이 줄었고 다른 씀씀이도 확실히 줄어서 몸으로 느끼는 체감경제로 보자면 회사생활 할 때보다 훨씬 부유해졌다.

부족한 점도 많이 있다. 그런데 그것을 채워나가는 방법 역시 헌책방을 운영하면서 조금씩 알아가고 있다. 생활이 건강해졌기 때문에 부족함이라는 것도 느낄 수 있는 것이고, 그것에 대해서 깊이 생각해볼 수 있는 힘이 생겼다는 게 우선은 즐거운 일이다. 헌책방은 일이고 생활의 일부분이다. 일과 생활 두 가지 모두 적절하게 균형을 유지하면서 즐겁지 않으면 검증의 의미가 없다. 그리고 무엇보다, 건강에 대한 확신이 없다면 가장 큰 걸 잃는 것이다. 오늘도 조용히 내 마음에 말을 건다. '일리치 선생님, 오늘도 동네 헌책방에서 당신의 책을 읽었습니다. 좋은 책 써주셔서 고맙습니다. 하지만 진정한 도전은 지금부터입니다.'

차례

3 일본 책고수들의 가르침

1

일리치가 헌책방에 나타났다

헌책방을 좋아하세요…

2006년에서 그다음 해로 넘어가는 겨울, 나는 아무것도 할 일이 없어서 빈둥거렸다. 나이는 서른 살이 넘었다. 가수 김광석이 살아 있을 때 대학로 소극장에서 공연을 봤는데 '서른 즈음에'라는 노래를 듣고 난 뒤부터 나는 서른 살에 대한 묘한 기대와 공포가 엇갈린 생활을 하고 있었다.

대학에서 컴퓨터를 전공하고 그저 물 흘러가는 듯 사는 게 최고라고 믿었던 내게 졸업 후 IT회사에 취직해 일하는 것은 거의 운명이나 마찬가지였다. 컴퓨터 관련 경기가 좋았던 1990년대는, 물론 IMF라는 국가적 재난이 들이닥치기 전까지는 괜찮은 회사에 들어가 나름대로 나쁘지 않은 대우를 받으며 일하는 게 그리 어려운 일이 아니었다. 다행히 내가 일하고 있던 컴퓨터회사는 IMF사태의 영향을 거의 받지 않았다. 이 국가적 위기를 이겨내기 위해 '금 모으기 행사'를 하고 있으니 국민 여러분들은 십시일반으로 동참해달라는 텔레비전 영상을 보면서도 별다른 생각이 들지는 않았다. 내 인생은 크게 달라질 것 같지 않았고 지금까지와 마찬가지로 앞으로도 뭔가 달라질 만한 사건이 일어나리라고는 상상조차 하지 않았다.

그렇게 시간은 흘러 2002년. 전 세계의 컴퓨터가 동시에 다

망가진다고 떠들썩했던 1999년 12월 31일도 벌써 몇 년 전에 아무 일 없이 지나갔고 노스트라다무스가 예언했다던 세계 종말도 물론 오지 않았다. 대신 2002년 대한민국은 월드컵 열기로 뜨거웠다. 거의 모든 사람들이 축구에 빠져들었던 그 즈음, 종로에 있던 '종로서적'이 부도가 나서 폐업했다. 100년 역사를 자랑하던 대형서점이, 그 사정은 잘 모르겠지만, 오랜 독자인 내가 보기에는 하루아침에 셔터를 내려버린 것이다! 이것은 내게 대단한 충격을 주었다.

그때까지 나의 철학은 '안정'과 '현상유지'였다. 무엇이든 안전하게 사는 게 최고였고 괜한 모험은 하지 않고 물 흐르듯이 살면 적어도 망하지는 않을 거라는 생각을 가지고 생활했다. 그런데 100년 된 서점이 문을 닫는다는 건 있을 수 없는 일이었다. 뭐가 됐든 한 가게가 100년 정도 그 자리에 있었으면 영원히 망할 일은 없다는 게 나의 철학이었기 때문이다. 생각지도 못했던 그 일을 겪고 난 후, 물론 그 이면에는 종로서적이 문을 닫은 것처럼 여러 가지 배경이 있었지만, 나는 다니던 회사를 그만두고 책에 관련된 일을 해야겠다고 다짐했다.

이후에 일어났던 일은 내가 처음으로 썼던 책『이상한 나라의 헌책방』에 덧붙여 써 놓았다. 여기서 그 말을 다시 반복하는 것은 의미가 없으니 우여곡절 끝에 헌책방을 시작해서 11년이 지난 지금, 첫 책에서 다하지 못했던 헌책방 시작과 관련된 비하인드 스토리를 풀어놓는 게 좋겠다. 지금부터 쓰는 이야기는 어느 곳에서도 정식으로 하지 않았던 말이다.

사실 나는 어렸을 때부터 헌책방 주인장이 되는 게 꿈이었다. 아니, 어렸을 적 꿈은 자꾸 바뀌니까 딱히 헌책방 주인장만이 오로지 꿈이었다고 말하기는 어렵겠다. 하지만 적어도 내가 기억하기로 헌책방 주인장은 가장 큰 꿈이었다. 그 이유는 우리 아버지 덕분이다. 아버지는 내가 중학교 3학년 때 돌아가셨기 때문에 자세한 기억이 없다. 그것은 아버지 탓이기도 하다. 아버지는 어린 내가 느끼기에 너무 바쁘게 살았다. 무엇인지 정확히는 모르지만 힘든 일을 하고 계시다는 걸 어렴풋이 알 수 있었다. 퇴근하고 집에 오셨을 때 웃는 얼굴을 좀처럼 본 적이 없기 때문이다.

그래서 어렸을 적 내 꿈은 뭐가 됐든 아버지처럼 힘든 일을 하는 사람은 되지 말자는 것이었다. 무슨 직업이든 상관없다. 솔직히 그 나이에 세상에 어떤 직업이 있는지 다 알 수도 없는 것이다. 그러나 아버지처럼 힘들게 일하고 싶지는 않다. 어떤 일이 쉬울까? 말 그대로 앉아서 놀고먹으며 일하는 직업이란 없을까? 그런 게 없다면 "앉아서 돈 번다"는 말은 애초에 존재하지도 않을 것이다. 초등학교에도 들어가지 않은 어린이가 이런 생각을 했다면 듣는 사람이 무어라 말할까? 이쯤 됐으니 어릴 적 내 별명 한 가지를 소개해도 되겠지? 바로 '애늙은이'였다.

내성적인 성격으로 친구들과 어울려 노는 것도 별로 즐기지 않았기에 책이 유일한 친구였다. 내 상상 속 동무도 책 속에 있었다. 그러다 한 동네 사는 대학생 형들을 통해 헌책방이라는 곳을 알게 됐다. 헌책방도 서점인데 그곳에선 책을 엄청나게 싸게 판다는 얘기를 듣고 처음엔 반만 믿었다. 형들은 종종 나를 놀려먹곤 했기 때문이다. 어느 날 형들이 알려준 헌책방에 가봤다. 헌책방은 의외로 동네 곳곳에 있었다. 엄마를 따라 시장에 다니면서 한번은 봤을 법도 한데 지금껏 전혀 눈치 채지 못했다는 게 이상할 정도로 동네 주변에 헌책방이 제법 많았다.

헌책방을 알아채지 못한 것은 그럴 만한 이유가 있다. 간판이며 입구 모양이 보통 서점하고는 많이 달랐기 때문이다. 허름했고, 어두웠다. 문은 늘 닫혀 있었기 때문에 지금 영업 중인지 아니면 이미 한참 전에 망한 가게인지 분간이 가지 않았다. 어린이가 들어가기에는 좀 무섭다는 생각마저 들었다. 하지만 문을 열고 들어갔을 때 내가 본 것은 신세계였다. 사방이 책이었다. 무너질 듯 쌓여 있었지만 제 나름대로 질서를 갖고 있는 것처럼 보였다. 마치 밤하늘 같았다. 하늘에 있는 별도 그저 아주 이유 없이 먼지처럼 흩어져 있는 것 같지만 사실은 저마다 어떤 규칙을 가지고 저 위에 떠서 돌아다닌다는 걸 학교에서 배워 알고 있었다. 우주에도 규칙이 있다면 헌책방에 흩어져 있는 이 책들에게도 그런 게 있을 것이다.

그러나 정작 내가 놀란 것은 책 때문이 아니었다. 헌책방에 들어가니 한 사람이 의자에 앉아 있는 게 보였다. 아무도 없는 가게에 한 사람만 있다면 그 사람은 당연히 가게 주인이거나 도둑일 것이다. 대낮이기 때문에 도둑일 리는 없다. 아니 어쩌면 나처럼 생각하는 사람의 허점을 찌르기 위해 일부러 대낮에 가게에 들어와서 물건을 훔치고 있는 것일지도 모른다. 허나 이런 곳에서 대관절 뭘 훔친단 말인가? 티끌을 모아다가 태산을 만들려고 하는 사람이 아닌 이상에야 책 먼지 풀풀 날리는 이곳에 들어와서 도둑질을 할 바보는 없을 것 같다. 여기서 훔쳐 갈 것이라곤 켜켜이 쌓은 책 아니면 그 위에 뽀얗게 내려앉은 먼지뿐이다. 그러니 이 사람이 가게의 주인이 아니라면 밭 한가운데 박아놓은 허수아비일 것이다.

가게 문을 열고 들어와서 이렇게까지 생각하고 있는 동안, 어쩌면 꽤 오랜 시간이 흘렀을지도 모르겠는데, 이 허수아비는 내가 들어왔을 때 봤던 그 모습 그대로 조금도 움직이지 않았다. 그저 의자에 앉아서 고개를 푹 숙인 채로 가만히 있을 뿐이다. 심지어는 나는 이 사람이 죽은 게 아닐까 하는 섬뜩한 생각마저 했다. 추리소설을 많이 읽어서 그런지 순간적으로 오싹한 느낌이 온몸을 휘감았다. 이대로 뒤돌아 나갈까, 아니면 이 사람이 정말로 죽은 건지 건드려서 확인해 보아야 할까, 별별 생각을 다 하고 있던 그때, 드디어 그가 몸을 굼실굼실 움직이면서 고개를 들었다.

이럴 수가! 그는 죽은 게 아니었다. 허수아비도 아니다. 우리 아버지 나이 정도로 보이는 그 사람은 가게의 주인이었던 것이다. 아버지에 비하면 그는 얼굴이 하얗고 옷도 제법 말끔했다. 그는 나를 한 번 쳐다보더니 이내 다른 곳으로 눈을 돌렸다. 고개를 몇 번 두리번거렸다. 그게 전부였다. 그는 내게 아무런 말도 하지 않았고 의자에서 일어나지도 않았다. 나는 바지주머니에 손을 찔러 넣고 뒤를 돌아 마치 손님인 것처럼 벽에 둘러 있는 책들을 하염없이 바라보았다. 아참, 나는 정말로 손님이었지! 가게 안의 수상한 기운 탓에 지금 내가 여기 왜 왔는지조차 망각하기에 이른 것인가? 그런데 손가락에 아무런 감촉도 느껴지지 않았다. 아뿔싸, 주머니엔 동전 한 개 없었다. 가게 주인과 돈도 없이 무작정 문을 열고 들어온 어린이가 서로 아무 말도 없이 한 공간에 있기에 여긴 너무 덥다는 생각을 하고 있을 무렵, 다행히도 다른 손님이 드르륵 문을 열고 들어왔다. 주인과 비슷한 연배로 보이는 남자였다.

둘은 서로 아는 사이였던가 보다. 손님이 들어오자 주인은 그제야 의자에서 일어나 반갑게 맞이했다. 웃는 모습이 보기 좋았다. 우리 아버지도 저 사람처럼 웃으면 참 좋을 텐데……. 그런데 다음 순간 내 눈을 의심케 하는 일이 벌어졌다. 주인은 쌓여 있는 책들만큼이나 허름한 책상 뒤쪽으로 손을 집어넣더니 보지도 않고 그 안에서 뭔가를 끄집어냈다. 반으로 접혀 있는 나무판이었다. 능숙한 솜씨로 경첩을 열어젖히니 장기판이 되었다. 다시 한 번 책상 뒤로 손을 넣었다 빼니 손에는 장기 알을 담은 팔각형 플라스틱 상자가 들려 있었다. 마술 같았다. 손님과 주인은 그때까지 인사 말고는 다른 이야기를 하지도 않았는데 서로 텔레파시라도 주고받은 것인지 느닷없이 장기를 두기 시작했다. 두어 발자국 떨어진 곳에 내가 있다는 걸 전혀 아랑곳하지 않고 두 사람은 장기에 열중했고 잠시 후 손님은 주머니에서 담배를 하나 꺼내 입에 물었다. 주인은 여전히 장기를 두면서 바지 주머니에 있던 라이터를 꺼내 불을 붙여주었다. 두 사람은 다른 말이 필요 없는 것처럼 보였다. 도무지 이해할 수 없는 행동이었다. 이거야말로 '완벽한 호흡'이라고 부를 수 있는 명장면 진기명기가 아니고 무엇인가!

나는 거기에 조금 더 머무르다가 밖으로 나왔다. 문을 열고 나갈 때도 주인은 내게 눈길조차 주지 않았는데 정작 나중에 들어온 손님이 내게 "잘가라." 하면서 무심한 듯 인사를 했다. 참 이상한 일이었다. 시장 안에 있던 그 헌책방에 나는 이후로도 몇 번 더 갔다. 주인은 여전히 내게 알은체를 하지 않을 때가 더 많았고 그러는 동안 나는 거기서 추리소설 두어 권하고 삼중당문고를 몇 권 샀다. 그즈음 내겐 확실한 꿈 하나가 생겼다. 앞으로 나는 커서 헌책방 주인이 되겠다는 것이다.

하지만 학교에서 선생님이 장래희망이 무엇인지 말해보라고 하면 의사가 되고 싶다고 했다. 다른 친구들이 하는 대답을 들어봐도 헌책방이나 실내야구장 주인을 장래희망으로 꼽지는 않았기 때문이다. 아이들은 대부분은 판사, 검사, 외교관, 대통령 등 별 이유도 없이 허무맹랑한 직업을 꿈꾸고 있었다. 헌책방 주인이나 실내야구장 주인 같은 따위가 꿈이어서는 안 될 것처럼 희한한 분위기였다. 그러니 나도 조금은 허무맹랑한 장래희망을 하나 정도는 가지고 있어야 했다. 그게 의사였다. 사실 의사는 내가 제일 싫어하는 직업 중 하나였다. 어른이 되어서 누가 거저 의사를 시켜준다고 해도 싫다고 할 것이다. 병원은 늘 무서운 곳인데 반면에 의사는 싱글벙글 웃으면서 주사기로 사람을 위협하는 악당이다. 어릴 적 내 눈에는 그렇게 보였다. 때문에 의사라는 장래희망은 적어도 내겐 완전히 허무맹랑한 직업인 것이다.

그와 반대로 헌책방이라고 하면 어떨까? 지금 당장 나를 직원으로 불러준다면 발 벗고 뛰어나가고 싶을 정도로 대환영이다. 심지어 나는 불과 초등학생 나이에 스스로 헌책 장사를 시작했다! 이런 얘기를 다른 사람에게 하면 대개 재미있다는 반응이다. "당돌한 녀석이었군!"이라며 웃어넘기기 일쑤다. 하지만 그때 나는 그걸 제대로 된 사업으로 생각하고 있었다. 실제로 돈도 꽤 벌었다. 물론 어디까지나 초등학생 수준에서지만 말이다.

헌책방의 존재를 알고 나서부터 나는 모든 책을 헌책방에서만 구입했다. 그럴 수밖에 없었다. 내가 받는 용돈으로 구입할 수 있는 책이란 대부분 헌책방에 있기 때문이다. 당시 나는 해문출판사에서 나오는 애거서 크리스티 추리소설 시리즈를 즐겨 읽고 있었는데 이것만 하더라도 새 책으로 사려면 1500원이었다. 내 기억으로 그때 동네 시장에서 자장면 한 그릇 먹으려면 1000원이 조금 못 되던 때였기에 책 한 권에 1500원이면 초등학생에겐 상당한 부담이다. 그런데 헌책방에서는 같은 책이 500원이었다. 여긴 그야말로 천국이다! 방과 후 거의 매일 헌책방에 들러서 책을 구경했다. 이런 일은 중학생이 되고도 계속 이어졌고 학교를 졸업할 즈음에는 애거서 크리스티 전집 80권 모두를 가질 수 있었다. 그 책 전부를 오로지 헌책방 발품만으로 완성한 것이다.

할렐루야!

초등학생이 벌인 '헌책 사업'에 대해서 말하려다 옆길로 잠깐 샜다. 어쨌든 헌책방이 좋았다. 초등학교 고학년이 되면서 조금씩 행동반경이 넓어졌고 주말이면 자전거를 타고 조금은 멀리 떨어진 동네에 있는 헌책방에도 다녀오곤 했다. 그리고 거기서 충격적인 책 한 권을 만났다. 그때 우리들은 교과서 내용을 정리해둔 '전과'라는 참고서를 보면서 숙제나 시험공부를 했다. 종류가 많지 않아서 선택하는 데 어려움은 없었다. 대부분 아이들은 '동아전과'와 '표준전과' 이렇게 둘 중에서 하나를 골랐다. 같은 교과서를 해설한 참고서다 보니 내용은 둘이 어슷비슷했다. 전과는 전 과목 교과서를 한 권에 정리한 것이기 때문에 부피가 컸고 따라서 가격도 비쌌다. 헌책방이라는 곳을 알게 된 후로 나는 전과를 살 때 반드시 거기로 갔다.

때는 5학년 첫 학기가 시작될 즈음이다. 나는 언제나처럼 전과를 구입하기 위해 헌책방에 갔다. 학기 초라서 그런지 헌책방엔 전과가 여러 권 나와 있었다. 주인아저씨는 이맘때 전과를 구입하러 오는 사람이 많다는 걸 알고 있는 듯 각종 전과와 교과서를 책장 한곳에 모아뒀다. 나는 거기서 가장 저렴하게 보이는(외관이 허름하면 가격이 낮을 확률이 높다!) 전과를 한 권 꺼내 들었다. 그러면서 눈은 자연스럽게 다른 책들로 향했다. 나중에 알고 보니 책을 좋아하는 사람들 대부분이 서점에서 이렇게 행동한다. 손을 뻗어 책 학 권을 꺼내면서 동시에 눈은 이미 다른 책을 보고 있는 것이다.

그때 여느 책과는 디자인이 조금 다른 전과가 한 권 눈에 들어왔다. 책등에 분명히 전과라고 쓰여 있는데 표지가 상당히 촌스러운 단색이었다. '보기 좋은 음식이 먹기도 좋다는데, 이런 식이라면 누가 이 책을 살까?'라고 생각하며 그 책을 살펴봤는데 순간 내 눈을 의심할 수밖에 없었다. 학생들이 보는 전과와 내용은 같았지만 연습문제에 답과 해설이 함께 인쇄되어 있는 게 아닌가! 조금 더 내용을 살펴보니 학생용 전과에는 실려 있지 않은 응용문제들도 부록형식으로 포함되어 있었다. 당연히 거기에도 따로 해설을 붙여놓았다. 다시 책 표지를 보니 작은 글씨로 '교사용'이라는 글자가 눈에 들어왔다. 순간적으로 머리회전이 빨라졌다. '그렇구나, 역시 선생님들이 보는 전과가 따로 있었던 거야!' 좀 전에 내가 집어 들었던 허름한 전과보다 가격은 배나 비쌌지만 교사용 전과를 구입하지 않을 이유가 없었다.

내 생각은 틀지지 않았다. 그해 봄, 중간고사 성적은 부쩍 올라갔다. 친구들은 내게로 와서 비결이 무어냐고 물었다. 나는 그중 한 녀석을 따로 만나 교사용 전과에 대한 비밀을 알려주고 난 뒤 내가 가지고 있는 전과를 팔았다. 물론 내가 구입했던 가격에 조금 웃돈을 붙였다. 녀석은 성적이 오를 수 있다는 생각이 간절했던지 내게는 단단히 입단속을 하고 며칠 후 부모님께 용돈을 받아가지고 와서 그 책을 사갔고 돌아갔다. 친구가 돌아가고 나서 나는 의미심장하게 입가에 미소를 띠며, '입단속은 내가 아니라 네가 해주어야겠는걸?' 하고 혼잣말을 했다. 나는 그렇게 벌어들인 돈을 가지고 다시 헌책방에 가서 똑같은 교사용 전과를 구입했다. 그런 식으로 두 명을 더 따로 만나서 책을 팔았다. 나의 첫 헌책 사업은 이렇게 시작됐다.

같은 동네 사는 학교 친구 중에 '최병철'이라는 녀석이 있었다. 이 친구도 꽤나 사업수완이 있었다. 당시 식료품과 잡화들을 진열해놓고 파는 가게에서는 빈 음료수 병을 가져오면 돈으로 바꿔줬다. 병은 종류에 따라 받을 수 있는 가격이 제각각이었다. 사각형 모양으로 중간부분에는 오목하게 손잡이까지 달려 있는 썬키스트 오렌지주스 빈병은 비싸게 쳐줬다. 맥주병, 소주병처럼 흔한 것은 가격이 높지 않았다. 병철이는 방과 후에 집 방향이 아니라 늘 근처 유원지 쪽으로 가서 가방 한가득 병을 주워 가게에 갖다 주고 돈을 받았다. 병철이가 왜 가방에 교과서를 안 넣어가지고 다니는지 이해할 만했다. 그렇게 해봐야 썩 큰돈은 아니지만 이 일을 매일 하다 보니 병철이 주머니에는 늘 용돈이 넉넉한 것 같았다. 우리들은 병철이에게 '병팔이'라는 별명을 지어주고 늘 이름대신 '병팔아, 병팔아' 하면서 어울려 다녔다.

가끔은 우리도 병팔이와 함께 버려진 병을 주우러 다녔다. 힘들게 무거운 병을 들고 다닌 수고에 비하면 손에 들어오는 돈은 아주 적었지만 그런대로 재미있었다. 그런데 내 눈에는 병이 아니라 책이 먼저 보였다. 골목마다 대문 앞에는 병도 있었지만 버리려고 내놓은 책도 제법 있었다. 그 순간, 교사용 전과의 존재를 알았을 때와 마찬가지로 나는 빠르게 머리를 굴렸다. 헌책방도 보통 가게하고 똑같은 시스템일 거라고 짐작했다. '이 책을 헌책방에 갖다 주면 돈을 받거나 아니면 거기 있는 책과 바꿀 수 있겠구나.' 어차피 손해 보는 것도 없으니 생각을 즉시 행동으로 옮겼다. 물론 친구들에게는 내가 무얼 하려는지 말하지 않았다.

이번에도 예상은 맞아떨어졌다. 어릴 때 가끔은 내가 에디슨 같은 천재가 아닐까 스스로 우쭐함에 빠진 적이 있다. 바로 오늘이 그런 날이다. 헌책방에 가져간 책은 오래 된 소설전집 중 일부였는데 처음에 주인아저씨는 나를 유심히 살피더니 "이걸 어디서 가져온 거니?" 하고 물었다. 나는 "이사 가는 집에서 버리고 갔어요."라고 대답했다. 괜히 우물쭈물하거나 길게 대답하면 혼이 날 것 같아서 잔뜩 겁을 먹고 있었다. 아저씨는 책의 겉과 속을 유심히 살폈다. 그리곤 다시 내 얼굴을 보면서 환하게 웃었다. 그때 아저씨의 미소는 지금까지도 잊히지 않는다. 그 표정이 정확히 무얼 의미하는지 알 수 없었지만 잠시 후 나도 아저씨를 따라서 멋쩍은 듯 웃었다. 그때 받았던 돈은 내가 가져온 책 한 권당 50원이었던 것으로 기억한다. 가게를 나오는 내 손엔 150원이 들려 있었고 집으로 돌아오는 내내 동전을 쥐고 있는 손에 한껏 힘이 들어갔다.

이후로도 헌책방에 몇 번 더 책을 팔러 갔다. 책은 빈 병만큼 골목에 많이 널려 있는 것은 아니었지만 확실히 내겐 병보다는 책 쪽이 더 마음에 끌렸다. 중학생이 되어서는 본격적으로 친구들에게 참고서나 소설책 같을 것을 팔기 시작했다. 골목에서 거둬들인 책을 헌책방에 파는 일을 하는 한편으로 그렇게 해서 생긴 돈과 약간의 용돈을 합쳐서 참고서를 구입한 뒤 조금 더 웃돈을 얹어 교실에서 팔았다. 중학생의 첫 사업치고는 벌이가 괜찮은 편이었다.

이렇게 번 돈을 모아 초기 자본금으로 삼고 마음 맞는 친구들을 섭외해서 우리는 청소년 신문사를 만들었다. 이것은 애초에 계획하고 있었던 것이다. 처음에 우리들은 A4 크기 종이 두 장짜리 신문을 만들어 같은 반 친구들에게 팔았다. 신문 가격은 복사 비용에 10원을 붙여 50원으로 책정했다. 컴퓨터는 아직 일반화되지 않았고 타자기도 없었던 우리는 기사 전체를 손으로 써서 만들었다. 기사 내용은 아이들 사이에서 유행하는 개그 소개에서부터 다른 반 친구들의 소식, 다가올 시험을 대비한 교과서 요점 정리 등으로 꾸몄다.

우리는 신문을 많이 팔아서 타자기를 한 대 사는 것을 목표로 하고 있었기 때문에 선생님 중 한 분을 어떻게든 후원자로 만들어야겠다는 것에 의견을 같이했다. 순이익금 10원을 얼마나 모아야 타자기를 구입할 수 있는지는 전혀 고려하지 않고 있었다. 어쨌든 그런 성대한 목표가 있었기에 2호 신문부터는 교무실을 공략하기로 했다. 매 호마다 신문 한 꼭지에 '선생님 특집'을 기획한다는 취지로 달마다 한 분씩 인터뷰를 했다. 이런 인터뷰 기사를 만들면 독자인 아이들도 재미있어 할 뿐만 아니라 학생들이 신문을 만들고 있다는 작은 사건을 교무실에 화젯거리로 만들 수 있을 거라는 계산에서였다. 어쩌면 선생님 중 한 분으로부터 '기특한 녀석들'이라는 칭찬을 받을 수도 있다. 그리고 선뜻이 자그마한 청소년 신문사를 후원해주실 수도 있는 길이 열릴지도 모른다. 우리의 계산은 그랬다.

하지만 결국 후원을 받지 못했고 당연히 타자기도 구입할 수 없었다. 타자기가 생기면 나는 그걸로 소설을 쓰고 싶었다. 나와 함께했던 친구 두 명도 모두 그런 꿈을 갖고 있었다. 한 녀석은 사랑과 우정에 관한 시를 쓰고 싶다고 고백했고 다른 친구는 『지저탐험』이나 『걸리버 여행기』 같은 소설을 쓰고 싶다고 말했다. 멋진 소설가들은 모름지기 철컥철컥 소리가 나는 타자기로 작품을 쓴다. 그때 우리는 그렇게 믿고 있었다. 목표를 이루지는 못했지만 신문을 팔아 생긴 돈으로 헌책방에 있는 소설책을 적잖이 구입해서 서로 돌려가며 읽었다.

이렇게 긴 이야기를 어디 가서 누구에게 할 수 있을까? 책이 아니라면 말할 수 없는 것들도 있는 것이다. 이런 일들이 있고 난 후로 내가 하고 싶은 일에 대한 목표와 의지가 몇 번씩 바뀌긴 했지만 결국 서른 살을 조금 넘긴 때 나만의 헌책방을 만들었으니 나는 꽤 성공한 삶이 아닌가. 그리고 이렇게 글을 쓰고 있으니 또 다른 꿈이었던 작가라는 소망도 이루게 된 셈이다.

내가 이런 이야기를 하는 이유는 2007년 봄, 그러니까 '이상한나라의헌책방'이 세상에 첫 선을 보이던 그때 어쩌면 가게 이름이 바뀌었을 수도 있기 때문이다. 나만의 헌책방을 만들어보겠다고 야심차게 계획을 세우던 그 무렵, 먼저 해야 할 일은 가게 이름을 짓는 것이었다. 다른 무엇보다도 우선 이름이 있어야 그 분위기에 맞게 인테리어도 할 수 있을 것 같았다.

겨울 동안 서울시내 이곳저곳을 돌아다니다가 문득 지하철 안국역 근처에 있는 찻집 '브람스'가 떠올랐다. 특유의 편안한 분위기 때문에 고등학생 때부터 가끔씩 찾았던 곳이다. '브람스'에 가면 늘 에스프레소를 마셨다. 고등학생 때, 커피 맛은커녕 라면 맛도 제대로 구분하지 못하던 그때, 오로지 멋있게 보인다는 이유 하나만으로 에스프레소를 주문했다. 그런 기억을 안고 다시 브람스로 가서 에스프레소를 마셨다. 그리곤 의자에 앉아 심각하게 고민에 빠졌다. 헌책방 이름으로 '브람스'는 어떨까? 탁자 위에 종이를 꺼내서 생각나는 대로 써내려갔다. '브람스 헌책방', '헌책방 브람스', '브람스 서점', '북스 오브 브람스', '브람스 인 더 북'……. 어떻게 해봐도 어감이 좋지 않다. 그러다가 시간이 흐르자 의미 없는 낙서들만 종이에 가득 써넣고 있었다. 이상하게도 이 찻집은 다른 꾸밈없이 '브람스'라는 이름만으로도 충분히 향긋한 커피의 느낌을 전해준다. 하지만 브람스와 책, 브람스와 헌책은 어딘지 모르게 연결고리가 없는 것 같다.

며칠 동안 고민한 끝에 가게 이름은 '이상한나라의헌책방'이라고 정했다. 아쉽지만 브람스를 옆으로 잠시 밀어두고 루이스 캐럴을 선택한 것이다. 이 결정에 관해서는 확실히 지난 2년 동안 일했던 금호동 '고구마 헌책방'에서 받은 영향이 많다.

IT회사를 다니다 2002년에 갑작스럽게 사표를 내고 무작정 책에 관련된 일을 해보겠다고 다짐했을 때 나는 금방 뭔가 대단한 사람이 될 줄 알았다. 예를 들면, 베스트셀러 작가라든지 엉뚱하게도 그런 그림을 그리고 있었던 것이다. 하지만 알록달록한 마음속 스케치북이 온통 검은색으로만 칠해지는 데는 채 일주일도 걸리지 않았다. 심지어 밤에 군대에 재입대하는 꿈을 꾸고서도 긍정적인 느낌이 들 정도였다. '이런 생활이라면 군대도 나쁘지 않지…….'

바보 같은 뜬구름잡기만 잔뜩 해보고 난 뒤 '책'이라고 하면 가장 먼저 생각나는 곳에 입사 지원서를 냈다. 출판사였다. 책을 좋아한다고는 하지만 그건 독자 입장에서 볼 뿐이다. 책에 관련된 일을 하려면 책이라는 게 어떻게 만들어져서 유통되는지 정도는 배우고 싶었다. 거기서 2년 정도 일한 다음 본격적으로 헌책방에 대한 관심을 가지고 대형 헌책방 직원으로 생활했다.

그렇다. 헌책방 직원이라는 것은 '일'이 아니라 거의 '생활'에 가까운 행위였다. 지금은 금호동 일대가 재개발 되면서 '고구마'도 없어졌지만 그때 생각을 하면 지금도 일이라는 느낌이 아니라 생활이었다. 고구마는 1970년대부터 금호동에 자리를 잡고 장사를 시작했는데 대부분 서점들이 그렇듯 처음엔 작은 가게였다. 그러다 1980년대 엄청난 호황에 힘입어 발전했고 내가 입사했던 때는 직원이 10명이나 되는 제법 큰 헌책방이 되어 있었다.

고구마는 한 곳에 모여 있지 않고 본 매장을 중심으로 근처 상가건물을 때에 따라 임대하는 방식으로 듬성듬성 떨어져 있었다. 가장 넓은 곳은 지하 330제곱미터(100평) 전체를 쓰고 있는 매장이 있었고 그 건물 1층도 고구마가 썼다. 거기서 조금 언덕 아래로 내려가면 만화책과 옛날 문학잡지들을 모아놓은 매장이 있다. 또 그 아래쪽으로는 참고서 종류만 따로 모아 둔 매장이 있다. 각종 전집류와 한꺼번에 대량으로 매입한 책들은 분류 작업 전에 주택가 지하에 마련한 창고매장이 따로 있어서 거기에 임시로 보관한다.

이렇게 커다란 매장을 거느린 헌책방에 처음 입사하고 나서 거의 한 달 정도는 책이 책처럼 보이지 않았다. 이건 익숙해지기 전에 우선은 이해해야 해나갈 수 있는 일이었다. 내가 사장님께 처음으로 했던 질문은 어째서 헌책방 이름을 '고구마'로 지었느냐는 것이었다. 사장님은 단번에 이해할 수 있는 대답을 내놓았다. 책이란 읽을수록 꼬리에 꼬리를 물고 호기심이 커지기 때문에 한 책을 읽다 보면 거기서 다른 책이 자꾸만 걸려 올라온다는 것이다. 이런 모습이 마치 땅속에 묻힌 고구마를 캐내는 것과 같다하여 이름을 그리 지었다는 얘기다.

말을 듣고 보니 매장이 지하에 있고 책장마다 나름의 분류 체계가 끝없이 이어지고 있는 모양이 고구마와 자연스레 연결이 되었다. 거기서 첫 번째 깨달음을 얻었다. 가게 이름은 중요하다. 잘 지어야 한다. 하지만 아무리 잘 지어놓은 이름이라고 하더라도 거기에 얽힌 이야기가 없으면 안 된다. 누군가 물어왔을 때 '아하, 그렇군!' 할 정도로 괜찮은 이야기를 들려줄 수 있어야 한다. 가게 이름뿐만 아니라 문 열고 들어오는 순간부터 눈에 보이는 곳곳에 이야기를 심어 놓아야 한다는 생각을 가지게 됐다. 한 마디로 눈길 닿는 곳마다 '스토리텔링'이 필요하다.

헌책방 이름에 '브람스'를 넣어보았을 때 어감이 좋지 않았던 이유는 확실히 브람스에는 그에 맞는 스토리가 없었기 때문이다. 그곳에서 일하는 일꾼인 나와 헌책방 자체, 그리고 가게 이름이 하나로 연결되고 이곳을 찾는 사람들이 궁금증을 갖고 있다면 더없이 좋다. 그런 의미라면 브람스보다는 '이상한 나라의 앨리스'가 적당하다. 어린 시절 지냈던 태백의 탄광마을 이미지와 연결 지을 수 있고 언니와 함께 책을 보다 말하는 토끼를 만나 기묘한 모험을 겪는 앨리스 이야기의 첫 장면이 이제부터 만들어 갈 헌책방의 이미지와 썩 잘 어울린다. 좋아했지만 부담감을 가지고 있던 브람스를 털어버리고 나니 '이상한나라의 헌책방'이라는 이름이 저절로 따라 나왔다. 하지만 아쉬울 것은 없다. 이로부터 10년 뒤, 브람스는 이상한나라의헌책방에서 다시 살아나게 된다. 이 역시 뒤에서 자세히 풀어놓기로 한다. 지금은 다시 금호동 고구마로 돌아간다.

고구마에서 일하는 것은 대부분 단순노동이었지만 강도에서만큼은 군대생활과 비슷했다. 심지어 2년 후 고구마를 퇴사할 때는 전역하는 느낌마저 들었을 지경이다. 책이 곧 생활의 일부분이었고 어디로 눈을 돌려도 모두 책밖에 없는 공간서 하루 종일 책과 씨름하는 게 업무였다. 나는 이게 대단히 비효율적이라고 느꼈다. 처음 입사해서 일주일 정도는 나름의 규칙으로 분류된 서가 위치를 외우는 것이 전부였다. 그나마도 누군가에게 직접 배운 것이 아니라 선임이 함께 다니면서 대강 알려주는 그걸 머릿속에 빨리 집어넣는 게 시스템이었다. 나중에 기억나지 않으면 그때마다 계속해서 선임에게 물어야 했다. 헌책방에 방문한 손님들은 자기가 찾는 책이 어느 곳에 있는지 직원에게 물어보곤 했는데 그럴 때 잘 대답해주는 것이 우선은 목표였다. 당연히 찾아오는 손님들 대부분이 직원들에게 서가 위치를 물었다. 그러면 대형서점처럼 서가지도를 만들어서 입구에 붙여놓으면 되지 않을까? 그런 생각을 왜 여태 하지 않았을까 싶을 정도로 고구마 직원들은 기억에 의지하여 일하고 있었다.

그곳에서 반년 정도 일하고 난 뒤 어느 정도 서가 위치가 눈에 들어올 즈음 남는 시간을 이용해서 서가지도를 만들기 시작했다. 처음엔 A4 크기 종이에 손으로 그렸는데 너무 작아서 A3 크기 종이를 사용했다. 그렇게 만든 서가지도를 입구에 붙여놓으니 책장 위치를 묻는 손님이 크게 줄었다. 손님이 물어오더라도 직원은 서가지도에 표시된 곳을 알려주기만 하면 된다. 만약 직원이 새로 들어오더라도 데리고 다니면서 일일이 서가를 알려주지 않아도 된다. 복사한 서가지도 한 장을 내어주고 매장에 내려가 스스로 파악한 뒤에 모르는 부분만 질문하면 되는데, 질문은 대개 내가 받았다. 왜냐하면 그 질문을 토대로 서가지도를 계속해서 업그레이드시킬 수 있기 때문이다.

고구마에서 일하며 또 하나 개선했던 부분은 1층에 있는 매장에 손님들의 눈길을 끌 수 있도록 저렴한 책들을 배치한 것이다. 그 전까지는 1층에 아무런 표시가 없는 데다가 문은 항상 닫혀 있었기 때문에 손님들은 지하로 곧장 내려오거나 1층에서 기웃거리다가 그냥 지나쳐버리기 일쑤였다. 1년 정도 지하 매장에서 일하다가 나는 1층 매장으로 재배치 됐는데 그곳은 여성잡지와 어린이 책이 서가를 메우고 있었다. 그런 책을 구입하는 손님은 대부분 여성이다. 가끔은 어린이 책을 구입하기 위해 어린이가 스스로 헌책방에 들어오는 경우도 있었지만 그건 정말 가끔씩 있는 일이다. 그런데 주 고객인 여성은 정작 이 매장에 들어오기를 꺼려했다. 이유는 간단하다. 분위기가 상당히 누추하고 책이 마치 무너질 듯 쌓여 있었기 때문이다. 남자인 내가 느끼기에도 이 책이 불현듯 나를 덮칠 것 같아서 불안한데 여성 손님이라면 오죽할까. 성별구분은 의미가 없다. 여기 들어오는 사람이 누구든 손님을 잘 맞으려면 이곳은 환경을 개선을 필요가 있었다.

게다가 이 매장은 도로변 1층이라는 좋은 입지를 가지고 있었기 때문에 이것만 살린다면 더 많은 손님을 맞이할 수도 있겠다는 생각에 다다랐다. 우선 매장을 깨끗하게 청소하고 매장 안에 있던 작은 스피커를 밖으로 빼내 음악이 흘러나오도록 했다. 입구는 열어두고 가격이 저렴한 책을 담은 플라스틱 상자 여러 개를 문 앞에 꺼내놓아 지나가는 사람들이 볼 수 있도록 했다. 이런 변화를 통해 알게 된 점은 이제 헌책방도 깨끗해야 한다는 것이다. 이제까지의 헌책방은 고객 대부분이 남자였고 평균연령도 높았다. 그러니까 매장이 어느 정도 누추하더라도 그럭저럭 이해해주고 넘어가는 식이었다. 한편으로는 이런 분위기를 은근히 즐기는 손님도 있었다. 하지만 IMF사태와 밀레니엄을 지나면서 경제의 주체는 서서히 여성에게 넘어가는 모습이기에 헌책방도 당연히 그에 맞춰 변화해야 한다는 걸 알게 되었다. 청소를 마친 1층 매장에는 실제로 자녀와 함께 방문한 주부와 패션잡지를 살피러 온 미혼여성 손님의 방문 횟수가 상당히 늘었다.

고구마에서 아쉬웠던 점은 또 있다. 매장이 워낙 크고 책이 많다 보니 대부분의 책들을 컴퓨터 데이터베이스에 입력한다고는 하지만 사장은 물론 직원들도 어떤 책이 들어오고 나가는지 잘 모른다는 것이었다. 이거야말로 심각한 문제다. 심지어는 컴퓨터에 입력해 둔 책을 어디에 두었는지 잊거나 워낙 오래전에 입력해 둔 책 같은 경우 모든 직원들의 기억 속에서 사라지는 일도 빈번하게 일어났다. 그런 경우 손님이 묻거나 인터넷으로 주문이 들어와도 쉽게 찾을 수 없었다. 분명히 매장 어딘가에 있는 책인데 어디 있는지 아무도 알지 못해서 팔지 못하는 경우도 자주 겪었다. 가장 안타까운 경우는 컴퓨터에 입력한 책들을 창고에 아무렇게나 쌓아두다 보니 1~2년 정도 지나고 그 책을 찾아보려면 이미 다른 책들로 뒤덮여버려서 주문이 들어온 책을 발굴해내다가 하루 일과를 모두 날려버리는 때도 있었다는 거다. 주문 들어 온 책 가격이 저렴한 경우, 발굴을 포기하는 일도 잦았다.

IT회사에서 오래 일했던 경험을 살려 매장에 있는 책들을 차례대로 살피며 데이터베이스와 비교하는 작업을 꾸준히 해나갔다. 가장 심각했던 것은 주택가 쪽에 위치한 창고였는데 거기 있던 각종 전집류들을 살피고 정리하는 작업은 거의 불가능에 가까웠다. 이전 직원들도 그곳을 완전히 창고로 인식하고 있었기 때문에 상태는 더없이 회복이 어려울 것처럼 보였다. 나는 그전 회사에서 계속 데이터베이스 작업을 해왔기 때문에 무언가를 분류하고 재정리하는 일에는 나름 자신이 있었다. 하지만 그것은 무게와 형체가 없는 파일들이기 때문에 가능했다. 지금 내 눈앞에 있는 것은 산더미처럼 쌓인 책의 협곡이 아닌가! 정리를 위해 창고 문을 여는 즉시 나는 절망하고 말았다.

한숨만 쉬고 있던 내게 구세주처럼 나타난 사람이 나보다 몇 개월 앞서 고구마에 입사한 '정무송' 씨였다. 그는 왜소하지만 탄탄한 체구를 가졌고 힘이 상당히 셌다. 얼마 후 정무송 씨는 자신이 해병대를 전역했다는 사실을 말해줬다. 귀신도 때려잡는다는 해병대의 솜씨는 실로 대단했다. 나는 그를 '해병대 아저씨'라고 불렀다. 그는 포기상태에 있었던 창고 매장에 들어가서 그 많은 책을 들었다 놨다 하며 정리를 시작했다. 컴퓨터 데이터베이스 쪽은 내가 담당했고 이에 따른 전수조사와 재배치는 정무송 씨가 맡았다. 헌책방 일을 하면서 틈틈이 따로 해야 하는 업무였기에 좀처럼 진도가 나가지 못했지만 석 달 정도가 흐른 뒤 드디어 끝을 볼 수 있었다. 사람 한 명 들어가기도 힘들었던 창고를 완벽하게 정리하고 서가를 재배치한 결과 매장 중간 즈음에는 꽤 넓은 공간을 만들 수 있어서 거기로 배달음식을 시켜놓고 직원들끼리 둘러앉아 소소한 축하파티를 벌일 수도 있을 정도였다.

그러다 정무송 씨는 결혼을 하면서 헌책방 일을 그만두었는데 며칠 후 나도 고구마를 그만두었다. 정무송 씨가 없다면 헌책방에서 일하는 게 내게 큰 의미가 없을 듯했다. 이미 2년 정도 그곳에서 일했기 때문에 슬슬 독립해서 나만의 헌책방을 만들어야겠다는 생각도 가지고 있었다. 정무송 씨와는 이상한나라의헌책방을 만들고 나서도 계속 연락을 주고받았다. 여건이 된다면 그와 함께 헌책방을 운영해보는 것도 나쁘지 않겠다고 마음속으로 생각했다.

하지만 이제 그럴 수 없게 되었다. 그는 2016년 10월 암 진단을 받고 얼마 뒤 세상을 떠났다. 나는 한없이 슬펐다. 어떤 책은 끝없이 사람을 기다려주기도 하지만 사람은 사람을 기다려주지 않을 때도 있다. 거기서도 나는 또한 배웠다. 책은 기다리더라도 사람은 기다리지 말자. 사람은 기다리지 말고 먼저 다가가야 한다는 소중한 가르침을 남긴 정무송 씨를 위해 나는 2016년, 그가 결국 보지 못한 책『나는 이렇게 읽습니다』본문 앞에 짧은 헌사를 덧붙였다. 불과 두 달 전 마지막으로 만났을 때, 신간이 나오면 함께 술 한 잔 하자고 약속했었는데 이 책은 어찌 된 일인지 일정이 밀렸다. 책이 나온 것은 정무송 씨가 세상을 떠난 한 달 뒤였다.

고구마 헌책방에서의 수업을 마친 뒤 2007년, 드디어 내 이름으로 사업자등록을 마치고 헌책방을 시작했다. 여러 지인들이 축하를 해주었지만 우려하는 사람들도 많았다. 사실은 우려 쪽이 훨씬 많았다. 지금이야 크고 작은 독립서점들이 많이 생겨나서 어느 곳에 또 하나 서점이 문을 열었다고 해도 이상하게 보이지 않게 됐지만 2007년엔 사정이 좀 달랐다. 서점과 문화 공간, 그리고 동네 사랑방 역할을 겸한다는 발상은 당시로선 대단히 신선한 것이었다. 서가는 사방 벽 쪽으로 둘러가며 꾸몄고 가운데엔 카페처럼 의자와 탁자를 마련했다. 한쪽 구석엔 소규모 공연을 할 수 있는 무대를 놓았다. 그 옆으론 프로젝터를 설치해 영상물을 감상할 수 있도록 했다. 물론 이런 것들을 지금 당장 쓸 수는 없었지만 2~3년 후에는 반드시 쓴다는 각오로 처음부터 구비해두었다. 여름의 시작을 알리는 비가 종일 내렸던 6월 29일에 주변 사람들을 초대해서 새로운 헌책방이 태어나는 것을 축하하는 행사를 했다. 여러 사람들 앞에 처음으로 서본 나는 많이 떨렸기 때문에 입이 떨어질 것 같지 않아서 해야 할 말을 전날 밤에 미리 적어두었다. 길지 않았던 그 문서를 지금도 가지고 있다. 가끔씩 내가 초심을 잃었다고 생각할 때마다 꺼내보곤 한다. 전문은 다음과 같다.

안녕하세요. 이상한 나라의 헌책방 오픈 파티에 오신 여러분 모두 환영합니다. 제일 처음 시작이라는 것은 언제라도 그렇듯이 떨리고 긴장 됩니다. 무슨 말을 해야 할지도 막막합니다. 너무 할 말도 많고 해야 할 말도 많아서 그렇습니다. 여러 번 생각해 봤는데 역시 '감사합니다.'라는 말이 가장 어울립니다. 알게 모르게 도와주신 분들에게 먼저 감사합니다, 라고 말씀 드리겠습니다.

이상북을 시작하면서 몇 가지 원칙을 세워둔 것이 있습니다. 그것을 말씀드리면서 인사를 대신하고자 합니다.

첫째, 이상북은 헌책방입니다. 헌책방은 사실 70년대에서부터 80년대 후반까지 우리나라에서 꽤 주목받는 문화였습니다. 지금은 장사가 잘 되지 않는 사업 중 하나입니다. 그 이유는 우리가 몇십 년 전과는 비교도 되지 않을 정도로 문화적인 변화를 겪었기 때문입니다. 요즘의 국가는 드러내 놓고 억압적이지 않습니다. 올해는 6월 민주항쟁 20주기인데요, 국가적으로도 재평가하고 있을 정도로 어느 정도 자유로운 곳이 되었습니다. 물론 당시와 비교해서 말이죠. 당시엔 사상, 출판, 모임, 심지어는 생각할 권리나 책 읽을 권리마저도 제한당하던 시대였었고 헌책방은 그런 억압받는 사람들에게 비공식적인 통로로 사상과 문화를 전달하던 통로였습니다.

그런데 지금은 많이 달라졌습니다. 누구라도 대놓고 대통령 욕을 할 수도 있고 맘에 들지 않는 게 있으면 국가를 상대로 따질 수도 있습니다. 읽지 못할 금서도 거의 없어졌고, 그로 인해 대중들은 다원주의 사회 속에서 치열하게 살고 있습니다. 책을 살 때 굳이 헌책방에서 사야 할 이유도 없어졌고 자신이 가지고 있는 신념이나 이데올로기를 숨겨야 할 이유도 없습니다. 헌책방 문화는 그렇게 시들해졌습니다.

하지만 우리는 또 다른 문제를 만나게 되었습니다. 사회

문화가 워낙 다양해지고 복잡해지다 보니까 자기 자신의 이념이나 신념도 없어졌습니다. 이것도 좋고 저것도 좋은 시대이다 보니까 사람들은 스스로 깊이 사고하거나 철학하지도 않고 삽니다.

요즈음 지하철을 타고 다니다가 사람들이 읽는 책을 보면 대부분이 돈 버는 책이거나 회사에서 어떻게 하면 살아남아서 출세할까를 가르치는 책이 많습니다. 이상북은 책을 읽고 사고하고 철학하는 곳입니다. 저 스스로도 책에 대해서 많이 알지는 못합니다만 좋은 책을 많이 두고 공유하고 싶습니다. 저는 사람들이 TV나 스포츠 중계, 오락 같은 것에 빠지기보다는 책을 읽으면서 다 함께 성숙해졌으면 하는 바람으로 오늘 이상북을 시작하게 된 것입니다.

둘째, 여러분이 계신 곳은 청소년을 위한 곳입니다. 물론 어른을 위한 곳이기도 하지만 더 많은 청소년들이 여기 와서 책도 읽고 이야기도 하고 자기들의 꿈과 소망을 발견하는 장소가 되면 좋겠습니다. 그래서 여기서 파는 허브차도 청소년에게는 언제라도 천 원입니다. 어른은 삼천 원이고요.

그러니까 여러분, 오늘 하루만 말고 계속 이곳을 기억하고 찾아와 주시길 바랍니다. 이상북은 영세하기 때문에 돈 많은 기업처럼 광고를 하거나 비싼 선물을 안겨 줄 수는 없습니다. 그래서 부탁드립니다. 주위에 있는 다른 분들에게도 이런 곳이 있다고 좀 알려주시고요, 여기서 책도 많이 보시고 차도 드시고 여유가 되시면 여러 가지 방법으로 후원도 부탁드립니다. 후원 방법은 홈페이지에 자세하게 나와 있습니다.

자, 저의 이야기는 이만 하기로 하고요, 오늘은 아주 특별한 손님들이 와 있습니다. 물론 오늘 여기 오신 분들이 모두 특별하지만, 은평씨앗학교 학생들과 함께하게 되어서 더없이 기쁩니다. 오늘은 여기서 이 씨앗들의 1학기 종강식을 겸할까 합니다. 여러 가지 순서가 준비되어 있다고 하는데요, 저도 어떤 건지 잘 모릅니다. 아주 궁금합니다.

제가 듣기로 이번 학기에 우리 씨앗들이 설악산에 다녀왔다고 하는데요, 오늘 처음 순서로 씨앗들이 설악산에 가서 과연 어떤 씨앗들을 뿌리고 돌아왔는지 한 번 들어 보겠습니다.

모두 즐거운 시간되시길 바랍니다. 감사합니다.

지금에 와서 생각해보면 이상한나라의헌책방은 무척 운이 좋았다. 2007년에는 서점과 문화공간을 접목한 사업형태가 거의 없었다. 어쩌면 이상한나라의헌책방이 전국 최초라고 해도 될 정도로 전무한 상태였다. 어느 곳을 참고하거나 누구에게 배울 수 없어서 처음부터 모든 게 낯설고 실수투성이였지만 긍정적으로 보자면 비슷한 가게와 경쟁할 필요가 없는 게 우선 좋은 점이었다. 먼저 이 길을 갔던 사람이 없으니 그를 따라가지 않아도 된다. 지금부터 내가 가는 방향이 그대로 나만의 길이다.

어렸을 적부터 헌책방에 돌아다니면서 느낀 것은, 헌책방의 재산은 첫째가 좋은 책이고 그다음이 '신뢰'이다. 헌책은 잡화점에서 구입해 몇 번 쓰고 버리는 값싼 공산품과 다르다. 책은 물건이지만 일단 읽히게 되면 사람의 삶에 관여하는 특별한 존재다. 다른 사업도 마찬가지지만 책을 사고파는 일은 사람과 사람 간의 신뢰가 대단히 중요하다. 아무리 가게에 좋은 책이 많다고 하더라도 주인의 태도가 믿음직스럽지 않다면 거기는 다시 가고 싶지 않다. 반대로 사람들을 다시 오게 하고 싶다면 믿음을 주면 된다. 그래서 이상한나라의헌책방을 시작하면서 가장 지키고 싶었던 가치가 바로 신뢰였다.

10년이 지난 지금 신뢰라는 가치를 다시 돌아본다. 잘 지켜온 것일까? 그건 나로서는 알 수가 없는 문제다. 하지만 이 어처구니없는 헌책방을 10년 넘게 이어왔다면 확실히 사람들에게 어떤 식으로든 신뢰를 주었기 때문이라고 믿는다. 그렇다. 이상한나라의헌책방은 어처구니없는 사업이었다. 헌책방을 오픈하고 얼마

지나지 않았을 때 알고 지내던 다른 헌책방 사장님이 이곳에 방문했다. 손님으로 자신의 가게에 드나들던 사람이 자기만의 헌책방을 시작했다고 하니 응원해주러 온 것이라고 짐작했다. 허나 그 반대였다. 헌책방 사장님은 이곳이 궁금해서 찾아와 봤다고 하면서 이곳저곳 둘러보더니 한숨을 내쉬었다. 헌책방이라면 모름지기 물량으로 승부를 해야 하는데 매장에 갖추고 있는 책이 너무 적다는 게 이유였다. 그리고 책장보다 의자와 탁자가 많다는 것도 이해할 수 없다고 했다. 이래가지고 어찌 돈을 벌겠느냐고. 사장님은 좋은 뜻에서, 처음 시작하는 젊은 헌책방 주인에게 조금은 경각심을 주기 위해 했던 말이겠지만, 이 헌책방이 반년 이상 버티지 못할 거라는 나름의 예언을 내놓고 돌아갔다. 그런데 반년을 버티지 못하고 문을 닫은 건 이상한나라의헌책방이 아니라 그때 이곳을 다녀간 사장님의 가게였다.

헌책방을 처음 시작할 때 적지 않은 사람들이 격려해주었지만 그보다 더 많은 우려의 목소리도 들어야 했다. 그러나 내게는 이 공간을 잘 이끌어 나갈 수 있을 거라는 믿음이 있었다. 찾아오는 손님들에게 신뢰를 준다면 언젠가 이 헌책방은 책과 사람이 풍성한 멋진 그림이 될 것이다. 허나 마냥 '언젠가'라는 감이 떨어질 때까지 나무 밑에 입 벌리고 누워 있을 수는 없다. 내가 처음 계획했던 신뢰의 씨앗을 뿌리는 기간은 3년이었다. 이제부터 3년 동안은 어찌됐든 내가 생각한 방향대로, 힘닿는 데까지 일해보고, 그래도 안 되면 그때 가서 다시 생각해보자는 단순한 결심을 세우고 매일매일 헌책방 문을 열었다.

여전히 주변사람들은 이 헌책방의 미래에 대해서 걱정해주고 있었지만 누구도 가본 적 없는 미래에 대해서 이렇다 저렇다 말하는 건 중요하게 여기지 않는다. "미래 따위는 상관없다. 미래라고 하는 것은 사람을 먹이로 삼는 우상인 것이다. 물론 제도에는 미래가 있다. 과학은 미래를 갖고 있다. 어떤 정부도 미래계획이 있으리라. 그러나 사람들에게는 미래가 없다. 사람들에게 있는 것은 희망뿐이다." 나는 『그림자 노동』(분도출판사, 1988)에서 읽은 이반 일리치의 이 말을 좋아한다.

헌책방 운영 초기에는 틈틈이 짧은 글을 써서 홈페이지에 올려두었다. 손님은 적고 내게 주어진 시간은 많았기 때문에 나름의 계획을 세워 둔 것이다. 계획대로 될지 알 수 없지만 3년이 지나고 나서 책을 한 권 펴내고 싶었다. 그때까지도 계속 헌책방을 운영하고 있다면 주인장의 운영일기가 될 것이고 그때 가서 헌책방을 접어야 한다고 해도 책 한 권 분량의 글은 남는 것이니까 아쉬울 것 없다는 게 내 생각이었다. 그러면 그 책은 운영일기가 아니라 폐업일기가 될 것이다. 성공적인 운영자의 일기도 좋지만 실패한 헌책방 주인장의 일기 역시 의미가 있다. 어쩌면 실패한 쪽이 더 큰 의미를 지니고 있는 것인지도 모른다.

운 좋게도 2010년에 첫 번째 책 『이상한 나라의 헌책방』을 펴낼 수 있었다. 정말로 3년 만에 내 이름으로 된 첫 책을 써낸 것이다. 많은 초보 작가들이 그렇듯 나 역시 첫 번째 책에 너무 힘이 들어갔기 때문에 지금 다시 이 책을 들춰보면 부끄럽기 그지없다. 첫 책은 첫사랑의 기억과 같아서 여전히 아끼고 있지만 거기에 너무 많은 것을 한꺼번에 담으려 했던 나머지 정리가 안 된 옷장처럼 너저분하기 짝이 없는 모양이 돼버렸다. 책을 다시 읽으면서 언젠가는 이 책을 전부 새로이 쓰고 싶다는 생각을 했었다. 물론 그런 계획은 실현되지 않았지만 몇 부분은 다른 책을 쓰는데 큰 밑거름이 됐다.

처음에 계획했던 대로 작가로 활동하며 책을 쓰고 헌책방을 운영하면서 올해로 11년차를 맞이했다. 요즘도 사람들이 나에게 묻는다. 헌책방을 좋아하느냐고. 그럴 때면 "헌책방을 좋아하세요?" 하며 단숨에 물어보지 말고 조금은 말끝을 흐려주면 좋겠다. 프랑수아즈 사강의 소설 제목처럼 "헌책방을 좋아하세요…" 라고 말이다. 머뭇거린다는 것은 자신이 없어서가 아니라 더없이 순수한 고백이다. 입으로 하는 질문이 아니라 마음속에서부터 나오는 물음이다. 내 마음은 헌책방을 좋아한다. 아주 어렸을 적부터 지금까지. 그리고 어쩌면 앞으로도 계속, 조금은 머뭇거리며 헌책방을 좋아할 것이다.

헌책방과 노동

> 100년 동안 우리는 기계가 인간을 위해 일하게 만들고 기계가 봉사하는 삶을 위해 인간을 학교화하고자 노력해왔다. 그러나 지금 기계는 '일하고' 있지 않고, 인간은 기계가 봉사하는 삶을 위해 학교화될 수 없음이 드러났다. 따라서 그 실험을 수립한 가설은 이제 폐기되어야 한다. 그 가설이란 기계가 노예를 대체할 수 있다는 것이었다. 이러한 목적으로 사용되면 기계가 인간을 노예화한다는 것을 보여주는 증거가 있다. 독재하는 프롤레타리아도, 여가를 갖는 대중도 산업주의적 도구의 지속적 확대라는 지배로부터 벗어날 수 없다.•

헌책방 하면서 가장 많이 들은 질문 중 하나가 "일하는 게 편하지 않느냐"는 말이다. 그럴 만도 하다. 내가 처음 헌책방 일에 관심을 갖게 된 이유도 일이 별로 어렵지 않게 보였기 때문이니까. 어릴 적 처음으로 봤던 헌책방 주인아저씨의 모습은 힘든 일을

• 이반 일리히, 박홍규 옮김, 『절제의 사회』, 생각의나무, 2010, 35~36쪽

하고 계신 우리 아버지와는 너무도 비교됐다. 얼굴은 하얗고 언제나 체크무늬 셔츠를 입고 있었다. 셔츠 왼쪽 가슴에 있는 주머니엔 늘 볼펜이 얼굴을 내밀고 있었는데 그 모습이 어딘지 모르게 귀여워 보였다. 그래서 나도 나중에 어른이 되면 이렇게 편하고 멋진 일을 해야겠다, 앉아만 있어도 돈이 굴러 들어오는 그런 일을 해야겠다는 다짐을 가슴에 새겼다.

그러나 IT회사를 그만두고 대형 헌책방에서 직원으로 일하면서 환상은 완전히 깨졌다. 환상이 깨지는 데는 불과 며칠밖에 걸리지 않았다. 나는 거의 30년 동안 그 무엇보다, 그 누구보다 책을 좋아한다고 믿으며 살았는데 헌책방에서 근무한 첫날 퇴근하고 집에 돌아와 씻고 자리에 누우니 그동안 내가 오만했다는 회개의 마음이 들어 당장 무릎 꿇고 두 손 모아 기도라도 드리고 싶을 지경이었다. 일이 얼마나 힘들었던지 사람이 죽기 직전에는 자신의 지나온 인생이 마치 영화필름처럼 흘러가는 경험을 한다는데 실제로 그날 새벽에 이와 비슷한 꿈을 꾸었다. 내일 아침에 일어나서 일 못하겠다고 사장님께 전화할까 하는 생각을 하면서 겨우 잠들었다.

워낙 노동 강도가 세다 보니 며칠 동안은 근육통에 시달려서 아침에 일어나기도 힘들 정도였다. 하루에 1톤 트럭 몇 대분이나 되는 책을 들었다 놨다 반복하는 게 일이니까 그럴 만도 했다. 일이 어느 정도 익숙해지기까지 반년 정도 시간이 걸렸다. 그제야 책에 대해서, 일에 대해서 조금은 생각을 정리해볼 수 있게 됐다.

직원으로 2년 정도 일하다 독립해서 나만의 헌책방을 만들었는데, 당연히 나의 목표 중 하나는 조금이라도 노동 강도를 줄이는 것이었다. 아무리 책이 좋아서 하는 일이라고는 하지만 일이 과중하면 책에 짓눌리게 될 게 뻔했다. 헌책방은 지하에 있었는데 당연히 책을 들고 계단을 오르내리기가 너무 힘들었다. 내 가게라고 생각하면서 즐겁게 일하는 것도 한두 주일 지나니까 다짐이 무색해지기 시작했다. 헌책방을 처음 시작할 때 우선 책 3천 권 정도를 가져와서 빈 서가에 진열했는데 이 일을 혼자서 하는 데 거의 두 달이나 걸렸다. 일을 쉽게 할 수 있는 도구가 있지 않을까 매일 밤마다 고민했다. 그러다 예전에 일하던 헌책방을 떠올렸다.

헌책방 본매장과 따로 떨어져 있는 창고에는 처음에 책에 가득 쌓여 있어서 사람 한 명이 비집고 들어가기도 힘든 지경이었다. 이걸 하나하나 정리해 나가다 보니 책 더미 속에서 뜻밖의 물건을 발견했다. 얼마나 오랫동안 책 무덤 속에 잠들어 있었을까? 마치 유물을 발굴하는 마음으로 조심스레 그것의 주변을 메우고 있는 책들을 치웠다. 이윽고 실체를 드러낸 것은 엄청나게 큰 밴딩머신과 자동 절삭기계였다.

밴딩머신은 책을 여러 권 쌓아 올려놓고 버튼을 누르면 이계 아래에 감겨 있던 플라스틱 끈이 튀어나와 자동으로 책을 단단하게 묶어주는 기계다. 이것이 있으면 책을 일일이 사람 손으로 묶을 필요가 없으니 편리한 도구다. 절삭기계는 말 그대로 책의 머릿면이나 바닥면을 1mm 단위로 잘라낼 수 있는 거대한 작두인데 더러워진 책을 깔끔하게 다듬는 도구다. 이런 기계가 있으면 헌책방 일을 하는 데 도움이 많이 될 것 같은데 왜 책 더미 속에 파묻혀 있게 된 것일까?

대답은 여기서 오래 일한 직원에게 들을 수 있었다. 전해 들은 말에 의하면, 이 기계들은 지금으로부터 십여 년 전 즈음에 일을 편하게 하려는 목적으로 비싼 돈을 들여 구입한 기계가 맞다. 당연히 이런 도구가 있으면 편할 것이 분명해 보인다. 한동안은 기계에 적응해서 편하게 작업을 할 수 있었다. 그런데 예상하지 못한 문제가 있었다. 책을 자동으로 묶어주는 기계가 있기 때문에 편하기는 하지만 묶으려는 책을 항상 여기로 가져와야 했다. 기계는 크고 무겁기 때문에 쉽사리 다른 곳으로 옮길 수 없다. 편리한 기계를 사용하기 위해서 직원은 그보다 더 큰 노동을 감수하기에 이르렀다. 책을 여기로 일일이 가져오느니 차라리 책이 있는 곳에서 손으로 묶는 게 훨씬 편하다는 결론에 이르자 더 이상 이 편리한 기계를 사용하지 않게 되었다. 사용하지 않으면 어디 한 곳으로 치워두면 좋으련만 이 거대한 물건을 들어서 옮기려면 사람의 힘만으론 부족하고 또 다른 기계의 힘을 빌려야 가능했다. 결국 사용도 안 하고 치우지도 못한 채로 거기 그렇게 방치되고 만 것이다.

절삭기계 역시 비슷한 운명을 맞아야 했다. 처음엔 신기하고 편리했지만 기계를 사용하기 위해 인간이 들이는 노동력이 더 많아지게 됐다. 말 그대로 주객이 전도된 것이다. 인간의 편리를 위해 기계를 들여놨는데 결과는 기계가 인간을 부려먹고 있는 형

편이다. 이반 일리치가 책에서 강조하고 있는 부분이 여기에 있다. 도구는 편리하고 인간을 이롭게 하는 물건이다. 하지만 그것에게 일을 맡기고 인간은 쉴 수 있다는 환상은 깨어져야 옳다. 우주에 날아가서 달에 발자국을 남길 정도로 기술력이 발전했지만 인간은 여전히 노예상태에서 크게 벗어나지 못했다. 과거와 달라졌다면 이제 이간은 기계들의 노예, 자본의 노예, 미디어의 노예가 되었을 뿐이다.

그런 생각 끝에 나는 일을 도와줄 기계를 생각하기보다 내 몸을 움직이기로 결심했다. 우선 책을 관리하기 위해 쓰던 컴퓨터 사용을 최대한 줄이고 간단하게 데이터베이스 작업만 도움을 받았다. 관리번호를 부여받은 책은 일일이 연필로 기록했다. 처음엔 바코드 시스템을 구입해볼까 생각했었는데 어차피 이 정도 이상으로 헌책방의 규모를 늘리지 않을 작정이었으므로 그건 관뒀다. 괜히 도움을 받으려고 컴퓨터에 의존했다가 오히려 나중엔 컴퓨터가 나를 갖고 놀게 되는 상황을 회사에서 여러 번 겪었다.

이렇게 대부분 일을 몸으로 부딪치며 하다 보면 당연히 속도가 느려진다. 그러나 느려지는 것을 왜 두려워해야 하는가? 가만히 반성해보니 나는 오랫동안 IT회사에 다니면서 나도 모르게 '빠른 것'에 중독되어 있었던 게 아닐까? 회사에서는 어떻게 하면 일을 편리하게 할지, 어떤 방법을 쓰면 신속하게 업무를 처리할지 잘 아는 직원이 능력 있는 사람으로 평가받았다. 하지만 그것은 그 회사의 기준이 아니던가! 나의 기준은 그것과 다르고 이제 와서 그걸 뒤따를 아무런 이유도 없다. 내가 일할 땐 내 기준을 따르면 그만이다. 조금 늦고 엉성하더라도 몸을 써서 일할 때 얻는 만족감은 그 무엇으로도 대체하지 못한다.

노동은 신성한 것이고 삶의 일부분이다. 만족하기 위해서는 다른 누구의 기준대로 노동할 것이 아니라 중심을 나에게 맞춰야 한다는 걸 알았다. 단순한 논리다. 일하는 사람이 나니까 나에게 맞추는 것이다. 누구를 위해서 일하는 게 아니라 나를 위해 일하는 것이니까. 그렇게 마음을 가지니까 헌책방에 책을 쌓아놓고 두 달 동안이나 가게 문을 정식으로 열지 못해도 조급해지지 않았다.

지하 헌책방 시절을 8년 만에 마감하고 걸어서 5분 정도 떨어진 곳 건물 2층으로 가게를 옮길 때도 이사 자체는 반나절 만에 끝났지만 거의 두 달 가까이 휴점상태였다. 그러나 지금 다시 생각해도 그건 잘한 일이었다. 그동안 충분히 휴식하면서 일했고 몸과 마음에 만족감을 가질 수 있었다. 소식이 뜸했던 사람들과 자주 만나기도 했고 햇살 좋은 봄날 오후 몇 시간 동안 동네를 산책했다. 나는 이 역시 그저 놀고먹은 게 아니라 노동의 연장이라고 믿는다. 또 열심히 일하기 위해 나는 그만큼의 재충전이 필요하니까 나의 리듬대로 느긋하게 행동했다.

물론 그때도 꼬박꼬박 건물 임대료는 나가고 있었기 때문에 그걸 생각하면 허드렛돈을 쓴 것 같아 속이 쓰리기도 하다. 그걸 재충전 비용이라고 생각하면 좋으련만 아직까지 나는 그 정도 깜냥은 안 되는 모양이다. 앞으로는 좀 더 변할 수 있기를 바란다. 더 넓어진 마음으로 나의 노동과 마주하기를, 몸을 움직이며 느끼는 만족에 감사하며 이 헌책방을 느릿느릿하게 이끌어 갈 수 있기를 소망한다.

헌책방과 생활

> **이 시대는 학교체제의 시대, 즉 사람들이 생애 3분의 1 동안은 자신에게 필요한 학습을 처방받고서 이 필요를 어떻게 더 늘려갈지 훈련받으며 보내고, 나머지 3분의 2 동안은 자신들의 소비 습성까지 관리하는 일류 강매자들의 고객이 되어 보낸 시대로 기억될 것이다.•**

요즘엔 '평생직장'이라는 말을 거의 쓰지 않는다. 내가 어렸을 때만 하더라도 직장생활을 오래하는 것이 삶의 미덕처럼 여겨졌다. 지금은 달라졌다. 내 경우만 보더라도 그렇다. 헌책방을 운영하는 동시에 글을 써서 돈 버는 직업을 갖고 있는데, 이렇다 보니 잡지사나 출판사 직원들과 관계 맺고 일할 때가 많다. 어느 날 문득, 작가로 일하면서 만난 사람들이 얼마나 될까 확인해보니 내 휴대폰에 저장되어 있는 연락처만 해도 수십 명에 이를 정도다. 그런데 그들이 여전히 같은 직장에서 일하고 있는 경우는 많지 않다. 같은 업계에서 일하더라도 일터를 옮긴 사람이 허다하고 아예 직업 자체를 바꾼 사람도 적지 않다. 가끔은 궁금하다.

• 이반 일리치 외, 신수열 옮김, 『전문가들의 사회』, 사월의책, 2015, 15쪽

그들 모두 지금 어디서 또 무슨 일을 하고 있을까? 어떻게 생활하고 있는 것일까?

나도 같은 일을 10년 넘게 한 것은 이곳 헌책방이 처음이다. 대학을 졸업하고 IT회사에서 오래 일했지만 10년을 넘긴 것은 아니다. 그 뒤로 출판사에서 한 2년 정도 일했고 다른 헌책방에서 직원으로 또 2년 정도 일했으니 모두 오래 근무했다고 볼 수는 없다. 이상한나라의헌책방은 올해로 11년째가 됐는데 돌아보면 바로 엊그제 일 같기도 하고 또 어느 때 생각해보면 상당히 먼 길을 걸어온 것 같기도 하다. 이제 헌책방에서 일하는 건 거의 나의 생활이라고 해도 될 정도로 익숙해졌다.

다르게 말해보면 타성에 젖어서 일할 때도 많다. 지금까지 일해온 것을 토대로 내가 말할 수 있는 것은 이렇다. 헌책방은 경기가 좋고 나쁨에 그리 영향을 받지 않는 일이다. 이건 대단히 좋은 점이다. 많은 자영업자들이 사업자등록을 했다가 폐업하기를 반복하는 요즈음, 경기에 상관없이 지낼 수 있는 일을 하고 있다는 건 행운이 아닌가. 하지만 다 좋은 건 아니다. 헌책방은 여전히 돈벌이가 시원치 않은 업종이기 때문이다. 경기가 나쁠 때도 적게나마 이익을 남기면서 운영을 하지만 경기가 좋을 때도 손에 들어오는 돈은 많이 늘지 않는다. 그냥 꾸준하게 적게 벌어들이는 가게가 바로 헌책방이다. 그래서인지 나도 모르게 타성에 젖어 오늘을 어제같이 일하고 내일도 오늘 같겠지, 하는 생각으로 아침에 일하러 나가는 때가 많다.

무언가 잘못된 것일까? 아니, 지금 나는 무척 잘하고 있다!

라고 힘주어 말하련다. 가만 생각해보면 지금 헌책방 일꾼으로 지내는 삶은 타성에 젖은 게 아니라 내 나름의 생활을 꾸며가고 있는 중이다. 그러면 이전에는 생활이 없었나? 그렇다고 해야 될 것 같다. 먹고, 자고, 배설도 하면서 그때도 생활이라는 것을 하고 있긴 했지만 결코 내 생활이었다고 말하기는 어렵다. 내 생활에 정작 내가 빠져 있는 심각한 문제를 품고 있었다. 팥빵에 팥앙금이 없는 것과 비교할 수 있겠다.

20대 초반, 학교에서 고급 교육을 받지 못했다는 생각에 사로잡혀 나는 이런저런 자격증을 많이 취득하는 일에 몰두했다. 대부분 컴퓨터 관련 자격증이었다. 대학 졸업할 때까지 취득한 컴퓨터 자격증만 십여 개가 넘을 정도였다. 자격증을 가지고 있으면 어쩐지 다른 사람보다 더 뛰어난 재능을 갖고 있는 것처럼 여겨졌다. 워드프로세서는 3급부터 1급까지 모두 한 번에 취득했고 정보검색사 자격증도 합격했다. 정보처리 기능사, 기사 자격증에 이어서 마이크로소프트 전문가 자격증, 오라클 데이터베이스 자격증, 웹마스터 자격증, 심지어는 자필이력서를 잘 쓰기 위해 펜글씨 2급 자격증까지 취득했다.

이게 잘못됐다는 건 아니다. 업무에 관련된 자격증이야 취득해 두면 쓸모가 많으니까. 잘못은 마음가짐에 있다. 내가 부족하니까 다른 것을 채워서 남들보다 앞에 서고 싶다는 욕심이 많았다. 그들보다 우월해야 회사생활에서도 무시당하지 않고 잘해나갈 수 있을 거라는 믿음이 있었다. 어차피 이게 경쟁이라면 남을 쳐다보기보다는 남이 나를 쳐다보게 하면서 살아야 하지 않을까. 그건 나름대로 괜찮은 계획이었고 회사에 들어가서도 내 믿음대로 생활했다.

내가 전문적인 지식을 갖고 있다는 증거, 자격증이 나를 포장해주고 근사하게 만들어주니 우쭐한 기분이 들었고 자격증을 가지지 못한 사람에게는 은연중에 깔보는 행동도 했다. 이 모든 게 잘못이라고 생각하지 못했다. 왜냐하면 나는 그만큼 노력해서 자격증을 얻었고 자격증 없는 사람들이 허송세월 보낼 때 나는 노력했으니까 그 대가를 챙기는 것은 당연한 일이 아닌가. 그때 나는 "뿌린 대로 거둔다"는 말을 이렇게 적용하고 있었던 것인데, 실상은 큰 실수를 하고 있는 거였다.

이런 때 이반 일리치의 책을 만났더라면 나는 조금 더 일찍 각성했을지도 모르겠다. 하지만 그런 일은 조금 더 후에 일어났고 그때까지 나는 일리치가 경고한 대로 충실하게 현대사회의 병폐 안에서, 그것이 괜찮은 생활이라 믿으며 살고 있었다. 회사에서 받은 월급 대부분은 여러 가지 수집품을 구입하는 데 소비했다. 구두, 운동화, 허리띠, 만년필, 시계, 디지털카메라……. 무엇이든 내가 남들보다 급이 낮은 제품을 갖고 있으면 마음이 불편했다. 때론 그 물건이 내 맘에 내키지 않아도 최신형이기 때문에 자랑을 하고 싶어서 구입했던 적도 있다. 이게 바로 내가 생활이라고 말하는 태도였다. 심지어 이런 생활에 꽤 만족하고 있었고 어떤 면에서는 짜릿한 스릴감도 느꼈다.

거기에는 내가 없었다. 내 통장에 있는 돈으로 내가 쓰는 것이기 때문에 그것이 내 생활이라고 믿었지만 이 얼마나 부끄러운 시절인가! 텔레비전과 인터넷은 날마다 내가 돈을 어디다 써야 할지 알려줬고 오히려 그게 고맙기까지 했다. 누구도 이런 생활을 지적하거나 염려해준 이가 없었다. 왜냐하면 주변 사람들도 대부분 그렇게 살고 있었기 때문에 누구 하나 덜하거나 더한 이들이 특별히 드러나지 않았기 때문이다.

조금 늦은 감이 있지만 일리치의 경고를 읽고 거기서 탈출한 것이 천만다행이다. 헌책방 운영이 예전 생활에 비해 지루할 수 있지만 주변 사람과 경쟁하는 일 없고 다른 사람들과 비교할 만한 물건을 많이 갖고 있지 않아도 된다. 얼마 전에는 디지털 카메라도 인터넷 장터에 올려 중고로 팔아버렸다. 카메라가 필요하다고 오랫동안 생각해왔는데 역시 기우였다. 별로 불편함이 없다.

자전거도 지금은 기어가 하나뿐인 단순한 것을 갖고 있다. 예전에 갖고 있던 것은 유명브랜드에 18단 기어였는데 한 번 고장이 나니까 내가 어찌 손을 댈 수가 없는 걸 알고 덜컥 겁이 났다. 내 생활 곳곳에 전문가들이 끼어들어 가 있으니 내 존재가 한없이 작아졌다. 내가 있어야 할 곳에 내가 구입한 물건과 그것을 강매했던 전문가들이 대신 들어와 앉았다. 기어가 없는 자전거는 단순하니까 고장이 안 날뿐더러 문제가 생기더라도 간단한 공구만으로 스스로 해결할 수 있으니 비로소 내 것이라는 기분이 든다. 이렇게 내 자리를 조금씩 늘려나갔다.

주변에 있는 것들이 드디어 진짜 내 것이라는 기분으로 다가올 때 마음은 한껏 기쁨이 넘쳤다. 헌책방에서의 생활은 남의 것,

남에게 보여주려는 것, 남과 경쟁하려는 것이 아니기에 만족스럽다. 이곳엔 진짜 내가 있고, 내 일이 있으며, 또한 나로부터 시작된 커다란 만족이 있다. 예전에 나는 실제로 존재하지 않는 것을 있다고 믿으며 억지웃음을 지으며 살았다. 그러나 지금은 주변에 있는 모든 것이 내 손과 마음으로 만질 수 있는 것으로 채워졌다. 이런 생활이 좋다. 비로소 내 생활을 찾았기 때문이다. 다른 누구의 것도 아닌 내 생활을 만났기 때문이다.

헌책방과 속도

속도가 증가함에 따라, 생활방식을 수송수단에 맞추는 움직임은 더욱더 전제적이 된다. 지금까지와는 달리 더욱 짧은 시간으로 쪼개어 계속 수정하고 개정할 필요가 생겨난다. 몇 달 전에, 또는 몇 년 전에 예약하거나 결정할 필요가 있게 된다. 이러한 결정의 몇 가지는 엄청난 비용을 계속 지불해야 하는 것이어서 결국 지킬 수 없는 것이기 때문에 계속 긴장감을 낳는 지속적인 실패감이 있게 된다. 계획화에 복종하는 인간의 능력은 한정된 것일 수밖에 없다.•

속도가 한계를 넘어서면, 누군가가 시간을 벌기 위해서는 반드시 타인의 시간 손실을 강요하게 된다.••

이상한나라의헌책방은 일터이고 돈을 벌어 생활하는 수단이지만 한편으론 내 삶과 이를 대하는 내 자신의 태도를 실험하는 공

• 『절제의 사회』, 160쪽
•• 이반 일리히, 박홍규 옮김, 『행복은 자전거를 타고 온다』, 미토, 2004, 47쪽

간이기도 하다. 나는 학교생활을 통해, 직장생활을 통해 오랫동안 병들어왔고 그 원인을 '현대사회' 자체라고 판단한다. 가능하다면 그동안 내가 얻은 병을 조금씩이라도 고쳐나가고 싶다. 그런데 이런 병은 공식적으로 진료 받을 수 없고 전문가들이 기록해놓은 병명 목록에서도 찾을 수 없기 때문에 진단은 물론 처방 또한 스스로 하는 수밖에 없다.

다행히 수십 년 전, 종교인이자 학자인 이반 일리치는 매우 정확한 진단 결과를 내놓았다. 그에 따른 처방전 역시 책에서 밝혀두었지만 대부분은 묵살당하거나 이상주의자의 허무맹랑한 주장이라는 비판을 받았다. 그러나 내가 이해한 일리치는 전혀 이상주의자가 아니다. 그는 진단을 위해 깊이 연구하고 끊임없이 사고한다. 가톨릭 추기경이 될 수도 있는 위치에 있었지만 그가 쓴 책은 전혀 종교적이거나 뜬구름 잡는 얘기가 아니며 선문답 같은 아리송함도 없다. 명징하고 이성적이다. 그리고 책을 출판할 때면 혼자만의 생각을 밀고 나가기보다는 늘 다른 뛰어난 연구자들과 협동하여 빈틈없이 논리적인 책을 만들기 위해 노력했다.

하지만 그런 사람이 쓴 책이 왜 그리 많은 비난을 받아야 했을까? 왜 이반 일리치의 책은 매번 우리말로 번역되지만 계속해서 절판되고 마는 것일까? 내 생각에 그 이유는 일리치의 처방이 허무맹랑해서가 아니라 오히려 너무 정확하기 때문이다. 현대사회는 치료해야 할 시기를 훨씬 넘어섰다. 일리치의 말을 빌리자면 그 한계를 넘어섰기 때문에 처방전을 확인하는 것조차 두려워하고 있는 것인지도 모른다.

내가 헌책방에서 하고 싶은 것은 과연 그의 처방이 맞는지 확인하고 실천을 통해 검증하는 실험이다. 나는 사회운동가가 아니기 때문에 앞에 나서서 이 사회를 어떻게 고쳐야 할지 이론을 제시하거나 설계하는 일에는 관심이 없다. 그건 내 역량 밖이다. 다만, 나 스스로를 실험대상으로 삼아 이것저것 해볼 수는 있다. 이건 그저 재미로 해보는 게 아니다. 나는 많은 사람들이 각자의 위치에서 더 나은 삶을 살기 위한 실험을 해보아야 한다고 믿는다. 어떤 정책 하나를 통해 이 사회 구성원들 모두가 갑자기 즐겁고 만족스런 삶을 살게 하기는 힘들 것이다. 그러나 반대로 우리들 각자가 똑같지는 않지만 나름의 방식대로, 저마다 가진 속도와 리듬에 방해받지 않으며 삶을 즐기고 있다면 그 공동체는 좋은 방향으로 발전하고 있는 거라고 말해도 될 것이다.

우리들은 모두 다 자기만의 잠재력을 가지고 있는 우주이다. 너와 내가 같을 수 없으며 어떤 공동체도 사람들을 한 방향으로만 나아가게 만들면 안 된다. 크리슈나무르티는 "진리는 길이 없는 대지(大地)"•라고 했다. 나는 이 대지 위 어느 곳에 헌책방을 만들었고 지금은 생각에 잠겨 근처 이곳저곳을 산책하고 있을 뿐이다.

• 지두 크리슈나무르티(Jiddu Krishnamurti, 1895~1986)는 1929년 자신이 지도자로 있던 '별의 교단'을 스스로 해체하는 선언을 하며 "진리는 길이 없는 대지"라는 말을 사용했다. 진리는 어느 한 곳에 있는 것이 아니며 어떤 공동체나 스승도 그것을 가르쳐 주거나 진리에 이르도록 도울 수 없다는 의미다.

내가 골똘히 하는 생각 중 하나는 '속도'에 관한 것이다. 사람은 누구나 몸과 마음에 고유한 속도를 가지고 있는데 나는 이 속도가 상당히 느린 편이다. 놀랍게도 이 사실을 헌책방에서 일하며 비로소 깨달았다. 학교에서, 군대에서, 직장에서 누구도 나의 감수성과 속도에 대해서 알아보거나 이해하려는 사람이 없었다. 그곳은 단 하나의 속도만 존재했다. 오직 빠르게, 빠르게! 학교에 가기 위해서는 등교시간에 늦지 않도록 빨리 준비해야 했고 군대에서는 무슨 일을 시키든 신속, 정확하게 해내야 한다고 강요받았다. 직장생활에 대해서는 더 말해 무엇 하랴. 빠른 일처리는 언제나 유능한 직원이 가져야 할 기본소양이었다.

그러나 이것은 학교, 군대, 직장이 저지른 문제가 아니다. 현대사회 전체가 앓고 있는 병이라고 해야 옳다. 이 시대는 미친 속도감에 중독되었다. 빠른 것이 전부 나쁜 건 아니다. 은행이나 구청에서 내 업무를 처리해주는 사람이 느린 것보다는 빠른 게 좋다. 인터넷 속도 역시 느려터진 것보다는 빠를수록 좋다. 온라인 쇼핑몰에서 주문한 상품을 조금이라도 빨리 배송받고 싶은 건 과한 욕심은 아니다. 문제는 한계를 넘어선 속도를 계속 추구하는 것과 속도에 중독되는, 그리고 중독시키는 사회 분위기이며 이것을 가중시키는 시스템이다.

어느 정도의 속도는 현대사회를 살아가면서 우리들에게 편리함을 준다. 월든 호숫가 옆에 오두막을 짓고 생활하는 사람이 아니고서야 속도를 외면하며 살 수는 없을 것이다. 그러나 지금 우리는 필요 이상의 속도감을 발전시킨 나머지 오히려 속도가 인간을 한참 앞질러 좌절에 빠뜨리는 지경에까지 이르렀다.

내가 스마트폰을 구입하면서 가장 기대했던 기능 중 하나가 바로 '대중교통 도착 알림 서비스'다. 이용해야 할 버스가 언제 도착할지 알 수 없었을 때는 버스정류장에 미리 나가서 기다려야했는데 이게 상당한 시간낭비라고 여겨졌다. 그런데 스마트폰이 있으면 집에 앉아서 버스가 어디까지 도착했는지 알 수 있는 것이다. 그 기능은 내 생활을 편하고, 게다가 좀 더 느리게 만들어 줄 수 있을 것 같았다. 버스 도착 정보를 알고 있으면 외출 준비하는 시간을 보다 계획적으로 쓸 수 있지 않을까?

그러나 결과는 그와 정반대가 됐다. 버스가 어디까지 왔는지 눈으로 보게 되니까 내 생활은 더 조급해졌다. 전에는 느긋하게 외출준비를 했는데 이제는 초 단위로 바뀌는 도착 알림 메시지를 보면서 정확한 시간에 버스에 올라타기 위해 조바심을 내고 있는 나를 발견했다. 세계 최고 속도를 자랑하는 대한민국의 인터넷 속도는 거의 대부분의 쇼핑을 스마트폰에서 해결할 수 있게 만들었다. 이 얼마나 편리한 도구인가! 하지만 불과 10여 년 전에 해외여행을 위해 전화로 비행기 표를 예매했던 기억과 비교해보면 표를 구하는 건 지금이 훨씬 어려워졌다. 엄청나게 많은 사람들이 인터넷으로 빠르고 신속하게 비행기 표를 구입하다 보니 좌석은 훨씬 빨리 매진된다. 내 경우 일 년에 두어 번 정도 이웃나라 일본에 갈 일이 있는데 매번 4~5개월 전에 비행기 표를 사둔다. 숙소인 비즈니스호텔 역시 인터넷으로 예약을 하는데 이

쪽은 더 일찍, 반년 전에 객실 상태를 살펴야 한다. 이마저도 시간에 쫓겨, 매번 조급한 마음으로 준비한다. 과연 이것이 인간을 편하게 만드는 기술이라고 할 수 있을까? 매사에 속도가 느린 나에게 해외여행이란 부담스런 비용을 지불하며 준비할 때부터 스트레스를 받아야 하는 이상한 경험의 다른 이름이다.

이상한나라의헌책방은 일꾼인 나 자신의 속도감에 맞춰 움직이고 있다. 처음부터 그랬던 것은 아니다. 우선은 내가 가진 고유한 속도가 어느 정도인지 파악하는 데만도 시간이 꽤 걸렸다. 나쁜 음식을 많이 먹어 몸에 탈이 난 사람이 건강해지기 위해서는 먼저 해독을 하며 몸 상태를 다시 정리하는 게 필요한 것처럼 지난 10년 동안 조금씩 나를 살피며 바꿔왔다. 그 결과 지금은 헌책방에 출근하는 시간을 오후 3시로 지키고 있다. 많은 사람들이 이것을 보고 놀란다. 장사하는 가게라면 아침에 문을 여는 걸 당연하게 여기고 있기 때문이다. 하지만 가게는 반드시 아침에 열어야만 한다고 어느 누가 정해놓은 법도 없지 않은가? 물론 헌책방 시작하고 몇 년 동안은 아침 10시에 문을 연 적도 있다. 매일 8시에 출근했던 회사생활과 비교하면 10시도 꽤 느긋한 시간이다. 하지만 일을 해보니 내 몸은 예열시간이 상당히 길다는 것을 알았다. 점심식사 느긋하게 마치고 잠깐 휴식하는 시간도 가진 다음 오후 3시에 출근하는 지금, 더 말할 필요도 없이 좋고 기분이 상쾌하다.

게다가 일주일에 4일만 일한다. 어떤 사람들은 우스갯소리로 "돈 좀 많이 벌어서 배가 불렀냐"고 한다. 나는 돈을 많이 벌지 못했다. 그저 4일 정도 노동하면 많이 피곤하기 때문에, 3일은 쉬어야 다시 충전된다는 걸 몇 년에 걸친 실험을 통해 알았을 뿐이다. 출근해서도 열심히 움직이지 않고 느릿하게 일한다. 손님들은 여기 들어오면 시간이 느리게 흐르는 것 같은 인상을 받는다고 종종 내게 말한다. 하루 종일 느릿한 음악을 틀어놓는 것도 이런 느낌을 주는 데 한몫하고 있다. 어떤 손님은 가끔이라도 신나는 음악을 좀 들어보라고 내게 권하곤 하는데, 나는 여전히 그럴 생각이 없다. 무엇이든 느린 게 나와 잘 맞는다는 걸 이제 내가 알기 때문이다.

세상 사람들이 모두 다 자기 속도대로 살아도 된다면 참 재미있는 풍경이 될 것이다. 회사는 출퇴근 시간의 개념이 없어지고 학교에선 수업시작과 끝을 알리는 음악소리를 들을 수 없을 것이다. 군대는 그 자체가 아예 없어질지도 모른다. 이런 생각을 하고 있는 나는 결코 히피가 아니다. 일리치는 책에서 『80일간의 세계일주』의 주인공 필리스 포그가 시속 32km의 속도로 지구를 한 바퀴 돌았다는 이야기를 위트 있게 꺼내 들면서 도시 교통체계의 속도를 지금보다 엄청나게 낮은 수준으로 제한해야 한다고 주장하는데, 그 역시 히피가 아니다. 속도라는 마약에 중독되어 우리 모두가 한꺼번에 죽어가는 것보다 공동체의 합의 아래 이를 제한하는 게 훨씬 이성적인 처방이다.

헌책방과 에너지

설령 무공해 에너지를 확보할 수 있고 그것이 풍부하게 존재한다고 하여도, 대량으로 에너지를 사용하는 것은 육체적으로는 아무런 피해를 끼치지 않으나, 정신적으로는 사람들을 노예화시키는 마약과 같은 작용을 사회에 미치게 된다.•

에너지가 어떤 일정한 수준을 넘어 증가하게 되면 그만큼 공정성이 상실된다.••

솔직히 나는 돈을 버는 행위에 크게 흥미를 느끼지 않는다. 자본주의 사회에 살면서 그 중심이 되는 가치인 '돈'은 많으면 많을수록 좋은 것이겠지만 돈 많은 사람들이 저지르는 온갖 범죄와 억압을 보고 있으면 돈이 오물처럼 느껴져서 속이 메스꺼울 지경이다. 그러면서도 한편으로 이런 얄팍한 생각도 가지고 있다. '신은 저 많은 돈을 왜 저런 사람들에게 줄까? 나 같은 사람이 많은

• 『행복은 자전거를 타고 온다』, 15쪽
•• 같은 책, 51쪽

돈을 갖고 있으면 더 좋은 일에 쓸 텐데!' 하지만 이건 우스운 생각이다. 나는 돈 그 자체가 사악하다는 믿음을 가지고 있다. 그러니까 나쁜 사람들이 돈을 많이 갖고 있는 게 아니라 돈을 많이 갖게 되면 누구든 사악한 길로 빠지게 될 확률이 높은 것이다.

이반 일리치의 책을 읽어보면 자주 나오는 단어가 '한계'다. 일리치는 스스로 그렇게 말하고 있듯이 근본주의자는 아니다. 지구에서 벌어지는 모든 인위적인 개발을 멈추고 완전한 자연상태로 돌아가자고 주장하지 않는다. 다만 한계를 바로 알아야 한다는 게 일리치의 생각이다. 돈 역시 필요한 만큼 벌고 생활에 불편하지 않을 정도로 쓸 수 있다면 현대사회를 살아가는 데 유용한 도구다. 하지만 한계를 넘어서면 사람이 돈을 가지는 게 아니라 돈이 사람을 갖고 놀게 되는 걸 우리들은 너무도 잘 알 수 있다. 그러면서도 사람들은 그 놀음에 자꾸만 빠져든다. 마치 거스를 수 없는 극한의 중력에 이끌려 블랙홀에 빠져드는 소행성처럼 말이다.

그러나 한계도 정해진 게 아니라 사람마다 조금씩 다르기 때문에 연구하는 데 어려움이 있다. 이것도 일리치가 쓴 책을 읽을 때 어려움을 느끼는 이유기도 하다. 그는 워낙 연구의 범위가 넓고 나 같은 사람은 범접할 수 없을 정도로 깊은 곳까지 사고하기 때문에 때론 아주 단편적인 것밖에는 이해할 수가 없다. 이럴 때 이해의 폭을 넓힐 수 있는 방법은 의외로 간단하다. 책으로 읽었던 것을 직접 몸으로 실천해보면 된다.

안타깝게도 나는 돈이 많지 않고 앞으로도 그리 될 확률이

희박한 관계로 돈을 대상으로 직접 실험을 해볼 수는 없다. 대신 일리치가 자주 강조하는 것 중 하나인 '에너지'에 관심을 가지고 있다. 일리치는 아주 광범위한 의미로 이 단어를 사용하고 있다. 우리들은 보통 에너지라고 하면 '힘'을 떠올린다. 순수한 힘은 인간이 아무런 도구 없이 몸으로 만들어내는 힘이다. 교통수단을 예로 들어보면 이곳에서부터 저곳까지 이동할 때 걷거나 뛰는 것이 순수한 에너지소비다. 그러나 오늘날, 적어도 도시에 사는 사람들이라면 회사에 가거나 친구와 약속이 있어서 어느 곳으로 이동할 때 걷거나 뛰어서 가는 일은 거의 없다. 귀찮거나 불편해서가 아니다. 우리는 그만큼 먼 곳에 있는 일터까지 출근해야 하고 약속을 잡을 만한 장소도 상당히 먼 곳에 있기 때문이다. 현실은 순수한 에너지만으로는 살아가기 쉽지 않다.

회사 다닐 때 집은 서울 강남구 수서동이었고 회사는 강남역 근방이었다. 회사에서 정한 출근시각은 아침 8시였는데 그 시간에 맞추려면 모든 준비를 마치고 7시 전에는 집 밖으로 나와야 한다. 물론 걸어갈 수 있는 거리가 아니니까 지하철을 타야 했는데 문제는 나 말고도 상당히 많은 직장인들이 그 즈음에 지하철을 이용한다는 것이다. 말 그대로 '출근 전쟁'이다. 우스갯소리가 아니라 매일 아침 전쟁을 한판 치르고 나서야 회사건물 입구에 닿을 수 있었다.

한 번은 직원회의 시간에 출퇴근 시간을 조정해달라는 건의가 나왔다. 그랬더니 돌아온 답은 더 충격적이었다. 편하게 출근하고 싶다면 지하철 첫차를 타면 된다는 것이었다. 유용한 예까지 들어줬다. 일찍 출근한 다음 회사 근처에 있는 영어 학원에서 아침 6시에 시작하는 강의를 들으면 어떻겠냐는 거였다. 관리자는 그 말을 아주 진지하게 했기 때문에 그 자리에 있던 우리들은 웃지도 울지도 못한 표정이 되어 회의를 마칠 수밖에 없었다. 이 말은 직장인들의 '월요병'을 해결하는 방법으로 "일요일에 잠깐 출근해서 업무를 하라"고 제안하는 것과 비슷하게 들린다.

출근이라는 전쟁을 겪고 나면 어떤 문제가 생기는가. 나를 포함해서 많은 직장인들이 출근을 하는 즉시 에너지의 대부분을 소비해 버리게 된다. 일하기 위해 출근했지만 아침 조회를 마치기도 전에 이미 지쳐 있는 상태가 되는 것이다. 효율성을 극대화하는 쪽으로 발전한 현대 사회는 왜 이런 비효율적인 시스템을 어쩌지 못하는 것일까? 내 생각에 그 이유는 여기에 있다. 기계는 억압할 수 없지만 인간은 억압하고 쥐어짤 수도 있기 때문이다.

우리들은 기계에게 성능을 능가하는 일을 시키지 않는다. 과거엔 텔레비전이나 라디오가 작동하지 않으면 손바닥으로 때리기도 했는데 요즘에도 그런 사람은 없다. 수입에 비해 부담스런 가격을 지불하고 구입한 기계가 고장이 나서 못 쓰게 될 수도 있으니까. 인간에게는 그와 반대로 언제나 자신의 한계를 극복하도록 요구한다. 그렇게 하지 못하면 태만하고 무능력한 사람으로 취급받는다. 이를 해결하기 위해서는 우선 자신의 한계를 잘 알아야 하고 그에 맞는 생활을 통해 매번 검증해 나가야 한다.

인간은 기계와 달라서 수치로 한계를 표시할 수 없고 언제나 똑같은 결과 값을 가지고 사는 것도 아니다. 하물며 자동차도 때때로 성능을 점검받으면서 운행하는데 그보다 훨씬 더 복잡한 우리들 인간은 더욱 세심하게 살피고 검증할 이유가 있지 않을까?

회사에 다니면서는 이 계획을 실천에 옮기지 못했다. 그러나 헌책방을 운영하기 시작하면서 본격적으로 내가 궁금했던 사항들을 직접 실행에 옮겨보고 결과가 어떤지 몸으로 느껴보기로 결심했다. 헌책방을 처음 시작했을 때 나는 일산의 백석동에 살고 있었다. 일터는 은평구 응암동. 광역버스를 타거나 오토바이를 직접 운전해서 출퇴근했는데 이동거리는 편도 20km 정도다. 출퇴근에 걸리는 시간은 버스와 오토바이가 비슷했다. 대략 40~50분 정도. 당시엔 일주일에 하루만 쉬고 계속 나와서 일을 했으니 순수하게 출퇴근만 해도 한 달 교통비는 10만 원이 조금 못 되게 나왔다. 가끔은 택시를 타는 일도 있어서 교통에 들어가는 씀씀이는 이보다 커지기도 한다.

여기서 말하고자 하는 것은 돈 문제가 아니다. 나는 여전히 출퇴근에 많은 에너지를 소모하고 있었다. 광역버스를 타면 나는 의자에 앉아 있지만 버스의 에너지에 의지하고 있는 것이다. 오토바이는 물론 내가 직접 운전해야 하기 때문에 연료소비와 더불어서 신체적인 에너지도 함께 사용된다. 여기서 좀 더 들어가 보면, 내가 한동안 오토바이라는 이동수단에 푹 빠져 있었다는 거다. 회사 다닐 때부터 오토바이를 좋아했는데 그 이유는 역시 빠르고 멋있기 때문이다. 자동차도 그렇지만 오토바이 역시 기종에 따라 '제로백'(멈춘 상태에서 시속 100km에 닿을 때까지 걸리는 시간)이 얼마나 짧은가가 중요했다. 오토바이에 빠져들수록 더 빠르고 화려한 기종을 가지기 위해 노력하는 내 모습을 보았다. 물론 기본적으로 이동수단은 빠를수록 높은 가격을 지불해야 한다.

그런데 잘 생각해보면 나는 스피드를 즐기는 사람이 아니다. 회사에 다닐 적엔 경쟁적으로 빠른 것을 원했다. 그 이유는 간단하다. 다른 사람보다 우월해 보이고 싶었기 때문이다. 빠른 교통수단을 갖는다는 건 내가 다른 사람보다 돈이 많다는 걸 증명하는 것이기도 했고 이를 통해 더 풍요로운 사회생활을 즐길 수 있다는 자부심을 드러내는 방법이었다.

일리치는 이것이 현대사회의 고질병이라고 말한다. 더 중요한 일을 하는 사람일수록 빠른 이동수단을 이용한다. 덜 중요한 일을 하는 사람은 버스로 이동하지만 그는 기차나 비행기를 이용해서 업무를 처리한다. 이런 사람은 이동수단에 많은 에너지를 소비할 수 있고 대개는 월급도 그만큼 많다. 돈을 적게 가진 사람은 빠른 이동수단을 이용할 기회가 적기 때문에 점점 더 적은 월급을 받으면서 일하게 되는데 이런 상태가 반복될수록 빈익빈 부익부 현상은 가속화된다. 비단 업무에 있어서만 국한된 문제가 아니다. 돈이 많으면 그만큼 먼 곳으로 여행을 갈 수도 있고 자주 다닐 수 있다. 그리고 여행이나 문화생활을 누릴 수 있는 시간 자체도 많다. 이 모든 게 에너지를 많이 가진 이들이 누릴 수 있는 특권이다. 이런 시스템을 깨어버릴 수는 없는 걸까? 에너지의 공정성을 회복할 수는 없는 걸까?

일리치의 해법은 최대한 에너지를 소비하지 않거나 일정 수준으로 제한하는 것이다. 그렇게 하면 어떤 이득이 있을까? 어떤 좋은 일도 생기기 않을 것 같았고 오히려 생활하는 데 불편만 초래할지 모른다는 우려가 됐다. 하지만 해보지 않으면 알 수 없는 일도 있다. 작은 실험을 해보았다. 내가 살고 있는 집을 일산에서 은평구 헌책방 일터 근처로 옮기는 것이다. 이렇게 하면 버스나 오토바이에 들어가는 에너지를 더 이상 사용하지 않아도 된다. 물론 출퇴근 할 때에만 적용되는 것이지만 결과는 대단히 만족한다.

우선 출퇴근 할 때 소모된 에너지가 오롯이 내 것이 되어서 일에 집중할 수 있게 됐다. 상쾌한 기분으로 일을 시작할 수 있었고 일을 마친 후에도 에너지가 남아서 즐겁게 저녁 시간을 맞게 됐다. 가장 큰 소득은 빠르게 이동할 때에는 보이지 않았던 동네 가게들이 비로소 눈에 들어오기 시작한 것이다. 걸어서 갈 수 있는 곳에서 식사를 하고 시장이나 마트에 가서도 손에 들고 올 수 있을 만큼만 물건을 샀다. 자동차를 이용할 때는 훨씬 더 많은 것을 구입했고 그렇게 마트에 갈 때마다 한가득 구입하는 것이 다른 사람보다 우월하고 윤택한 생활을 한다는 믿음을 가지고 있었다. 하지만 그때와 지금을 비교해보면 물어볼 필요도 없이 지금이 훨씬 풍요로움을 느낀다. 이것은 그저 감정뿐인 게 아니라 실제 풍요로움이다. 시간이 지남에 따라 생활이 간소해지고 해방된 기분이 들었는데 돌이켜보니 바로 그것이 무작정 써오던 에너지로부터 탈출했을 때 드는 느낌이었다.

나는 여전히 헌책방 근처에 살고 있다. 오토바이는 전보다 훨씬 적은 배기량을 가진 기종으로 바꿨다. 그것으로도 만족한다. 그 외에는 자전거와 킥보드를 갖고 있다. 지하철 몇 정거장 정도는 기어가 하나뿐인 단순한 자전거로 이동하고 그보다 짧은 곳은 킥보드를 타고 다닌다. 날씨가 좋으면 걸어 다니는 일도 많다. 에너지를 많이 소비하고 있을 때는 남들과 비교해서 우월하다는 감정이 나를 만족하게 만들었는데 그것은 그야말로 진짜가 아닌 허상이었다. 적은 에너지를 사용하고 적당히 갖고 있을 때, 그것들을 내 스스로 컨트롤할 수 있을 때 비로소 윤택한 생활과 마주할 수 있었다. 이 귀한 깨달음은 책 몇 줄 읽은 것으로는 알기 힘든 것이었다. 몸을 움직여 내 안에서 만들어낸 에너지를 사용하는 것만큼 만족스러운 일은 이제까지 없었다.

헌책방과 자립

> 오늘날 개인이 필요에 대해 가장 먼저 느끼는 것은 무력감과 연관돼 있습니다. 상품이 지배하는 환경 속에서, 가게와 시장에 의지하지 않고서는 더 이상 필요가 충족되지 않는 것입니다. 상품으로 결정되는 인간이 경험하는 만족 속에는 자립의 좌절이 함축되어 있습니다.•

벌써 10년 넘게 한 동네에서 헌책방을 운영하고 있지만 여전히 가장 많이 듣는 말 중 하나는 "이거 해서 먹고살 수 있냐"는 것이다. 먹고살 수 있다. 대신 매번 비싼 걸 먹고 살 수는 없다. 임대료가 비싼 집에서 살 수 없고, 비싼 옷을 입고 살 수 없고, 비싼 자동차를 가지고 살 수 없다. 그렇지만 이렇게 잘 살고 있다. 누가 일부러 죽이려고 하지만 않는다면 앞으로도 이만큼 잘 살 것 같다.

솔직히 말하면 헌책방 해서 그렇게 많은 수익이 남는 건 아니

• 이반 일리치, 권루시안 옮김, 『과거의 거울에 비추어』, 느린걸음, 2013, 175쪽.

다. 중고 책 한 권 팔면 얼마나 이익이 남는지 우리 헌책방 판매 실적을 조사해 본 적이 있다. 매출이 아니라 순이익으로 따지면 책 한 권 팔 때 남는 돈이 고작 500원에서 1000원 사이다. 자, 이제 계산기를 두들겨보자. 이곳 헌책방은 일주일에 4일만 영업한다. 한 달이 30일이라고 했을 때 최대로 일할 수 있는 날 수를 16일이라고 해보자. 헌책방 임대료와 전기세, 수도세 등 매달 나가는 고정비용을 합치면 120~150만 원 사이다. 계산하기 쉽도록 적게 잡아서 비용이 120만 원이라면 하루에 7만 5천 원의 순이익을 남겨야 하는데 책 한 권 당 1000원이 남는다고 하면 75권을 팔아야 한다. 하지만 75권을 팔면 거기서 생긴 돈은 매출이지 순이익이 아니다. 사실상 하루에 책 100권 정도는 팔아야 한 달 고정비가 나오는 것이다. 그러나 이렇게 해서는 정말 먹고살 수가 없다. 왜냐하면 이 계산에서는 내 월급이 빠졌기 때문이다. 역시 계산하기 쉽도록 내가 월급 120만 원을 받아야겠다고 정한다면 하루에 팔아야 할 책은 200권으로 늘어난다.

그런데 나는 엄청나게 느린 사람이기 때문에 한 달에 입고시키는 책을 다 합쳐도 최대 200권이 안 된다. 하루가 아니라 한 달에 그 정도다. 헌책방의 책은 도매상에서 주문할 수 없기 때문에 일꾼이 직접 발품을 팔아서 구입해 와야 한다. 때론 장서가들의 집을 방문하는 출장매입을 하고 더러는 손님들이 책을 헌책방에 직접 가져오는 경우도 있다. 혹은 책을 전문으로 다루는 중간상인에게 구입하는 일도 종종 있다. 어쨌든 이렇게 해서 내가 우리 헌책방에 입고시키는 책을 달마다 완판시킨다면 헌책방을 유지할 고정비용과 월급을 벌 수 있겠지만 입고시키는 책보다 팔리는 책이 더 많아 더 이상 팔 책이 없게 된다. 이러면 책이 팔려도, 팔리지 않아도 망하는 건 똑같다. 여기까지 주의 깊게 읽은 독자라면 내가 간달프 같은 마법사가 아니고서야 이 정도 수익을 올리는 것 자체가 불가능하다는 걸 알아차릴 것이다. 그러니까 "이거 해서 먹고살 수 있냐"고 묻는 게 그리 이상한 것도 아니다.

그러면 나는 어떻게 먹고살 수 있는 것인가? 헌책방에서 일하며 한편으론 이렇게 글을 쓰고 있으니까 그럭저럭 살 수 있다. 신문이나 잡지사로부터 원고 청탁을 받으면 원고지 한 매당 얼마씩 쳐서 원고료를 받는다. 책 쓴 것으로는 인세가 나오고 가끔은 불러주는 곳이 있어서 강연을 하고 강사료를 얼마간 받는다. 이것이 내가 먹고사는 수단이다. 헌책방에서 일하는 것만으로는 돈이 안 되니까 '투잡'을 하고 있는 게 아니냐고 묻는다면, 당당하게 아니라고 대답하겠다. 구두를 판매하는 가게 주인이 직접 구두를 만든다고 해서 그걸 다른 직업이라고 할 수 없지 않은가. 오히려 더 권할 만한 일이다. 몇 해 전부터 우리나라에는 작가나 편집자가 직접 운영하는 서점이 생기고 있는데 나는 이런 곳이 더 많아져야 한다고 생각한다. 농부가 밥집을 운영하고 뮤지션이 음반점에서 일하는 것만큼 멋진 풍경이 또 있을까!

하지만 역시 현실은 빠듯하다. '농부밥집'과 '뮤지션음반점'이 멋지게 보일 수는 있겠지만 '작가헌책방'을 운영 중인 내 생활은 확실히 빠듯함 그 자체다. 그러나 회사에 다니며 이보다 몇 배나 되는 월급을 받을 때도 역시 빠듯하다고 느끼며 살았다. 문제는 의심의 여지 없이 '돈'이라는 녀석에게 있지만 내 쪽에도 아무런 잘못이 없는 건 아니다. 어렸을 때부터 경제관을 제대로 교육받지 못했기 때문에 내겐 아무리 많은 돈이 있다고 하더라도 그만큼 빠듯하게 살았을 것이다. 이건 꽤 심각한 문제다. 그러나 해결하고 싶은 마음이 없었을 뿐 아니라 방법도 몰랐다. 가장 큰 문제는 생활이 언제나 왜 빠듯한지에 대해서 전혀 문제의식을 가지지 않고 살았다는 데 있다.

이반 일리치의 책을 읽으면서 크게 와닿았던 점이 내가 문제를 발견하고 바꾸어 나가도록 하는 데 적잖이 도움을 주었다. 일리치는 언제나 사람들의 '자립'을 강조했다. 특히 산업화사회로 접어들면서 우리들은 어딘가에 의지하는 태도가 커졌고 그런 분위기는 어떤 눈치 빠른 사람들에게는 확실한 돈벌이 수단으로 작용했다. 이들은 사람들이 언제나, 어디서나 무언가를 필요로 하도록 반복해서 광고했고 종국에는 사람 그 자체도 필요한 사람과 불필요한 사람으로 나누어지게 됐다.

사람들에게 필요를 충족시키는 전문가 집단이 탄생했고 이들은 우리들에게 무엇이 필요한지 결정할 수 있는 권리를 취득했다. 살면서 필요한 것을 잘 마련할 수 있는 사람들은 부유하고 우월한 위치를 차지할 수 있었다. 혹은 그렇게 보이고 싶기 때문에 사실상 불필요한 것이라고 해도 필요한 것처럼 여기며 자신의 욕망을 더 뜨겁게 달궜다. 진짜로 필요한 것을 가지기보다 '내일은 내가 무엇을 욕망하면 좋을지 그것에 대해서 욕망해보자.'라는 한심한 꿈을 꾸며 잠자리에 들었다. 이렇게 사람들은 점점 자립의 본질에서 멀어졌고, 돈을 벌어 집을 구입해서 가족과 떨어져 따로 거주하는 것이 자립이라고 믿게 됐다.

자립은 우리를 잡아매도록 구속하는 것으로부터 탈출해 그것에 더 이상 의지하지 않는 것이다. 일리치는 늘 넓은 의미로 이 단어를 사용한다. 부모로부터 독립은 진정한 자립이 아니다. 일리치는 궁극적으로 우리에게 항상 무언가를 의지하도록 교육시키고 있는 전문가로부터 완전히 떨어져 나올 것을 주문한다. 인간을 쓸모없는 존재로 타락시키고 언제나 필요한 것을 느끼도록 중독시킨 현대사회의 전문가들, 필요한 것과 그렇지 않은 것을 가르고 평가하는 전문가들, 남보다 더 먼 곳으로 자주 여행을 떠나는 게 멋진 삶이라고 속삭이는 전문가들, 비싸고 빠른 자가용을 가지는 게 우리에게 필요하다고 강요하는 전문가들, 세상 어디든 널려 있는 이 전문가들에게 "그렇게 하지 않는 쪽을 선택하겠습니다!"•라고 말하며 돌아서는 것이 자립이다.

헌책방을 운영하면서 나는 어떻게 하면 우리 사회 시스템, 자본주의 시스템에서 자립할 수 있을지 궁리했다. 어떤 사람은 시골이나 지방 도시로 가면 임대료와 생활비가 저렴하니까 일터와 삶터를 옮기라고 조언한다. 그러나 나는 이 실험을, 힘이 닿는 한 서울이라는 대도시에서 해보려고 한다. 그 이유는 바로 이곳이

• 미국 소설가 허먼 멜빌이 쓴 소설 『필경사 바틀비』의 주인공 바틀비는 사무실 구석자리에 앉아있으면서 아무런 일도 하지 않으려고 한다. 이때 그가 입버릇처럼 하는 말이 "I would prefer not to."이다. '안 하겠다'는 게 아니라 '하지 않는 쪽을 선택하겠다'는 의미가 있다.

인간의 자립을 방해하는 최고의 시스템을 갖춘 공간이기 때문이다. 실험장으로는 최적이 아닌가 싶다.

헌책방을 만들고 몇 년이 지났을 때 서울 이곳저곳에 마을 가꾸기 운동이 생겨났다. 정부에서 지원금이 나왔다. 마을마다 사랑방이나 동네 카페, 작은 도서관이 많이 들어섰다. 이번엔 사람들이 헌책방을 비영리단체로 변경해서 지원금을 신청해보면 어떻겠냐는 조언을 했다. 당연히 그런 일은 꿈에서조차 생각하지 않던 것이다. 누구로부터 지원금을 받는다는 것은 필연적으로 그로부터 간섭을 받게 된다는 걸 뜻한다. 세상에 공짜 없다는 말이 있듯이 무엇을 받으면 무엇은 내주어야 한다. 더구나 정부로부터 받는 돈이라면 더욱이 내게는 의미가 없다. 이곳은 자립의 실험장을 자처한 가게가 아닌가. 광고 카피처럼 "묻지도 따지지도 않고" 누구에게나 지급하는 기본소득의 개념이 아니라면 받고 싶지도, 받을 이유도 없다.

희망제작소 상임이사였던 박원순 씨가 서울시장이 되면서 유혹(?)은 더욱 거세졌다. 나는 이미 희망제작소 평창동 사무실을 디자인했던 경험이 있기 때문에 과분하게도 서울시장 집무실을 다자인하는 임무를 맡게 됐다. 머리를 잘 굴려본다면 이로부터 여러 가지 반사이익을 챙길 수도 있었겠지만 서울시장 집무실 디자인을 마치고 난 뒤로는 거리를 두었다. 계속 진행되어오던 마을운동은 사회활동가가 시장 자리에 앉으면서 탄력을 받아 더욱 활기를 띠었다. 협동조합, 마을기업 등의 이름으로 생겨난 가게들이 많아졌고 지원금 규모도 상당해졌다.

이제 사람들은 이상한나라의헌책방을 '사회적 기업'으로 등록하라고 조언했다. 하지만 나는 그게 왜 필요한지 알 수 없었다. 헌책방은 이미 내 역량이 닿는 범위 내에서 사회에 이로운 활동을 해나가고 있다. 조언자는, 그러니까 더욱 사회적 기업이 되어야 한다고 권유했다. 이미 몇 년 동안이나 그런 활동을 해왔으니 이제 서류만 써내면 된다는 것이다. 아무런 바탕도 없이 서류작업부터 시작하는 이들에 비하면 얼마나 쉬운 일인가, 라며 안타까운 마음을 내비치는 손님도 더러 있었다. 그러나 나는 사회적으로 이로운 활동을 한다는 의미를 서류로 증명하거나 보고하고 싶지는 않았다. 그런 증명이 필요한 것인가? 일리치에 의하면, 그것이 필요하다고 느끼며 계속적으로 집중하다 보면 어느 사이 한계를 넘어서 그것에 의지하고 마는 것이다.

내가 생각하는 자립은 간단명료한 것이다. 손님에게 좋은 책을 팔고, 나 스스로 괜찮은 책을 써서 돈을 버는 것이 지원금을 받기 위해 보고서를 써내는 것보다 더 의미 있는 일이라고 믿는다. 내가 가진 본연의 잠재력(그 가운데 멋지게 보고서를 써내는 재능이 있었다면 그렇게 했으련만! 나에게 그런 재능을 주지 않은 신에게 감사한다.)을 발휘해서 적어도 내가 생활하는 주변에 좋은 변화의 기운을 나누는 것, 이것으로 만족한다. 자립은 복잡한 무언가를 필요로 하거나 요구하는 게 아니며 그런 것에 의지하지 않을 때 비로소 시작된다.

이는 아주 사소한 한 걸음일지 모른다. 그러나 이렇게 내딛는 한 걸음이 많아지면 어느 날 뒤를 돌아볼 수 있을 만큼 먼 곳에서 있는 자신을 발견하게 될 것이다. 처음 와보는 낯선 곳일지라도 외로운 마음은 더 이상 들지 않을 것이다. 여기저기 흩어져 있는 발자국은 같은 곳을 향하고 있지 않지만 나 혼자만의 흔적이 아닌 것을 알게 될 것이기 때문이다.

헌책방과 자유

현대인은 어디서나 감옥에 갇힌 수인이다. 시간을 빼앗는 자동차에 갇히고, 학생을 바보로 만드는 학교에 잡혀 있고, 병을 만드는 병원에 수용되어 있다. 사람은 기업과 전문가가 만든 상품에 어느 정도를 넘어 지나치게 의존하다 보면 자기 안에 있던 잠재력이 파괴된다. 그것도 아주 구체적으로 파괴된다.•

더욱 아름다운 삶을 원하기 때문이 아니라 우리가 현대사회에 얼마나 구속되어 있는지를 알고 싶기 때문에 우리는 단념하거나 포기할 수 있다. 단념은 또한 우리가 그것들에게서 얼마만큼 자유롭게 살아갈 수 있는지를 자각하게도 해준다.••

다니던 회사를 그만두고 헌책방을 차렸다고 하니 많은 사람들이 이렇게 말한다. "잘나가던 회사를 그만둘 때 엄청난 용기가 필요했겠네요!" 나의 입에서 단내가 날 정도로 이미 여러 곳에서 다음

• 이반 일리치, 허택 옮김, 『누가 나를 쓸모없게 만드는가』, 느린걸음, 2014, 85쪽
•• 이반 일리히, 이한 · 서범석 옮김, 『이반 일리히의 유언』, 이파르, 2010, 170쪽

과 같이 말했다. 첫째, 나는 회사에서 잘나가는 직원이 아니었다. 잘나갔으면 굳이 회사를 그만둘 생각도 안 했다. 늘 안정을 우선으로 추구하는 내 성격상 잘나가는 회사를 향해 사표를 던질 위인은 못 된다. 둘째, 회사를 그만둘 때 용기는 필요 없었다. 오히려 그 반대다. 회사를 계속 다닐 용기가 나지 않았다.

회사에 적응하지 못했던 가장 큰 이유는 자유가 없었기 때문이다. 나는 꽤 자유로운 환경에서 어린 시절을 보냈다. 부모님 역시 자유로운 분들이었고 강원도 태백과 서울 정릉에서 살았던 기억도 대부분 자유롭게 지냈던 좋은 느낌으로 충만하다. 자유를 박탈당한 기분이 들었던 것은 초등학교를 입학하면서부터다. 정말이다. 나는 학교에 들어서는 즉시 그곳이 감옥 같다는 무서운 공포와 마주했다. 딱히 모난 행동을 하지 않는 내성적이고 얌전한 아이였지만 한 반에 70명씩 학생들이 맞붙어 앉아 있다는 것 자체가 두려웠다.

어릴 적 내가 살던 강원도 동네는 사람보다 나무와 야생동물이 더 많았다. 자동차가 내뿜는 매연의 냄새를 맡아 본 기억이 없다. 대신 물이 오른 봄꽃들이 터뜨리는 향긋한 내음, 아까시나무 숲길 아래 오솔길을 걸을 때 맡았던 야릇하도록 달콤한 냄새를 지금도 기억 속에서 떠올릴 수 있다. 귀를 찢는 구급차와 소방차의 사이렌보다는 직박구리와 부엉이가 내는 소리, 개 짖는 소리에 익숙하다. 어른이 된 지금도 나는 이때 받았던 자연의 세례 덕분에 감수성을 잃지 않고 촉촉한 마음을 유지하며 산다고 믿는다.

자연의 세계는 자유의 세계였다. 누가 일부러 정해주는 것도 아닌데 계절마다 다른 꽃이 피고 가을엔 열매가 익는다. 새들이 자기 짝을 부르는 소리는 음정도, 박자도 음표로 그려낼 수 없는 것이지만 귀로 들어온 소리가 머릿속까지 간지럽히며 상쾌하게 만든다. 마치 자기들끼리 자유롭게 피고 지고 노래하는 것처럼 보이는데 멀리 떨어져서 숲을 보면 이보다 조화로운 것을 찾을 수 있을까 싶을 정도로 마음에 안정을 준다.

반대로 학교는 무시무시한 곳이었다. 누구도 나를 억압하거나 가두려고 하는 건 아니었지만 건물의 모양, 마룻바닥, 사각형 창틀, 국기게양대 이 모든 것이 내겐 폭력적으로 다가왔다. 모든 아이들이 똑같은 시간에 등교해서 똑같이 공부하고, 같은 시간만큼 쉬고, 똑같은 문제를 같은 시간 안에 풀어야 하는 시험도 역시 내겐 고통이었다. 거기서 끝이 아니었다. 중학교, 고등학교에 진학하면서 그런 고통은 더욱 커졌고 대학을 졸업할 즈음엔 사회에 진출한 준비가 된 것이 아니라 그와 정반대로 완전히 방전된 상태가 된 것을 알았다.

이러니 회사생활을 잘할 수 있을까? '잘나가지 못한' 사회생활은 하루하루가 고역이었다. 그런데 주변을 둘러보니 이것은 비단 나만의 문제가 아니었다. 그즈음 나는 이반 일리치의 책을 읽으면서 우리들 모두가 사실은 현대사회라는 감옥에 갇힌 신세라는 걸 깨닫게 되었다. 이것은 돈이나 권력 같은 문제를 떠나서 모두에게 해당하는 심각한 유행병이다. 우리나라 최고 부자라고 할 만한 삼성회장 이건희 씨부터 서울역 지하보도에서 종이박스를 덮고 생활하는 노숙생활자 김 씨까지 모두 나름의 고통을 안고 평생을 살아야 하는 곳이라면 뭔가 단단히 잘못된 것이 아닐까?

이 감옥에서 더 견딜 만한 용기가 없었다. 그러나 여기서 도망간다면 어디로 가야 하나? 이곳을 탈출하면 또 다른 감옥 문이 기다릴 뿐이다. 그렇다고 하더라도 가야 했다. 어디로든 갈 수 없기 때문에 여기에 안주하는 거라면 차라리 여러 감옥을 돌아다니며 영원히 끝나지 않을 탈출을 반복하며 사는 것도 나쁘지 않을 것이다.

그러니 회사를 그만두고 다른 일을 해야겠다고 마음먹었을 때 쉽사리 결정하지 못한 것도 무리가 아니다. 그때 나는 어떤 직업을 구체적으로 머릿속에 그리고 있었던 게 아니라 나에게서 멀어진 자유를 되찾아 줄 수 있는 일이 무엇일까 궁리하고 있었기 때문이다. 그것이 바로 '책'이었다. 그러나 책에 관계된 일도 한둘이 아니다. 작가 되어볼까? 출판사에서 일해야 할까? 서점을 운영할까? 지금 생각해보면 참 우습다. 내가 멋대로 '자, 내일부터 작가로 활동해야지!'라고 마음먹으면 당장 작가가 될 수 있는 것도 아닌데 어쩌면 그리 맹랑한 궁리를 하고 있었을까.

궁리 끝에서 '헌책방'을 만났다. 헌책방은 내가 어렸을 적부터 꿈에 그리던 일이다. 내가 헌책방에서 배우고 느꼈던 여러 가지 모양들을 떠올려볼 때 헌책방이야말로 자유라는 단어와 가장 어울리는 일임에 분명했다. 자연스럽고, 무질서한 것처럼 보이지만 책들이 저마다 나름의 역할을 하며 어떤 사람일지 알 수 없는 손님을 기다리는 곳이 헌책방이다. 생각만 해도 자유로움으로 내 마음이 충만해지는 것을 느낄 수 있었다.

자유라고 하는 것은, 딱 잘라 정의 내리기 어렵지만 언제가 봤던 일본영화 〈카모메 식당〉에 나오는 주인공의 대사가 얼마간 내 생각과 비슷하다. 그녀는 외국에서 일본식 주먹밥을 판매하는 식당을 운영하고 있는데 한 손님이 주인에게 이렇게 말한다. "하고 싶은 일을 하니까 좋으시겠네요." 대답이 재치 있다. "하고 싶은 일을 해서 좋다기보다는 하고 싶지 않은 일을 하지 않으니까 좋아요." 이게 자유의 본질이 아닐까? 사람들에게 자유가 무엇이냐고 물어보면 대개는 내가 하고 싶은 일을 아무 방해도 받지 않고 할 수 있는 상태라고 말한다. 하지만 이런 생각은 자칫 위험한 결과로 치달을 수도 있다. 그보다는 내가 하고 싶지 않은 일을 하지 않아도 되는 상태, 내가 하고 싶지 않은 일을 남에게 강요하지 않아도 되는 상태가 더욱 자유라는 이름과 어울린다.

지금까지 헌책방을 운영해오면서 나는 여러 가지 실험을 했다. 그것은 모두 자유와 관계된 이름으로 설명할 수 있다. 우선은 내가 자유라고 느낄 수 있는 일이 되도록 노력했다. 자유롭게 일하면 즐길 수 있다. 그런데 일이라는 것을 과연 즐길 수 있을까? 나는 생각이 막힐 때면 원래 생각을 뒤집어본다. 그럴 때 막혔던 길이 풀어지기도 한다. 일을 즐길 수 없다면 즐거울 만한 일을 하면 되지 않을까? 좀 유치한 것 같지만 어쨌든 직원도 한 명 없이 나 혼자 시작한 헌책방이니까 내 멋대로 운영해도 누가 뭐랄 사람 없을 테니 엉뚱하더라도 이것저것 해보기로 마음먹었다.

즐길 수 있는 일이 무얼까 떠올려보니 의외로 헌책방에서 할 수 있는 게 많았다. 책은 모든 문화의 뿌리다. 문학, 역사, 철학, 과학, 인간이 만들어낸 모든 유산이 책에 기록됐기 때문에 지금 우리가 알 수 있다. 그러니까 책이 한가득 있는 헌책방에서 문화 활동을 하는 것은 아주 자연스럽다. 떠들썩한 술집에서 책을 읽는 건 어색해 보여도 서점에서 술 한 잔 마시는 건 그림이 그려진다. 책이 있는 곳에서 음악 감상회, 책으로 둘러싸인 공간에서 열리는 라이브 공연, 소설을 원작으로 삼아 만든 영화 상영회, 사회문제를 함께 고민해보는 토론회, 심지어 책방에서 보물찾기, 딱지치기, 종이비행기 접어 날리기까지. 해보고 싶은 게 너무 많아 무엇부터 해야 할지 난감할 지경이었다.

자유라는 것은 리듬과 속도가 중요하다. 나는 사람마다 지문이 서로 다른 것처럼 생각과 신체의 리듬과 속도 역시 모두 다르다고 믿는다. 나로 말할 것 같으면 리듬은 되도록 일정한 것에 익숙하고 몸과 마음의 속도는 느리다. 밥을 먹을 때도 남들보다 한참 느려서 이것 때문에 회사 생활을 하며 스트레스를 받을 정도였다. 즐겁게 일하기 위해서는 가장 먼저 내가 어떤 리듬을 갖고 있는지 내 몸과 마음의 속도가 어떤지 알아봐야 할 필요가 있다. 먼저 자기를 제대로 들여다볼 수 없으면 자유로움 역시 맛볼 수 없다. 수십 년 동안 자극적인 음식만 먹어온 사람이 진짜 맛있는 음식을 맛보려면 우선 본연의 미각을 되찾는 훈련을 해야 하는 것과 마찬가지다.

그럼에도 불구하고 나는 어떤 면에서 아직까지 일리치가 말한 현대사회의 감옥에서 완전히 벗어나지 못했다. 이곳은 모든 곳이 거대한 감옥 같아서 문을 열고 나가면 또 다른 감옥이 있고 거길 나가면 다시 새로운 감옥이 기다리는, 마치 시시포스의 노동처럼 무한한 절망만이 기다리고 있는 세계일지도 모른다. 하지만 절망하더라도 포기하지는 않으련다. 이 길이 아니면 다른 길로, 이 문이 아니면 또 다른 문을 계속 열어젖히며 끊임없이 이 세계를 어지럽히는 사람이 되고 싶다. 어쩌면 성경에 나오는 야곱이 천사와 씨름을 벌이다가 항복을 받아내는 것처럼, 그런 행운이 내게도 올지 모르니까 그때까지는 계속해서 문을 두드리고 또 두드려 볼 것이다. 가끔은 문 너머에서 나와 비슷한 사람 몇 명을 우연히 만나게 되어 잠시 멈춰 즐겁게 이야기 나누는 상상을 한다. 그리고 우리들은 또 아무렇지도 않게 서로 다른 쪽 문손잡이를 잡을 것이다.

헌책방과 전문가

> 예로부터 상인은 창고에 쌓아둔 물건을 파는 사람이다. 길드의 직인(職人)은 물건의 품질을 보증하는 사람이었다. 장인은 고객의 치수뿐 아니라 취향에 맞게 물건을 만드는 사람이었다. 그러나 이 시대의 전문가는 내게 필요한 게 무엇인지를 말해주는 사람이다. 그들은 사람을 처방할 권리를 요구한다. 그들은 무엇이 좋다고 광고할 뿐 아니라 무엇이 옳은지를 선포한다.•

봄, 가을이면 여지없이 여러 곳에서 전화나 이메일 연락을 받는다. 대부분은 잡지사나 뉴스 매체 기자들이다. 연락한 이유는 대개 어슷비슷하다. 독서문화, 책문화, 서점문화에 대한 의견을 내게 듣고 싶다는 것이다. 왜 나에게 그런 것을 묻느냐, 내가 하는 말이 기사가 되어도 괜찮냐고 조심스레 되물으면 이들은 하나같이 내가 그 방면에 전문가이기 때문이라고 말한다.

전문가, 그것은 언제부터인가 이 사회에 대해서 말할 수 있는

• 『누가 나를 쓸모없게 만드는가』, 60쪽

일종의 자격증을 가진 사람인 것처럼 받아들여지고 있다. 청년들이 원하는 직업군도 대개는 '전문직'이며 그런 일을 하는 사람이 월급도 더 많이 받는다. 어느 순간부터 전문가 집단은 전문가가 아닌 사람보다 더 월등한 계급으로 추앙받고 있다. 전문가들은 권력을 갖고 있으며 자신들 이외에는 그 일을 할 수 없도록 협박하는 경우도 많다. 이를테면 많은 전자제품들이 이제는 고장이 난 경우 소비자가 그걸 분해해서 안을 들여다볼 수 없다. 임의로 분해한 경우 그것을 판매한 쪽에서는 더 이상 그 물건에 대해 책임을 지지 않는다는 무시무시한 경고 문구를 붙여놓는다.

과거엔 집에서 어른들이 라디오나 선풍기, 텔레비전 같은 가전제품을 스스로 수리하는 경우가 많았다. 어린 아이들이 어른들 흉내를 내면서, 혹은 지극한 호기심에서 멀쩡한 라디오를 분해했다가 망가뜨리는 일은 과거 세대에선 흔한 일이었다. 그런 아이가 자라서 훌륭한 기술자가 되는 일도 많았다. 동네에는 전파사가 있어서 수리하는 일을 전문적으로 했지만 내 기억에 그들은 지금처럼 자신들 주위에 높은 벽을 둘러치고 있지 않았다. 손님이 고장이 난 것을 가져오면 전파사 주인은 손님과 대화와 협업을 통해 수리과정을 공유했다. 물건을 가져온 사람은 수리하는 모습을 지켜보며 자연스레 배울 수 있었고 나중에 비슷한 문제가 발생했을 때는 스스로 해결해 볼 기회를 가졌다. 물론 그러다가 물건이 아주 못 쓰게 되는 일도 잦았지만 이로부터 얻게 되는 교훈 역시 생활의 지혜가 되어 다시 자녀나 친구들에게 나눌 수 있었다. 하지만 지금 그런 사람이 있다면 무모한 행동이라며 비난을 받는다.

어떤 큰 사건이 일어나면 텔레비전 뉴스에서는 언제나 그 방면의 전문가라고 여겨지는 사람을 인터뷰한다. 그는 신문이나 잡지에도 글을 기고하며 비슷한 역할을 한다. 전문가가 아닌 사람들은 그들이 한 말에 대해서 동조하거나 비난하는 임무가 주어진다. 수백 년 전에 비하면 사회는 더욱 자유롭고 모든 것이 다 발전하는 세상이지만 이 시대를 살고 있는 사람들 대부분은 아이러니하게도 점점 더 자신의 영역을 잃어간다. 개인의 역할은 시스템 안에 갇혀서 좁아지고 있으며 인간의 감성은 저 드넓은 산과 들로부터 쫓겨나 도시의 작은 원룸 크기만큼 작아졌다. 그러면서도 우리들은 인터넷 텔레비전에 파일 형태로 저장되어 있는 광활한 우주가 나오는 다큐멘터리 영상을 시청하며 이를 통해 대단한 꿈을 키워나간다고 착각하며 산다. 이반 일리치의 경고는 정확하고 핵심을 찌른다. 수많은 전문가들이 사실은 우리 모두를 쓸모없는 개인으로 만들어가고 있는 것이다.

나는 몇 해 전부터 텔레비전 방송에 헌책방을 담아내는 인터뷰를 더 이상 하지 않고 있다. 그전부터 영상매체라는 것에 상당한 부담을 갖고 있었는데 이상한나라의헌책방을 조금이라도 더 알리기 위해서는 이런 매체에 출연하고 멋진 말도 해야 된다고 생각하며 꾹꾹 눌러 참아왔다. 그러다 어느 순간 참지 못하게 됐다. 어쩌면 이것은 사소한 사건이었을지도 모르겠다. 하지만 내겐 더할 나위 없이 큰 정신적 충격이었다. 이대로 가면 헌책방 장사는 더 잘되겠지만 애초에 세워두었던 나의 가치관은 무너질 것이다. 무엇을 선택할 것인가? 결단은 오래 걸리지 않았다. 이 헌책방은 오늘 있다가 내일 어떤 일로 인해 문을 닫을지도 모르는 그저 공간에 불과하다. 하지만 나는, 내 가치관과 철학은 그보다 오래 가기를 원한다. 훗날 누군가 내게 물었을 때 나는 작게나마 철학을 가지고 있었노라 말할 수 있기를 바란다.

우리 헌책방에서는 매달 두 번씩 금요일 밤에 문화행사를 하고 있다. 고전영화를 보거나 LP감상회를 하는 등 프로그램은 다양하다. 문제의 그날은 인디밴드를 초청해서 라이브 공연을 하고 있었다. 오늘 연주한 팀은 이미 이곳에서 여러 번 공연을 했기 때문에 인기가 있어서 관객이 적지 않았다. 그리고 이날 한 방송사로부터 헌책방에서 하고 있는 문화행사를 취재하고 싶다는 연락을 받았다. 공중파 뉴스에 영상이 나가면 헌책방은 더 많이 알려질 것이고 손님도 늘 것이 당연하다. 뉴스 카메라와 인터뷰 촬영에 여전히 부담스러운 마음을 갖고 있었지만 헌책방 홍보를 위한 것이니 조금은 양보하자며 내 마음과 타협했다.

그들은 전문가였다. 어떻게 하면 이 누추한 헌책방이 방송에서 그럴듯하게 보일 것인지 단박에 알아차린 사람들처럼 공연이 시작되기 전 여기저기 스케치 촬영을 하고 인터뷰도 했다. 실내조명이 꺼지고 무대 쪽에만 불을 밝힌 다음 공연이 시작됐다. 카메라 렌즈가 무대를 향하고 있었지만 밴드는 훌륭하게 연주를 이어나갔다. 두 곡 정도 연주를 마치고 분위기가 어느 정도 무르익었을 무렵, 뜻밖의 일이 벌어졌다. 다음 곡을 연주하고 있는데 갑자기 카메라를 든 사람이 무대 위로 올라가서 연주자들의 모습을 근접 촬영하는가 싶더니 이내 LED 조명을 환하게 비추고 관객을 향해 카메라를 돌렸다. 연주는 여전히 계속되고 있었지만 그 몇 초 동안 공연의 분위기는 완전히 바뀌었다. 이즈음 거기 있던 사람들 중에 당황하지 않은 이들은 카메라 기사와 리포터뿐인 것 같았다. 이들은 우리와 완전히 다른 세계에서 온 외계인들처럼 행동하며 아주 자연스럽게 무대와 관객석을 누비며 카메라에 영상을 담았다.

이 모습을 보고 있던 나는 무대로 올라가 이들을 저지하고 공연을 중단시킬 수밖에 없었다. 촬영팀은 오히려 내가 했던 행동을 이해할 수 없다는 눈치였다. 우여곡절 끝에 공연은 끝났고 그 후에 나는 강하게 항의했다. 촬영도 해야겠지만 관객이 좋은 공연을 편안하게 보는 게 오늘 행사의 목적인데 이날 했던 행동은 정도가 심한 거 아니냐고 말했더니 돌아오는 대답은 나를 더 화나게 했다. 이렇게 촬영을 해야 방송으로 나갔을 때 더 결과물이 좋다는 것이다. 여기서 라이브 연주를 지켜보는 관객은 십수 명에 불과할지 몰라도 이것이 방송으로 나가면 수백 만 명이 헌책방 문화행사에 대해서 관심을 가질 수도 있다. 그러면 어느 쪽에 더 신경 써야 하겠는가? 멋진 논리였다. 과연 전문가다운 솜씨다.

그렇다. 이들은 이 분야의 전문가이며 전문적인 기술을 갖고 있다. 나는 방송이 어떻게 만들어지고 어떤 식으로 화면을 통해 보이게 되는지 알지 못한다. 어쩌면 방송 전문가들은 나에게 이런 사실을 설명해주면서 답답함을 느꼈을지도 모른다. 나는 이

날 나대로 항의를 했지만 역시 전문가들의 논리와 말솜씨에 주눅이 들었고 전문가가 아닌 내 존재는 지우개로 문질러지고 있는 느낌을 받았다.

이런 사건을 겪고 나서 앞으로는 영상매체에는 되도록 나가지 않아야겠다고 다짐했다. 그 이유는 다음과 같다. 신문이나 잡지의 인터뷰 같은 경우, 촬영한 사진과 기사내용을 어느 정도는 내가 잠시 검토해볼 수 있는 여지라도 있는데 영상매체의 경우 지금껏 당사자인 내가 검토할 수 있었던 적은 한 번도 없었다. 이렇다 보니 내가 했던 말과 지었던 표정들은 내 의도와 상관없이 대부분 연출의도대로 편집되었고 때로는 과대포장되었다. 영상 속에서 나는 대단히 권위적인 전문가처럼 보였다.

우리는 모두 저마다 삶에 있어서 전문가가 아닌가. 법력 높은 스님도, 기적을 행사한다는 목사도, 박사학위를 몇 개나 갖고 있는 학자도 우리들의 삶을 대신 살아주지는 않는다. 사람들은 때로 전문가를 자처하는 그들이 듣기 좋은 말을 하면 기뻐하고 애매한 행동을 하면 싫어하며 비난한다. 일리치에 따르자면 이런 불행은 우리들의 삶을 이런저런 전문가들에게 맡겼기 때문이다. 이것을 다시 되찾아 오는 것이 우리가 지금부터 해야 할 일이다.

나는 헌책방을 운영하지만 책에 관한 전문가라고 자부하지는 않는다. 가끔은 읽을 만한 책을 권해달라는 요청을 받는데, 대부분 정중히 거절한다. 다른 사람이 읽을 책에 대해 말해 줄 권한이나 재능이 없다. 이 방면의 전문가는 솔직히 주인인 내가 아니라 손님들인 경우가 많다. 그들 중 일부는 책을 끊임없이 연구하고 파고드는 걸 즐긴다. 어떤 손님은 책에 관한 한 정말 대단하다는 말이 아깝지 않을 정도로 지식이 많다. 그는 박사학위를 갖고 있지 않은데도 오래된 책들의 서지정보를 눈앞에 보듯 꿰차고 있다. 그렇지 않은 사람들조차 몇 마디 얘기를 나눠보면 읽어야 할 책에 대해서만큼은 다른 누구보다 자기 자신이 잘 알고 있는 경우가 많다. 말하자면, 그들은 어떤 책을 읽어야 할지 정말로 모르겠는 게 아니라 이런 책을 읽어도 좋을지 망설이는 중이다.

가끔은 책에 대한 인터뷰를 요청받고 나 대신 내가 아는 손님 중 한 분을 소개하겠다고 하면 안 된다고 그런다. 그 사람은 이름이 알려지지 않았기 때문에 독자들이 신뢰하기 어렵다 게 이유다. 하지만 이름이 잘 알려진 전문가들 중에서도 실은 껍데기뿐인 사람이 많지 않은가. 많은 사람들이 오늘도 그런 전문가들이 하는 말을 듣고 그중에 괜찮아 보이는 것을 자신의 삶에 적용하려 노력을 기울일 것이다. 모두에게 나는 말하고 싶다. 전문가는 다름 아니라 우리들 자신이라고. 적어도 자기다운 삶을 살아낼 수 있는 전문가는 우리들 속에 이미 있는 것이라고.

헌책방과 평화

> 나는 기술에 대해 아무런 기대도 하지 않지만 사람들에 대한 희망은 계속 품고 있다. 사람들의 아름다움과 창조성과 놀라운 창의력을 믿고 있다.•
>
> …그러니 이러한 결과를 역전시킬 수 있는 중대한 열쇠는 추리의 문제가 아니라 결단의 문제인 것이다.••

한 손님이 우리 헌책방에 들어와서 이것저것 책을 고르다가 내가 쓴 책 한 권을 집어 든다. 이 책들은 모두 온 · 오프라인 서점에서 구입할 수 있지만 저자인 내가 일하고 있는 이 헌책방에 와서 구입하는 게 의미 있다고 생각하는 모양이다. 물론 그렇다. 책 그 자체는 살아 있지 않다. 그게 나무였을 때는 생명을 가지고 있었지만 책이 되기 위해 자신을 희생하고부터는 생명의 흔적을 찾을 수 없다. 그러니까 어떤 독자들은 책을 쓴 저자, 살아 있는 저자를 직접 만나는 일로 자신이 읽은 책에 생명력을 부여한다.

• 이반 일리치 · 데이비드 케일리, 권루시안 옮김, 『이반 일리치와 나눈 대화』, 물레, 2010, 126쪽
•• 『행복은 자전거를 타고 온다』, 103쪽

저자에게 책을 구입하면 좋은 점 중 하나가 속지에 서명을 받을 수 있다는 거다. 나는 그리 유명한 사람이 아니고, 거대한 이벤트를 열어 한 번에 수백 명에 이르는 독자들에게 서명을 해준 일이 없기 때문에 속지에 이름을 써달라는 부탁을 받으면 꽤 정성껏 시간을 들여 해주는 편이다. 이름만 쓰는 게 아니라 짧은 문장 하나를 매번 덧붙인다. 요즈음엔 "책과 함께, 평화롭게"라는 문장을 자주 쓴다.

'평화'는 발음했을 때 어감이 좋을 뿐 아니라 내가 아주 오랫동안 추구해온 가치관이다. 그러나 처음부터 이런 생각을 가지고 있었던 것은 아니다. 조금씩 만들어왔고 지금도 계속 다듬는 중이다. 과연 내가 살아 있을 때 이것을 완성할 수 있을지 의문이지만, 어느 날 '자, 이것으로 평화는 완성이다!'라고 선언하게 되면 오히려 내 삶이 허탈해질 것 같다. 그러니까 완성되는 일 없이 언제나 평화를 추구하며 살아가고만 싶은 마음이다. '책과 함께, 평화롭게' 말이다. 이 문장은 그런 의미를 담고 있다.

나는 처음에 나 자신을 오로지 안정만을 추구하는 사람으로 생각했다. 모험을 위해서는 실패를 두려워하지 말아야 하는데 나는 두려움이 많은 성격이었고 실패 후 감당해야 할 책임 역시 싫었다. 특히 직장생활을 하면서 이런 태도가 더 굳어졌다. 회사에선 언제나 모험을 해보라고 권유하는데 뒤에선 음흉한 미소를 지으며 이런 말도 하기 때문이다. "모험은 좋지, 얼마든지 해보라고! 하지만 모든 책임은 다 너에게 있다는 것만 명심해."

결국 모험은커녕 타성에 젖어 일하기에도 급급한 생활을 이어나갔다. 월급은 내 노동력을 회사에 제공하고 받는 정당한 대가이기보다는 한 달 동안 이어진 노예 생활을 참고 견딘 것에 대한 보상이라고 생각하기에 이르렀다. 최대한 내 본연의 모습과 마주앉지 않으려는 방향으로 생활이 흘러갔다. 가장 좋은 방법이 끊임없이 무언가를 소비하는 것이다. 계속해서 물건을 사들이고 나를 포장하면 나의 본모습을 감출 수 있다고 생각했다. 그럼에도 불구하고 나는 스스로에게서 벗어날 수 없겠지만 적어도 다른 사람이 나를 볼 때는 조금 다르게 볼 수 있을 거라고 확신했다.

몸과 마음이 병들었고 생활도 건강하지 못했다. 회사를 그만둔 후, 비로소 나 자신에 대해서 깊이 들여다볼 수 있는 기회가 주어졌다. 한참 동안 스스로 파 놓은 우물 속에 있는 내 얼굴을 물끄러미 쳐다봤는데 변한 부분은 별로 없는 것 같았다. 여전히 나는 안정을 추구하는 그런 사람이었다. 하지만 내 속에 있는 진짜 내 모습과 마주했을 때 그것의 본질은 생각만큼 단순하지 않았다는 걸 알았다.

나는 아무 일도 일어나지 않기를 바라기 때문에 어떤 일도 하지 않으려고 노력하는 사람이 아니었다. 오히려 내 속에선 무언가 특별한 일이 일어나기를 끊임없이 바라고 있었다. 계속해서 끈을 놓지 않고 자신과 대화를 이어갔다. 그러면 나는 무엇을 이렇게도 바라고 있던 것일까? 그러자 문득 흐드러지게 꽃이 핀 어떤 들판이 떠올랐다. 먼 곳에서 보니 그곳은 너무도 아름다웠다. 멋진 그림 같았고, 거기선 어떤 움직임도 보이지 않았기에 안정감을 느꼈다. 이런 풍경이 진짜 내가 좋아하는 모습이다. 만족하면서 조금씩 그 풍경 안으로 걸어 들어갔다. 여전히 들판은 아름다웠고 기분 좋은 향기로 충만했다.

그런데 가까이서 본 풍경은 조금 전과 완전히 달랐다. 꽃들은 바람이 부는 결에 따라 계속해서 흔들렸다. 아무것도 없는 듯 보였던 그곳엔 벌과 나비, 그리고 이름을 알 수 없는 수많은 곤충들이 있었다. 그들은 제각기 자기 할 일을 하고 있지만 이 거대한 풍요로움의 일부분이기도 했다. 나는 그것들을 마주하며 처음으로 '평화로움'이라는 한 단어를 떠올렸다. 이 평화로운 풍경은 아무런 일도 일어나지 않는 것이 아니라 사실은 끊임없이, 분주하게 움직이는 생명들로 가득한 시끌벅적한 곳이었다.

살아오면서 그렇게 고통스러웠던 이유는 내가 바라보는 풍경 속으로 조금 더 걸어 들어가지 못했기 때문이 아닐까. 그저 이 멋진 풍경을 멀리서 구경하는 것으로 만족했기 때문에 그 속에 깃든 수많은 비밀들을 외면했던 것이다. 이것이 고통의 원인이라는 결론에 닿았다. 그 후로 나의 목표는 '평화'가 되었다. 평화는 정지된 세계가 아니라 끊임없이 살아 움직이는 생명의 축제와도 같은 것이다. 내가 일하고 있는 터전을 그런 풍경으로 만들어 볼 수는 없을까? 내 삶의 목표를 '통장'이 아니라 '꽃밭'으로 정해도 좋지 않을까?

하지만 그런 일이 과연 가능할까? 어렵지만 불가능한 일은 아닐 것이다. 우리들은 때로 불가능한 일에 삶을 투신하기도 한다. 저 위에는 아무것도 없지만 끊임없이 동료들을 짓밟고 위로만 향하는 애벌레들처럼 도저히 닿을 수 없는 일에 에너지를 소비하고 있다. 그러나 세상을 평화롭게 만드는 일은 가능하다. 어려운 일이지만 확실히 가능하다. 이반 일리치가 말했듯이 이 문제는 기술로 풀어낼 수 있는 성격이 아니다. 그렇기 때문에 어렵고, 또한 그렇기 때문에 가능한 일이다. 우리들은 기계와 기술로 할 수 없는 갖가지 재능을 갖고 있다. 아름다움을 추구하는, 멋진 시를 써내는, 누군가를 마음속 깊이 사랑하는, 그리고 배웠던 게 아닌데도 엉뚱한 방식으로 어떤 일을 해내는 창의력을 품고 있다. 세상을 평화롭게 만드는 데는 이런 잠재력이 필요하다. 그렇기 때문에 헌책방에서 일하는 나도 여전히 내 감수성과 잠재력을 커다란 재산이라 믿으며 생활해나가고 있다. 특별한 기술을 가지고 있는 건 아니지만 이 헌책방이 아주 작은 평화의 씨앗이 될 수 있다면 더 없이 행복할 것이다.

나란 사람은 사업에 쓸 만한 머리를 갖고 있지 않다. 어떤 사람에게는 그런 재능이 있지만 나에게는 확실히 아니다. 어렸을 때부터 돈을 벌기 위해 머리를 좀 굴려도 봤지만 삐걱거리는 소리만 날 뿐 대단한 아이디어가 있었던 것은 아니다. 그 대신 내게 허락된 재능은 평화로운 풍경을 발견하고 그 안에 깃든 소리, 향기를 감지할 수 있는 감수성이다. 이런 추상적인 재능으로는 돈을 벌기 힘들다. 어쨌든 헌책방을 운영하고 있으니 월 임대료를 내야 하는데, 건물주가 대단한 히피정신을 가진 사람이 아니고서야 "자, 이번 달 임대료로 드리는 평화로운 마음입니다. 받아주세요."라는 제안을 수긍할 리가 없다. 여기 미친 사람이 있다며 신고나 당하지 않으면 다행일 것이다.

그런데 희한하게도 평화를 일구는 마음이 돈을 만들어준다. 헌책방에서 일하며 만난 수많은 사람들이 그렇게 해주고 있다. 이들은 모두다 꽃밭에 피어 있는 이름 모를 꽃과 풀들이다. 때때로 헌책방에 와서 책을 구입하고 워크숍에 참여하면서 이곳이 운영될 수 있도록 현금을 만들어주고 있는 것이다. 이들이야말로 현대의 연금술사이다! 손님으로 만났지만 나는 이들 모두에게 평화로운 향기를 느낄 수 있다. 어떤 사람들은 여기 와서 전혀 돈을 쓰고 가지 않았는데도 그런 기운을 받는다. 그들의 눈빛 속에, 가느다란 미소 속에, 낮은 목소리 속에 지극한 평화가 있음을 나는 안다.

헌책방을 만들어서 세상을 평화롭게 만드는 데 작은 힘을 보태겠다는 것은 일종의 결단이었다. 세상은 생각만 가지고 돌아가는 게 아니다. 변화하기 위해서는 행동해야 하고 평화로운 풍경을 만들기 위해선 멈춰 있으면 안 된다. 평화로운 서해바다 풍경을 보며 누구라도 이 바다가 멈춰 있기 때문에 아름답다고 하지는 않는다. 그러나 이는 자연이 스스로 만들어낸 놀라운 기적이다. 사람은 다르다. 자유의지가 있기에 움직일 수도, 멈춰 있을 수도 있다. 혹은 머릿속에 생각만 가득한 채로 한 세월을 보내기도 한다. 문제를 알아보고 이 상황을 역전시키기 위한 중요한 열쇠는 추리에 있지 않고 결단에 있다고 말한 일리치의 말을 다시 곱씹어본다. 평화롭기를 원한다면 우리 모두 그렇게 생각할 것이 아니라 그렇게 결단하는 일이 필요하다.

2

헌책방에서
일어난
수상한 사건

책과 사람에게 배우는 헌책방 공부

직업이란 돈을 많이 벌어서 집안 생활에 보탬이 되는 것이어야 한다는 편견이 내 속에 있었다. 이런 이유로 1990년대에 대학을 다니고 졸업한 내게 선택할 수 있는 직업은 사실 많지 않았다. 벤처기업 바람이 불었던 그때 많은 내 또래 친구들이 그랬듯 컴퓨터 회사에 들어가서 프로그래머 일을 시작했다. 이리저리 업무를 옮겨 다닌 것도 있지만 대개는 그 바닥에서 일했다. 그러다 갑자기 '나는 뭐하고 사는 걸까?'라는 물음을 스스로에게 해봤다. 어쩌면 그게 내가 나와 대화를 시도한 첫 번째 사건일지도 모르겠다.

그렇게 진지하게 내 속에 있는 나에게 질문을 했던 게 또 언제였는지 기억이 없다. 일하고 돈 버는 것만 열심을 내다 보니 그보다 더 소중한 내 마음은 한구석에 미뤄뒀다. 그렇게 미뤄둬도 내 마음은 애초에 내 것이기 때문에 없어지거나 누가 가져가지 않을 거라고 믿었다. 큰 착각이다. 마음만큼 다치기 쉬운 것이 또 어디 있다고! 나를 돌아보지 못하는 동안 내 마음은 점점 작아져서 책상 다리 밑에 오랫동안 쌓인 먼지처럼 바스라지기 쉬운 것이 되어버린 걸 우연히 발견한 것이다.

다니던 곳에 사표를 내고 이제부터는 내가 정말 좋아하는 일을 해봐야겠다면서 생각해낸 것이 바로 '책'이다. 회사를 그만두니까 나에 대해서 생각해볼 시간이 많아졌고 어릴 적 기억을 떠올리면 내가 진짜 해야 될 일은 책에 관한 일이어야 하지 않나, 싶은 결심이 생겼다. 그 후로 곧장 헌책방 일을 시작한 것은 아니지만 어쨌든 지금 이렇게 헌책방 일꾼으로 생활하는 것이 마음 편하고 보람 있다. 김광석이 부른 노랫말처럼 행복의 문이란 "열심히 살고 보람도 얻는" 것에 있다는 걸 요즘 어렴풋하게 마음으로 새긴다.

헌책방에 있으면서 주위 사람들에게도 조금씩 눈 돌릴 여유가 생긴다. 특히 어린 학생들이 헌책방에 올 때는 기분이 좋다. '청소년 휴 카페'나 '마을 도서관'이 아닌 작고 누추한 헌책방에 청소년들은 왜 오는 것일까? 헌책방 일 한 것이 여러 해 지났지만 아직도 잘 모르겠다.

얼마 전 교복을 입은 한 여학생이 책방에 들어오더니, 여느 때와 마찬가지로 소파에 걸터앉았다. 그 아이는 내 기억으로 이 책방에 처음으로 왔던 게 2년 전 즈음이다. 그동안 교복 모양이 한 번 바뀐 것으로 보아 아마 처음 책방에 왔을 때는 중학생이었던 것 같다. 내가 부끄러움이 많은 성격이라 그때도 그랬지만 지금까지도 살가운 인사 한마디 못 해봤다. 이름도 모른다. 일주일에 한두 번씩 꾸준히 책방에 들르기 때문에 얼굴은 익숙하다. 하지만 그 아이가 여기 와서 뭘 하다 가는지, 무엇 때문에 여기에 오는지는 도통 모르겠다. 친구를 만나러 오는 것도, 책 읽으러 오는 것도, 숙제나 공부를 하는 것도 아니다. 정말 아무것도 안

한다. 그냥 의자에 앉아 있다가, 여기저기를 둘러보다가, 눈을 감고 자는지 어쩌는지 돌부처처럼 가만히 그렇게 있다가, 삼십 분이나 한 시간 정도 있다가 어느 순간 문득 들어왔던 문을 열고 다시 나간다. 그게 전부다.

최근엔 너무 궁금해서, 용기를 내어 여학생이 책방에 오기를 기다렸다가 소파에 앉았을 때 다가가서 말을 걸었다. 그냥 말을 걸기가 어색해서 작은 과자라도 하나 주면서 인사를 할까 망설이다가 그건 아니다 싶어서 아무런 준비 없이 다가가서 말을 꺼냈다. 처음엔 간단하게 인사를 했고, 예상했던 대로 별 반응이 없었다. 조금 뜸을 들이다가 물었다. "너 여기 자주 오는구나. 한 2년 정도 됐나? 그런데 여기 왜 오니? 여기서 뭘 하다가 가는 건지 궁금해서 오늘 내 딴엔 용기를 내서 물어보는 거야. 말해줄 수 있니?"

여학생은 한동안 말이 없더니 무언가 결정한 듯이, 처음으로 나와 눈을 마주치며 대답했다. "아저씨, 저는 여기 뭘 하러 오는 게 아니에요. 뭘 할 게 있어서가 아니라 여기에 오면 아무것도 안 해도 되니까, 그래서 오는 거예요." 뜻밖의 말에 순간 어리둥절했다.

아이가 돌아가고 나서 곰곰 생각해보니 그 말이 참으로 맞다. 어른은 아이들에게 뭘 자꾸만 시키려고 한다. 가만히 놔두질 않는다. 내가 어렸을 때와는 비교도 할 수 없을 만큼 아이들은 바쁘게 산다. 그렇게 살다가 그대로 어른이 된다. 자기에 대해서, 다른 사람에 대해서 진지하게 생각해볼 시간도 없이 몸만 훌쩍 커버리는 건 아닐까? 그런 어른들이 세상을 이끌어나가는 건 얼마나 무서운 일인지. 혹시 지금 벌써 이 세상은 그렇게 돼버린 게 아닐까? 생각 없이 어른이 된 내가 이런 세상을 만들어버린 것은 아닐까.

책방은 책을 사고파는 곳이지만, 가장 중요한 역할은 무엇보다 사람이 책을 통해 고민할 시간을 주는 장소를 마련하는 거다. 밖으로 드러나 보이는 실천도 중요하겠지만 고민이 곁들여지지 않은 실천은 보기에만 좋은 그림이다. 그런 고민을 하고 싶었기 때문에 회사를 그만두고 헌책방을 시작했던 것인데, 때때로 잊어버릴 때가 있다. 다행히 책방에서 만나는 수많은 책들이 내게 따끔한 말들을 해주기 때문에 고맙다. 책보다도 더 큰 도움은 역시 사람이다. 책방에서 만나는 마음씨 좋은 사람들이 내가 살아가야 할 방향, 그리고 헌책방에서 어떻게 일해야 하는지 잘 알려준다. 몸으로 땀 흘려 일하며 동시에 가슴으로 생각하지 않았다면 이 귀한 삶의 실천 공부를 다 알지 못했으리라.•

• 이 글은 2013년 월간 잡지 『작은 책』에 기고한 것을 일부 수정하고 다듬었다.

박원순 서울시장 집무실 디자인 후일담

서울시청 비서실에서 휴대폰 문자로 연락이 온 건 10월 30일, 박원순 씨가 시장으로 당선되고 처음으로 맞는 일요일 아침이었다. 후보 시절보다, 당연한 얘기겠지만 시장이 되고 나서 더 바쁠 텐데 무슨 일 때문에 내게 연락을 했는지 전혀 감이 없었다.

혹시, 그동안 지지했던 사람들 중에서 생각나는 사람들에게 일일이 연락을 돌리고 있는 게 아닐까 하는 생각도 했다. 꼼꼼하고 매사에 완벽주의를 추구하는 그의 성격을 조금은 알고 있는 내가 생각하기에 이는 전혀 가능성 없는 이야기가 아니다. 점심 때가 지나서 문자를 보낸 신영희 비서관에게 전화를 했다. 용건은 간단했지만 무척 놀랄 만한 것이었다. 시장님께서 나를 따로 한 번 보고 싶다는 거였다. 이유가 뭘까?

다음 날 아침, 나는 책방 문을 열기 전 시청에 들렀다. 그때 비로소 시장님이 나를 보자고 한 이유를 알았다. 시장 집무실을 새로 꾸며야겠는데 내 아이디어를 좀 빌리고 싶다는 얘기였다. 신영희 비서관은 집무실이 있는 7층 이곳저곳을 보여주며 도대체 답이 안 나온다고 말했다.

집무실 상황은 더 심했다. 눈대중으로 봐도 100제곱미터 가까이 될 만한 공간인데 문을 열고 들어서는 순간 숨이 턱 막힐 것 같은 느낌을 받았다. 벽이며 집기들을 온통 진한 갈색으로 덮어버린, 말하자면 회사 중역 사무실 같은 모습이었다.

나는 그 부탁을 받아들이기 어려웠다. 시장님은 내가 전에 평창동 희망제작소 사무실을 디자인해준 것을 기억하고 다시 내게 도움을 요청했나 본데, 지금 집무실은 그때와는 너무 다르다. 희망제작소 상임이사 사무실은 시장 집무실과 비교하면 크기가 오분의 일 정도밖에 안 된다. 내 역량으로는 아무래도 부족하다고 생각했다.

11월 첫 주 목요일에 다시 시청에 찾아가서 압도적인 집무실 규모와 현재 인테리어 상태로 봐선 좀 더 그 방면에 전문성을 갖춘 사람이 일을 맡는 게 옳지 않겠느냐고 말했는데, 시장님은 한사코 내가 그 일을 해주길 바랐다. 헌책방 운영에 무리가 가지 않도록 시청 직원 몇 명을 붙여주겠다는 약속도 했다. 시청에는 사실 굉장히 많은 직원들이 있기 때문에 전기나 목공 같은 기술 부분을 맡는 사람들과 함께라면 해볼 만한 일이라고 판단했다.

시장님이 특별히 부탁한 것은 크게 세 가지다. 첫째, 후보 시절 서울시민들로부터 받은 크고 작은 쪽지들을 가장 좋은 위치에 붙여 시장이 일할 때 언제나 볼 수 있게 할 것. 둘째, 희망제작소에 있던 책과 자료집을 대부분 채워 넣을 수 있을 정도로 책장을 구성할 것. 셋째, 이 모든 작업은 최대한 기존에 있던 가구나 기물을 재활용하면서 만들 것.

나는 주말에 줄자를 들고 시청에 다시 찾아가 집무실을 꼼꼼하게 체크하면서 모든 작업을 마치려면 적어도 한 달 정도는 시간이 필요하다고 말했다.

그러나 당장 큰 문제가 생겼다. 11월 16일에 집무실에서 온라인으로 취임식을 하겠다고 발표가 난 것이다. 그렇다면 집무실 작업은 그 전에 모두 끝내야 한다는 결론이다. 한 달로 잡았던 계획을 일주일 반으로 줄여야 했다.

무척 고민했다. 시간이 없다고 해서 오랫동안 쓸 집무실을 대충 만들 수는 없다. 모든 책장은 작은 크기로 모듈화시키고 대한문이 내려다보이는 창가 쪽은 나무판자와 벽돌을 쌓아 올려 비용과 노력은 줄이면서 책을 더 많이 놓을 수 있도록 설계했다.

작게 나눈 책장들은 쉽게 만들 수 있고 나중에 각각을 합치면 어떤 형태로든 변형이 가능하기 때문에 이상한나라의헌책방에서 주로 쓰는 방법이다. 이것들은 일단 설계도를 그려서 만들도록 넘겨주고 은평씨앗학교 쪽에는 일주일 동안 집무실 벽에 걸어둘 그림을 그려달라고 부탁했다. 학교 선생님과 아이들은 가로가 3미터 조금 넘고 세로는 1미터 정도 되는 커다란 합판에 '시민이 주인인 서울'이란 글자를 기본으로 삼아 벽화 작업을 했다. 전체 밑그림 대부분은 신승호 학생이 그렸고 선생님과 다른 아이들은 거기에 색을 입혔다.

많은 사람들이 일을 나눠서 하니까 취임식을 앞두고 있는 주말에 책장과 벽화, 그리고 포스트잇이 붙은 벽은 전부 완성했다. 문제는 집무실로 책을 옮겨와야 하는데 이게 만만치 않은 일이었다. 토요일 오후에 가져온 책은 이삿짐센터에서 쓰는 파란색 플라스틱 상자로 자그마치 280개 분량이다. 업체에서 준비한 상자가 모자라 커다란 노란색 플라스틱 바구니에 추가로 책을 담아 가져왔는데 그게 30개 정도 됐다.

어마어마한 책과 자료집에 압도되어 이걸 다 어떻게 정리해야 할지 막막했다. 직원들과 함께 우왕좌왕하고 있는데 다행히 저녁에는 시장님이 직접 나와서 작업에 동참했다. 본인의 책이기 때문에 스스로 정리하는 게 맞다 여겨서 이리로 출근한 것이라며 특유의 너털웃음을 지었다. 거기 있던 사람들은 반신반의했다. 대개 이런 경우 높으신 분이 일에 참여하면 오히려 짜증만 느는 경우가 많기 때문이다.

하지만 이것은 불필요한 우려에 불과했다. 나를 포함한 우리들 모두는 시장님이기 이전에 인간 박원순의 초능력에 가까운 엄청난 재능을 목격했다. 희망제작소 사무실에 있던 책들을 이리로 옮길 때 우리는 원래 놓여 있던 순서와 똑같이 배치할 목적으로 일일이 디지털카메라로 사진을 찍고 나서 상자에 옮겨 담았다. 상자에는 모두 숫자를 써놨고 그 숫자와 사진에 있는 숫자를 대조해가며 책장 배치를 해야 되는 문제가 있기에 작업 속도가 늦을 수밖에 없던 것이다. 그런데 시장님이 나타나자 작업 시간이 획기적으로 줄어들었다.

그 이유는 시장님이 그 많은 책들의 원래 배치를 거의 다 기억하고 있었기 때문이다. 책은 수십 권이 아니라 자그마치 5000여 권이다! 그는 이 책의 원래 위치는 물론이고 일부 자신이 자주 활용하던 책의 경우 그것이 놓여 있던 순서까지도 정확하게 기억하고 있었다. 운동복차림으로 그 책을 스스로 정리하고 있는 시장님의 체력도 대단하지만 충격적인 기억력에 이날 모든 사람이 감탄했다. 덕분에 밤을 꼬박 새울 것으로 예상했던 작업은 몇 시간 만에 끝났고 즐거운 맘으로 퇴근할 수 있었다.

이어지는 주말 동안 책장 정리를 마무리하고 이제 남은 건 수요일에 있을 온라인 취임식이다. 내가 생각하기에 시장 취임식을 온라인으로 생중계한다는 아이디어는 정말 놀랍다. 그동안은 세종문화회관같이 넓은 곳에서 딱딱한 분위기로 하던 것을 누구나 볼 수 있는 인터넷으로 옮긴 것이다. 오랫동안 활동가로 일한 사람다운 재미있는 아이디어다.

나 역시 아침에 포털사이트에서 제공하는 생중계 서비스로 취임식에 참여했고 지금까지 백만 명 가까이 그 영상을 다시 봤다. 함께 취임식을 보던 은평씨앗학교 아이들은 함께 그린 벽화 그림이 나오자 "와!" 하고 떠들썩하게 환호성을 질렀다. 돈은 덜 들었지만 지금껏 있던 중 가장 많은 사람들이 참가한 시장 취임식이다. 시장님은 며칠 후 은평씨앗학교 아이들을 집무실에 초대해 다시 한 번 감사 인사를 했다.

많은 사람들이 자기 일 하듯 도와주지 않았다면 다 이루지 못했을 집무실 디자인 프로젝트다. 수업시간 틈틈이 벽화작업을 해준 은평씨앗학교 아이들과 선생님에게 감사드린다. 무엇보다 거의 매일 늦은 시간까지 남아서 작업했던 시청 총무과 직원들이 무척 고맙다. 나야 집무실 디자인에 대해서 아이디어를 낸 것뿐이지만 그것을 실제로 만든 것은 거의 다 이들이 한 일이다.

이제 박원순 씨가 서울특별시 시장이 된 지 한 달이 되었다.

초등학생 무상급식, 비정규직 직원들 정규직 전환 추진, 시립대학교 반값 등록금, 내년도 예산안 발표까지……. 벌써 많은 일을 해낸 것 같은 느낌이 든다.

그러나 앞에 놓인 큼직한 산들이 많다. 전임 시장들이 남긴 엄청난 빚더미와 이미 벌여놓은 사업들, 그리고 곧 닥칠 공공요금 인상문제 등등. 당장에 해답이 나오지 않을 수도 있지만 나는 새로운 시장이 어느 때보다 잘 해낼 것이라고 믿는다.

아니 이번만큼은, 우리가 잘 하는 시장을 뽑은 것이면 좋겠다. 많은 사람들이 마음을 담아 글로 남긴 포스트잇 쪽지처럼 사람 사는 향기 가득한 좋은 서울이 되면 좋겠다.•

• 이 글은 박원순 서울시장이 취임하고 한 달쯤 지난 후인 2011년 12월에 〈오마이뉴스〉에 게재한 것을 새로 다듬고 정리했다.

처음 시청에 가서 참고용으로 찍은 집무실 사진. 크기는 100제곱미터 남짓에 사방이 모두 갈색 벽으로 마감돼 있고 의자와 탁자 모두 그에 맞추었다. 고풍스러운 원목 책장에 들어 있던 『서울 600년 역사』 시리즈 책은 전임 시장 때부터 거기 있었던 것이라는데 꺼내 보니 그중 몇 권은 책 없이 빈껍데기만 있었다.

왼쪽: 아이디어를 낼 당시에 그린 그림(기울어진 책장 부분). 여러 가지 아이디어가 있었지만 가장 독특했던 것은 책장 두 개를 기울인다는 거였다. 자칫 기울임 각도를 잘못 생각하면 책장의 원래 용도에서 벗어날 수 있지만 생각대로 된다면 더 실용적인 책장이 될 것이다.

오른쪽: 온라인 취임식에서 기울어진 책장을 설명하는 박원순 서울시장. 기울어진 책장은 양극화되는 세상, 대립하는 소통의 주체들 사이에 서서 조율해 나가겠다는 신임 시장의 의지를 담고 있다. (출처-유튜브 영상캡쳐)

원래 이 자리에는 값비싼 그림이 걸려 있었다. 그것을 떼고 은평씨앗학교 아이들이 힘을 모아 그린 큰 그림을 걸었다. '시민이 주인인 서울'이라는 글자를 기본으로 삼아 아이들이 생각하는 서울 모습을 재미있게 표현했다. 사진에 나온 아이는 밑그림을 담당했던 신승호 학생이다.

심야책방

밤 열시를 넘기자 사람들이 한둘씩 짝을 지어 책방 문을 열고 들어왔다. 나는 두근거리는 마음으로 처음 보는 사람들에게 인사를 했다.

"심야책방에 잘 오셨습니다!"

심야책방은 2011년 5월에 처음으로 시작한 이상한나라의헌책방의 대표적인 행사다. '심야책방'은 말 그대로 밤늦은 시간까지 책방 문을 열어두는 일이다. 사실 계획은 꽤 오래됐지만 어떻게 실천할지 고민하다가 봄이 되어 처음으로 시작했다.

심야책방은 일본의 만화가 아베 야로의 작품 〈심야식당〉에서 이름을 빌려왔다. 아침에 문을 열고 밤에 영업을 종료하는 여느 식당과 달리 직장인들이 퇴근하는 시간에 문을 열어 다음 날 아침까지 운영하는 심야식당은, 갖가지 고민을 들고 찾아오는 손님들에게 마음을 위로해줄 음식을 만들어준다. 주인장이 만든 음식은 복잡하거나 화려하지는 않지만 음식을 먹고 이야기를 나누는 동안 사람들은 마음속부터 깊은 위안을 받는다. 심야책방이 이것과 똑같은 일을 할 수는 없지만 여러 가지 이유로

잠 못 이루는 사람들과 함께할 수 있는 일을 찾아볼 수는 있을 것 같았다.

만화 〈심야식당〉에서 힌트를 얻어 진행하는 것인 만큼 만화책에 나오는 간단한 요리들을 만들어서 찾아온 사람들에게 야식을 주면 어떻겠냐는 아이디어는 책방에 자주 오는 손님 중 하나인 '시로군'이 냈다. 내친김에 첫 번째 심야책방에서 시로군이 직접 음식을 만들어 보기로 했다. 그렇게 해서 심야책방 첫 메뉴는 '오차즈케(お茶漬け, 차를 우려낸 물에 밥을 말아 먹는 일본 음식)'와 감자샐러드로 결정했다. 반응은 꽤 괜찮았다. 늦은 시간 동네책방에 누가 많이 올 것인가 싶어서 오차즈케 재료를 적게 준비했는데 예상 밖으로 손님이 많이 와서 준비해둔 것이 금방 바닥을 드러냈다.

책방을 찾은 사람들은 책을 보거나 글을 쓰고, 조용조용 서로 이야기를 나눴다. PC방이나 찜질방, 술집이 아닌데 새벽까지 마음 맞는 사람과 얼굴을 맞대고 앉아 이야기 나누는 모습을 보니 나조차 낯설게 느껴졌다. 나는 사람들에게 늘 이렇게 말한다. 진정한 친구가 있느냐고. 그럼 진정한 친구는 어떤 사람인가? 술 없이 밤새도록 이야기를 나눠도 즐거운 사람이다. 우리 주변에 그런 사람이 있을까? 내 친구 중에 그렇게 할 수 있는 사람이 있을까? 하지만 새벽 두 시를 넘긴 시간, 그런 낯선 생각은 다 사라졌다. 책방에서 밤새며 읽고, 쓰고, 말하는 것들이 원래부터 그랬던 것처럼 자연스러웠다.

한편으론 이렇게 늦은 시간까지 잠들지 못하는 사람들이 이렇게 많다는 게 놀라웠다. 늘 새벽에 잠드는 내가 때론 이상한 사람이 아닐까 걱정했는데 딱히 그런 것도 아니다! 꽤 든든한 동지가 생긴 것 같아 오히려 힘이 났다. 잠들지 못하는 새벽은 그렇게 열심히 지나갔다.

헌책방에서 운영하는 심야책방은 매월 둘째, 넷째 금요일에서 토요일로 넘어가는 새벽까지 문을 열어둔다. 시간은 토요일 아침 여섯 시까지다. 여섯 시라면 버스와 지하철 첫차가 다니는 때이기 때문에 영업시간을 그렇게 정했다. 입장료와 헌책방이용료는 따로 받지 않고 야식을 먹고 싶은 사람은 밤 열 시부터 주문을 받아 만드는데, 가격은 앞으로도 오천 원을 넘지 않도록 할 예정이다. 첫날 메뉴는 오차즈케가 삼천오백 원, 감자샐러드는 삼천 원이었다.

심야책방은 그 후로도 몇 년 동안 계속 운영했다. 밤샘운영을 한다는 큰 원칙은 그대로 두고 그 시간 동안 헌책방에서 하는 행사 내용을 조금씩 바꿨다. 주문할 수 있는 음식은 오차즈케와 감자샐러드로 시작해서 문어모양 비엔나소시지, 크림치즈 베이글, 벨기에 와플, 롤케익 등 여러 가지로 늘려갔는데 가격은 언제나 삼천 원을 유지했다.

이런 재밌는 이벤트를 통해서 발전시켜 지금까지 이어오는 것 중에 헌책방 주인장이 만들어주는 '이상한 음료'가 있다. 헌책방에 방문하는 손님들을 위해 그 전에도 간단한 음료를 팔고 있었지만 심야책방이라는 이벤트 때만 특별히 준비하는 음료를 선보인 것이다. 그런데 이 메뉴들은 대부분 손님들이 다른 곳에서

2011년 5월, 첫 번째 심야책방 분위기

한국일보에 소개 된 심야책방 기사

심야책방 새벽의 분위기

먹어보고 맛있다고 했던 것 아니면 내가 좋아하는 것이다. 화이트와인에 주스를 섞어 시원하게 마시는 '샹그리아'는 지금은 없어진 부암동 카페 '황당'에서 만난 손님의 권유로 만들게 되었다. 스페인에 여행 다녀온 손님이 그곳에서 레드와인과 콜라를 반반씩 섞어 만든 음료를 마셔봤다며 추천해주어서 '깔리모초'라는 것도 팔게 되었다. 와인음료는 겨울엔 따뜻한 '벵쇼'로 메뉴를 바꾸어 판매한다. 그리고 보이차가 있다. 이건 순전히 내가 건강이 좋지 않기 때문에 겨울 동안 뜨거운 차를 마시는 것 때문에 메뉴로 추가한 것이 이유다.

음료 메뉴는 정해져 있지 않고 계속 바뀐다. 심지어 어느 때는 헌책방 입구 쪽에 무인음료판매코너를 만들어놓고 손님들 스스로 음료를 만들도록 했던 적도 있다. 손님들 반응은 반반이었는데 지금 무인코너는 없앴다. 음료를 만드는 게 때론 귀찮은 일이지만 그 역시 손님들과 커뮤니케이션할 수 있는 귀한 통로이기 때문이다. 이렇다 보니 가끔 한 번씩 헌책방에 오는 손님은 음료 메뉴가 자꾸 바뀌어서 혼란스럽다는 평가가 있었다. 하지만 바뀌니까 재미있고 다음엔 또 어떤 음료가 나올지 기대가 된다는 말도 많이 들었다. 내 기준으로 말하자면, 혼란스러운 것보다는 기대감이 생긴다는 평가가 물론 더 좋다.

밤새도록 책방을 운영한다는 것이 여러 곳에 알려지면 신문과 텔레비전에도 소개가 됐다. 손님도 계속 늘어났기 때문에 이제 헌책방에서 공연을 시작해도 되겠다는 판단이 섰다. 헌책방 공연은 가게를 처음 시작할 때부터 계획하고 있었다. 그 의지를 내 스스로 사그라뜨리지 않도록 공연에 필요한 음향장비 따위를 처음부터 갖춰놓았다. 그러나 아무도 오지 않는 곳에서 뮤지션을 초대해 공연을 할 수는 없는 노릇이었다. 우리 헌책방이 어느 정도 알려지고 사람들로부터 신뢰를 얻어야 공연도 할 수 있는 거라고 생각했는데 드디어 공연을 해볼 수 있는 여지가 생긴 것이다.

심야책방 공연은, 지금 생각해보면 다소 충격적인 이벤트였다. 공연 시간은 자정부터 약 1시간가량. 어찌 보면 밤 12시까지 헌책방에 남아 있는 사람들을 위한 서비스 차원이었다. 이런 이벤트에 처음으로 공연을 하겠다고 나선 사람이 싱어송라이터 '료운'이다. 료운은 '구름에 부는 산들바람'이라는 뜻을 가진 한자로, 가수인 그의 활동명이다. 료운은 지방도시에서 활동하다가 서울로 막 올라온 상태였다. 카페마다 찾아다니면서 노래를 할 수 있게 해달라고 무작정 문의를 하는 패기 넘치는 청년이었다. 나는 그를 처음 본 것이고 다른 곳에서 공연하는 모습 역시 본 일이 없기에 그에게 노래를 몇 곡 불러달라고 요청했다. 료운은 갖고 온 기타를 꺼내 들고 즉석에서 자신이 만든 곡 '낭만 한 그루'를 불렀다. 그리고 데미안 라이스의 노래를 커버한 것도 연주했다. 내가 료운을 높게 평가한 것은 두 가지다. 우선은 그가 남을 따라하는 게 아니라 자신만의 개성을 담은 곡으로 레퍼토리를 갖고 있다는 것이고, 듣는 사람이 나 혼자뿐이었는데도 불구하고 그 음악을 당당한 자세로 연주했기 때문이다.

료운을 이어서 심야 라이브공연 부대에 선 뮤지션은 기타리스트 박정훈 씨다. 그는 재주가 많다. 이미 사진 전시회를 여러 차례 했고 기타 연주 실력도 뛰어나서 독주음반을 만들려는 계획이 있다고 한다. 한밤중, 박정훈 씨가 내게 메일을 보내왔을 때 내가 알고 있던 건 그 정도였다. 그리고 자신이 연주한 곡이라며 파일을 하나 첨부해서 보내줬는데 대단히 신선한 느낌을 받았다.

박정훈 씨의 연주는 한없이 느리고 리듬이라는 게 거의 느껴지지 않는다. 나는 그런 의미에서 유럽소설 읽는 것을 좋아하는데 그의 연주가 딱 유럽소설처럼 들렸다. 전혀 대중적인 음악은 아니겠지만 이런 음악을 헌책방에서 듣지 않으면 또 어디서 들을 수 있을까 하는 개인적인 욕심에 곧바로 박정훈 씨를 심야라이브 무대로 섭외했다. 반응은 꽤 괜찮았다. 세상엔 다양한 취향을 가진 사람들이 존재한다는 걸 알았다. 모든 사람들이 빠르고, 경쾌하고, 멜로디가 명확하게 들리는 음악을 좋아하는 건 아니었다. 박정훈 씨의 연주를 좋아하는 사람은 그 후로 계속 그의 공연이 있는 날이면 찾아와서 조용히 듣곤 했다.

싱어송라이터 '대현'과의 인연은 더 재미있다. 심야책방 공연을 여러 번 치르면서 어느 정도 공연 쪽도 안정적인 이벤트로 자리 잡고 있을 무렵, 나는 휴대할 수 있는 크기의 기타를 구입하고 싶어서 인터넷 중고장터에 올라온 개인매물을 뒤적거리고 있었다. 그때 내가 마음에 두고 있던 것은 미국의 악기회사 '마틴'에서 출시한 '백패커'라는 모델인데 이름 그대로 간단히 등에 짊어지고 이곳저곳 자유롭게 다닐 수 있는 크기가 특징이다.

왼쪽: 심야책방라이브공연 료운의 무대. 이날은 헌책방 주인장이 세션으로 함께 연주했다.
오른쪽: 기타리스트 박정훈 씨 공연 모습

위: 인기가 많았던 인디밴드 '치이즈' 의 공연. 이 밴드의 리더는 헌책방이 지하에 있던 시절 그 건물 3층에 살고 있어서 섭외가 아주 쉬웠다!

아래: 싱어송라이터 대현과 정밀아 님이 함께했던 심야라이브

얼마간 인터넷 서핑을 통해 꽤 괜찮은 백패커 한 대를 구할 수 있었다. 물건을 올려놓으며 써놓은 게시글을 보니 상당히 매너가 있는 회원인 것 같았다. 함께 써놓은 전화번호로 연락을 해보니 홍대 근방에 개인 작업실이 있으니 그곳으로 와서 직접 연주해보고 구입하라는 것이다. 다음 날 그가 알려준 장소로 갔는데 거기에서 대현과 처음 만난 것이다. 그는 한동안 다른 연주자의 기타 세션으로 활동해왔는데 얼마 전부터 독립해서 혼자 공연을 해오고 있다고 했다. 기타를 구입하면서 그에게 잠깐 연주를 들려줄 수 있겠냐고 부탁했는데 흔쾌히 자기가 만든 곡을 들려줬다. 그의 연주는 훌륭했고 꽤 서정적이었다. 책으로 따지면 연애시를 읽는 느낌이라고 할까? 이런 연주라면 계절에 상관없이 언제나 사랑을 떠올릴 수 있을 것 같았다. 며칠 후 나는 대현에게 헌책방 심야 라이브공연에 대해서 이야기했고 흔쾌히 수락을 받아 무대에 올릴 수 있었다.

그 외에도 여러 연주자들이 심야 라이브무대에 올랐는데 지금 말한 세 명은 지금까지도 계속 헌책방과 인연을 맺고 있는 고마운 친구들이다. 사실 심야책방은 더 이상 우리 헌책방에서 운영되지 않는 이벤트다. 돈 안 되는 헌책방을 언제까지 계속 운영할 거냐고 사람들이 물으면 나는 농담 조금 섞어서 이렇게 대답한다. "재미없을 때까지는 계속할 생각입니다." 그렇다. 돈이 안 될 거면 재미라도 있어야지. 북스피어 출판사 대표인 김홍민 씨가 했던 말이 떠오른다. "재미가 없으면 의미도 없다." 그 말이 맞다. 그러니까, 심야책방을 더 이상 하지 않는 이유는 재미가 없어졌기 때문이다.

심야책방은 사람들로부터 꽤 인기를 끌었기 때문에 2011년 말에 나는 『심야책방』이라는 제목으로 책까지 펴냈다. 그러나 몇 년이 지나고 나자 심야책방이라는 이름은 흔해져버렸다. 그 명칭은 책 관련 라디오프로그램 이름으로 쓰이기도 했고 같은 이름을 쓰는 출판사도 등장했다. 인터넷 포털사이트 서비스 중에서도 심야책방이라는 이름을 쓰는 것이 있다. 그리고 요즘엔 밤샘 영업을 하는 서점들도 여럿 생겨났기 때문에 헌책방을 운영하는 내 자신이 심야책방에 흥미가 많이 떨어졌다. 결국 심야책방 밤샘영업 이벤트는 2016년 즈음부터 하지 않기로 결정했다.

다만 매월 둘째, 넷째 금요일에 문화 이벤트를 하는 것만큼은 아직까지 지키고 있다. 이벤트 내용은 많이 달라졌다. 심야 라이브이벤트는 뮤지션의 연주만 무대에 올렸는데 지금은 음악감상회, 영화상영회, 낭송회도 때때로 하고 있다. 그리고 시간은 자정에 하던 것에서 저녁 8시로 옮겼다.

심야책방 밤샘영업 이벤트는 막을 내렸지만 헌책방에서는 더 재미있는 무언가를 계속 찾고 있다. 우선은 내가 재미있어야 하고 참여하는 사람도 그 정도로 재미있다면 더할 나위 없이 좋다. 그런데 재미있는 것들이 점점 줄어들고 있다. 아니, 재미있는 건 찾아보면 많은데 그걸 재미있게 즐길 수 있는 삶의 여유가 줄어든다고 해야 할까? 아무리 재미있는 것이 있더라도 개인의 삶이 우선은 재미있어야 다른 것도 재미있게 즐길 수 있는 법이다. 내가 이벤트보다 타인의 삶과 생활에 더 관심을 많이 갖고 있는 이유도 여기에 있다. 재미라는 건 한번 즐겁고 마는, 말 그대로 이벤트가 되어서는 안 된다. 우리들의 삶이 이벤트가 아니듯이 말이다. 헌책방의 재미있는 실험은 앞으로도 계속될 것이다. 언제까지? 물론, 우리 모두 재미있을 때까지!

막막한 독서모임

2010년 겨울, 헌책방 주인장은 야심찬 계획을 시행하기 위해 헌책방 단골손님이자 뛰어난 조력자인 '시로군'과 함께 머리를 맞대고 있었다, …라고 멋지게 이야기를 시작하고 싶지만 사실 우리 두 사람은 야심찬 계획이란 게 애초에 없었다.

시로군은 헌책방에 자주 오는 손님이었다. 그런데 내가 생각하기에, 아무리 책이 좋다고는 하지만 헌책방에 너무 자주 오는 걸 조금은 이상하게 생각하고 있던 차였다. 나이도 나보다 어린 것 같은데 직장에 안 다니나? 프리랜서인가? 아니면, 어디 한 군데 매여서 일할 필요가 없는 부자는 아닐까? 부자였으면 좋겠다. 친하게 지내면서 우리 헌책방에 투자 좀 하라고 설득할 수도 있을 것이다. 하지만 내가 생각한 전부가 틀렸다. 의외로 이 손님의 정체는 간단했다.

그냥 평범한 백수였다. 정확히 말하면 대학원생인데 공부가 잘 풀리지 않았나 보다. 그러니 대낮부터 이렇게 헌책방에 찾아올 수 있는 것이다. 이 동네에 자주 다닐 만 한 카페가 없을까 찾아보던 중 우리 헌책방에 들어와 보고 마음에 들었던 모양이다.

내겐 한 가지 계획이 있었다. 헌책방에서 독서모임을 하는 것이다. 책을 판매하는 곳에 자리를 마련해두고 책 읽는 모임을 한다는 것만큼 자연스러운 게 또 어디 있을까? 그러나 곰곰 생각해 보니 문제가 한두 가지가 아니었다. 우선 나는 헌책방 일을 하기에도 일손이 모자라기 때문에 독서모임을 꾸린다고 하더라도 리더 역할을 하기는 어렵다. 그렇다고 전문 리더를 어딘가에서 섭외하는 것도 무리다. 읽을 책을 선정하는 것에서부터 모임의 정체성을 만들어가는 것까지 미리 계획해두지 않으면 흐지부지 될 것이 분명하다. 왜냐하면 지금껏 그렇게 해서 얼마 못 가는 독서모임을 여럿 보아왔기 때문이다.

계획은 이렇다. 우선 리더가 될 사람을 찾아야 한다. 그는 책에 관한 전문가다운 식견이 있어야 함은 물론이고 이 동네에 거주하고 있으면 금상첨화다. 왜냐하면 동네모임을 만드는 게 내가 하고 싶은 일이기 때문에 리더 역시 이 동네 사람이면 좋겠다. 또한 그는 끈기를 가지고 책이라는 한 우물을 파는 사람이어야 한다. 기왕에 시작하는 헌책방 독서모임인데 조금 하다가 말 수는 없다.

시로군은 이런 나의 계획이 제대로 들어맞는 인물이다. 대학에서 문학을 공부했기 때문에 소설에 관한 것이라면 다른 전문가 못지않게 능력치가 높다. 게다가 외국문학에 대한 지식이 상당했다. 이 역시 우리 헌책방 분위기에 잘 맞는다. 얼마 전 이 동네에 이사 왔기 때문에 한동안은 떠나지 않을 것이다. 그리고 그는 백수다! 당장 할 일이 없으니 섭외하기도 딱 좋다. 이건 마치 신이 미리 예비해두신 것처럼 내겐 행운이었다.

우리는 독서모임 이름을 "막막한 독서모임", 줄여서 "막독"이라고 지었다. 책을 읽을 때 혼자 읽으면 막막할 때가 있다. 그럴 때 여럿이 함께 읽으면서 다른 사람의 이야기를 들어보면 막혔던 것이 풀리기도 한다. 그런 의미를 담은 이름이 막독이다. 막독은 매 기수별로 한 가지 주제를 정하고 그 주제에 맞는 책을 미리 공지하여 모임 참가자 신청을 받는다. 이렇게 했을 때 단점은 읽고 싶은 책을 참가자가 고를 수 없다는 것이다. 하지만 그 반대의 이유로 장점이 있다. 모임에 참가신청을 한 사람은 이쪽에서 제시한 책을 읽고 싶어서 한 것이기 때문에 모임 참여에 관한 열의가 높을 것이다. 모임은 2주에 한 번씩 갖기로 한다. 2주에 한 권씩 책을 읽는다는 것인데 이 정도면 직장인이나 학생들도 가능한 독서량이라고 생각했다. 참여자가 너무 많아도 운영이 곤란할 것이라고 판단해 정원은 10명으로 공지했다.

이렇게 만들어진 막독 1기 주제는 "오늘날 독서란 무엇인가?"로 정했다. 셰익스피어의 『로미오와 줄리엣』, 찰스 디킨스 『올리버 트위스트』, 도스토예프스키 『지하로부터의 수기』 등을 함께 읽을 책으로 소개했다. 2011년 초에 시작한 이 첫 번째 독서모임은 내 기억으로 다섯 명 정도가 신청했다. 뒤로 이어진 2기 주제는 시기도 봄이었기 때문에 "연애"로 정했다. 괴테, 플로베르, 셰익스피어 작품 중에서 사랑에 관한 책을 두 권씩 선정했다. 3기를 시작할 때엔 여름이 되었기에 주제는 자연스레 "모험"으로 정해졌고 독서목록은 허먼 멜빌 『모비 딕』, 세르반테스 『돈키호테』, 조지프 콘래드 『로드 짐』이었다.

막독은 계속 이어져 현재는 헌책방 대표 프로그램으로 자리를 잡았다. 이 글을 쓰고 있는 2018년 초를 기준으로 22기 모임이 진행되고 있다. 그동안 독서모임에서 함께 읽은 책만 해도 100권이 훌쩍 넘는다. 막독에서 읽은 것 중에서 조금 부담스러운 분량의 소설들을 따로 떼어 한 달에 한 권만 집중적으로 읽는 "한 책 읽기" 모임도 따로 진행하고 있다. 참가자는 최초에 열 명도 안 되었던 것을 시작으로 지금은 많게는 70~80명까지 모이고 있다. 사람이 너무 많아도 모임이 산만해지기 때문에 반을 나눠 운영하고 있고 각 반은 정원을 열 명으로 제한하고 있다. 그리고 매번 헌책방에 모여서 독서모임을 하던 것에서 벗어나 시내의 다른 장소에서 모이는 일도 있다. 워낙 먼 곳에 사시는 분이 독서모임 신청을 하시면 이곳 은평구까지 와달라고 요청 드리기가 미안한 것도 한 이유이다. 지금 막독의 멤버는 이 동네 주민으로 그치지 않고 대구, 대전, 인천, 안양 등으로 범위를 넓히고 있는 중이다.

헌책방 독서모임을 계기로 탄생한 것 중 '씨앗회원' 역시 아직까지 우리 헌책방에 큰 도움을 주고 있는 장치이다. 씨앗회원은 처음에 내가 생각했지만 모집방법과 절차 등은 시로군이 만들었다. 헌책방이 경제적으로 자립하기 위한 장치를 오랫동안 고민하고 있었는데 마침 시로군이 매달 CMS로 후원하는 회원제도를 제안한 것이다. 씨앗회원에게는 큰 것은 아니더라도 서비스를 제공하고 싶었는데 독서모임 참가비를 할인해주자는 제안을 한 것도 시로군이었다. 첫 번째 씨앗회원 모집 광고를 낼 때 독서

막독은 한 기수를 시작하기 전 첫 모임은
오리엔테이션 시간으로 진행한다.
시로군이 독서모임 참가자들에게 함께
읽을 책에 대해 설명하고 있다.

막독 어느 기수 모임 풍경

모임에서 다룬 책들을 선물로 보내기로 했는데 그 목록을 만들고 실제로 발송을 할 때까지 시로군은 많은 도움을 주었다.

씨앗회원 제도는 없어지지 않고 지금까지 계속되고 있다. 사실 씨앗회원은 정말 대단한 분들이다. 나는 이분들이 누구인지 일일이 다 알지 못한다. 그럼에도 불구하고 씨앗회원은 이상한나라의헌책방의 지속적인 자립을 위해 자신들의 경제력을 나눠주고 있다. 지금까지 그 어느 누구도 내가 낸 돈을 어떤 식으로 썼냐고 물어보는 사람은 없었다. 내가 처음부터 설정한 자립의 한 요소도 이와 같다. 후원을 받으면서 후원을 받는 쪽에 의존하거나 눈치를 보게 되면 자립할 수 없다는 게 내 믿음이다. 그저 이 작은 헌책방이 선한 뜻을 가지고 최대한 오랫동안 지속될 수 있으면 좋겠다는 생각이 씨앗회원을 움직이고 있는 힘이다. 내가 부담을 가지고 있는 부분이 있다면 바로 그 지점이다.

또한 씨앗회원을 통해 받게 되는 돈은 나에게 기본소득과 같은 의미를 부여하고 있다. 많은 돈은 아니지만 달마다 통장에 일정금액이 아무런 이유도 없이 들어온다는 믿음, 그것이 도시에서 살아가며 자립하는 내게 상당한 안정감을 준다. 어쩌면 씨앗회원이 있었기에 내가 주 4일 근무를 현실화할 수도 있었다. 나는 이것으로 여러 가지 실험을 할 수 있게 됐다. 그리고 이 실험들의 결과는 어떤 방식으로든지 고스란히 다시 씨앗회원들에게도 돌아갈 것이라고 확신한다.

현재 헌책방 주인장인 나는 막독에서 거의 손을 뗀 상태이다. 독서모임의 모든 권한은 시로군에게 넘겼고 참가비 역시 더 이상 헌책방과 일정 부분 나누지 않고 리더에게 모두 주고 있다. 이건 우리 두 사람이 서로 믿기 때문에 가능한 일이다. 막독은 지금 규모도 커졌고 분반도 여러 개로 늘었다. 시로군은 바빠졌고 우리가 서로 얼굴 보며 이야기하는 시간은 예전에 비하면 절반 이하로 줄어든 것 같다. 하지만 막독을 통해서 일궈낸 열매들을 생각하면 가끔 만나서 이야기하는 것이 즐겁다. 언젠가 헌책방 독서모임 막독의 이름을 달고 멋진 책 한 권이 나오길 기대해본다.

멘탈 강화 프로젝트

오늘은 잡지사에서 이상한나라의헌책방에 인터뷰를 하러 오는 날이다. 이런 연락을 받으면 괜히 마음이 들뜨게 된다. 어떤 질문을 받을까? 무슨 얘기를 해야 할까? 가끔은 민감한 질문을 하는 분도 있다. 예를 들면, "한 달 수입이 어느 정도 인가요?"처럼 딱 부러지게 대답하지 못하는 질문을 받을 때면 식은땀이 줄줄 흐르기도 한다. 하지만 지금까지 겪어본 결과 질문 내용은 어느 매체나 어슷비슷하다. 왜 다니던 회사를 그만두고 헌책방을 차리게 되었는가, 어떤 계기가 있었는가, 그래서 회사 다닐 때와 비교하면 지금 마음이 더 행복하다고 느끼는가, 그리고 앞으로의 계획은? 뭐, 큰 줄기는 대강 이런 식이다. 처음엔 같은 질문을 받더라도 매체마다 조금씩 달리 대답을 했는데 어느 때부터인가 거의 비슷한 대답을 기계처럼 하고 있는 나를 의식하면 조금 속상할 때가 있다. 하지만 어떡할까? 질문이 같은데 대답도 같은 건 당연한 일 아닌가.

인터뷰를 할 때마다 거의 매번 나오는 질문이 있는데, 솔직하게 말하자면 지금까지 제대로 된 대답을 하지 못했다. 그 질문을 받을 때마다 거짓말로 대답을 했다고 그래도 심한 말이 아니다. 그 결정적인 질문이란, "지금까지 가장 기억에 남는 손님이 있다면 어떤 분인가?"이다. 질문 받을 때 맥락은 조금씩 다르지만 어쨌든 매체에서는 헌책방에서 책 구입하는 손님과 관련된 아름다운 사연 같은 걸 원하는 것 같다. 물론 그런 사연이야 얼마든지 있다. 헌책방 10년 장사하는 동안 그런 일 몇 번 정도 없다면 그것도 말이 안 되는 거다. 하지만 고백하건대 "가장 기억에 남는 손님"은 매너 있는 손님, 아름다운 사연을 지닌 손님, 책을 많이 구입한 손님이 아니다. 도저히 기억에서 지워지지 않는 손님은 당연히 그와는 반대로 진상에 속하는 사람들인 것이다. 그런 사람이라면 기억에서 지워지지 않는 걸 넘어서서 자다가도 갑자기 생각나서 속에서 열불이 올라올 정도니까 말이다.

그렇지만 인터뷰를 하면서 헌책방에서 기억나는 일화를 말하는데 진상손님 얘기만 할 수는 없지 않는가? 대부분은 아침라디오에서 양희은 씨가 낭랑한 목소리로 읽어줄 만한 아름다운 사연을 얘기했다. 하지만 이제는 말할 수 있다. 아니, 말 좀 하고 싶다. 헌책방 일꾼으로 10년 동안 일하면서 가장 기억에 남는 손님은 확실히 진상손님이다!

긍정적으로 말해보자면 그런 일들도 내게 나쁜 영향을 준 것만은 아니다. '선악개오사(善惡皆吾師)'라는 말도 있지 않은가? 지나고 돌아보면 선한 사람이든 악한 사람이든 모두 내 삶의 스승……, 이라고 말하기엔 도저히 입이 떨어지지 않지만 어쨌든 옛날에 그런 훌륭한 말이 있었다는 것이고, 하여간 아주 조금은 수긍이 간다. 적어도 나의 멘탈 강화 훈련은 시켜준 셈이니까 말이다. 나처럼 연약하고 심성이 순해빠진 사람은 이렇게 거친 세상을 살아가기 힘들다. 그러니까 신께서는 친히 나에게 멘탈 강화 프로그램을 선물하신 것이라고 믿고 싶다. 지금부터 들려드릴 이야기는 물도 없이 고구마 열 개 정도 먹고 난 후에 삶은 계란 노른자 대여섯 개로 입가심을 하는 정도의 답답함과 화남이 있으니까 심신이 허약하신 분이라면 읽기를 중단해주기 바란다.

가장 흔한 진상손님의 예로는 "다짜고짜 반말형"이다. 뭐 이런 사람이 있을까 싶지만 의외로 많다. 문 열고 들어오면서부터 반말이다. "여기가 헌책 파는 데지? ○○××라는 책 있어?" 이 정도면 봐줄 만하다. 의자에 탁 앉아서 종아리가 다 보이도록 바지를 걷어 올리고는 "더우니까 뭐 시원한 거 좀 가져와 봐." 같은 소릴 들으면 누구라도 화가 나지 않을까? 그래서 가끔은 "초면인데 반말은 삼가주시면 좋겠습니다."라고 말하기도 한다. 돌아오는 대답은 보통 두 가지다. 내가 언제 반말을 했느냐며 오히려 화를 내거나 "아들 같아서 그래."라는 것. 그런 얘길 들을 때면 진심으로 그분의 실제 아들이 측은하게 느껴질 정도다.

책 가격을 가지고 훈수를 두거나 심지어 야단을 치는 분들도 적지 않다. 대부분은 이런 식으로 이야기를 시작한다. "내가 헌책방 좀 다녀봐서 아는데……."라고 운을 띄운 다음 책 가격을 얼마간 빼달라는 것이다. 물론 헌책방에는 정해진 가격이 없기는 하다. 그렇다고 무작정 엿장수 마음대로인 것만은 아니다. 다 나름의 기준을 가지고 가격을 정한 것이고 책마다 가격을 써놓았기 때문에 비싸다고 생각되면 안 사면 될 것인데, 많은 금액도 아니고 불과 일이천 원을 빼달라며 한사코 말씨름을 하는 것이다.

책방에 자주 오는 손님이거나 책을 많이 구입하는 분인 경우 이쪽에서 먼저 알아서 가격을 좀 빼주기도 한다. 하지만 말씨름을 하는 사람은 대개 처음 온 손님인 경우가 많다. 흥정이 여의치 않으면 화를 내기도 한다. 책값을 비싸게 받는 건 "사기"라거나 "도둑놈"이라는 소리도 여러 번 들었다. 그렇게 말 할 때는 꼭 "젊은 사람이……."라는 말꼬리를 매단다. 젊은 사람이 헌책 팔아서 얼마나 벌려고 그러냐는 투로 비꼬는 식이다.

보통 책 뒤에 가격 표시는 연필로 한다. 헌책의 가격은 절판이나 저자의 사망, 뜻하지 않은 문학상 수상 등의 이유로 때때로 변동하기 때문에 가끔은 가격을 고쳐서 적어둔다. 하지만 어떤 손님은 그 가격을 자기가 몰래 고치는 일이 있다. 비싼 책인 경우 숫자를 살짝 지워서 조금 싼 가격을 다시 쓰는 것이다. 정말 치밀한 수법이긴 하지만 주인장인 나의 눈을 속일 수는 없다. 책에 쓴 가격과 동일한 가격을 컴퓨터 엑셀프로그램에 이중으로 써두기 때문에 지우고 가격을 다시 적는다고 해도 책을 계산할 때 프로그램상의 가격과 차이가 있으면 단박에 발견된다.

가격 고치는 건 귀여운 수준이다. 책을 훔치는 사람은 더할 것도 없이 진상손님을 넘어 범죄행위다. 수법은 날이 갈수록 대범해진다. 책을 한 권 들고 살펴보다가 휴대폰으로 걸려온 전화를 받는 척하면서 보던 책을 들고 그대로 문 밖으로 나가버린다. 아주 효과적이지 않은가? 아무도 뒤따라오지 않으면 책을 훔치는데 성공하는 것이고 붙잡히더라도 "중요한 전화라서 문밖에서 통화하고 금방 다시 들어가려고 했어요."라면서 얼버무리면 그만이다. 오히려 화를 내는 사람도 있다. 전화 끊고 다시 들어가서 책 계산하려고 그러는데 왜 도둑취급을 하느냐며 소리를 지르면 방법이 없다. 곤란한 상황이지만 어쨌든 전화를 끊을 때까지 아무 말 없이 지켜보는 수밖에.

진상 중에 가장 급수가 높고 오래 기억에 남는 손님은 헌책방이라는 곳을 얕잡아보고 무조건 하대하는 사람이다. 그런 자신의 생각을 끊임없이, 심지어 몇 시간이고 나를 붙잡아 앉혀놓고 설교를 해대는 경우, 기분이 참담하기 그지없다. 이런 분들은 도대체 무슨 가치관을 가지고 세상을 사는지 모르겠다. 말투는 보통 비꼬는 식이 많다. 그리고 반말인지 존댓말인지 애매하게 둘을 섞어 쓴다. 예를 들면 이렇게. "헌책방 보기 좋네요. 나도 나중에 할 거 없으면 이런 거나 해야겠네.", "헌책방은 그냥 쓰레기 주워다가 파는 거잖아? 돈도 많이 벌겠네요? 안 그래?" 요즘엔 멘탈이 많이 강화되어서 이런 말을 들더라도 그냥 "예, 뭐……." 하면서 얼버무린다. 왜냐하면 이런 말에 상대하기 시작하면 몇 시간이고 붙잡히는 일이 일어날 수도 있기 때문이다. 일단 붙잡혀서 설교를 듣다 보면 중간에 끊을 수가 없다. 끊게 되면 화를 낸다. 왜 자기가 말하고 있는데 끊느냐면서. 사람을 우습게 보느냐, 사람 말이 말 같지 않느냐 등등.

그러고도 성에 차지 않으면 다음에 또 책방에 와서 비슷한 설교를 한다. 몇 번이고 계속 와서 괴롭히기 때문에 괴롭지만 혼자 가게를 운영하는 입장이다 보니 숨지도 못한다. 심지어는 휴대폰 번호를 알려달라고 협박조로 말하는 사람도 있다. "내가 헌책방을 워낙 좋아하니까" 뭐라도 도움 되는 말을 해주려고 한다는 것이다. 책방에 자주 올 수 없으니 생각나는 게 있으면 때때로 전화로 말해 준다는 것인데, 심하면 밤늦은 시간이나 새벽에도 전화벨이 울리는 경우가 있다. 게다가 전화를 받지 않으면 왜 안 받느냐, 사람을 우습게 보느냐, 받은 전화를 일찍 끊으려고 하면, 사람 말이 말 같지 않느냐, 결론은 이런 식으로 무한 반복이다. 이 정도라면 정말이지 헌책방에서 일하면서 가장 기억에 오래 남는 쪽에 속하지 않을까.

가끔은 이런 생각을 해본다. 이 사람이 헌책방 말고 다른 곳에 가서도 그런 행동을 할까? 헌책방에만 유독 이런 일이 많은 걸까? 그런데 다른 가게 사장님들 만나보면 호프집이나 카페, 밥집, 당구장, 어디라고 딱히 말할 것 없이 다양한 진상손님이 있는 듯하다.

가만히 앉아 있으면 내 눈 앞에는 책으로 가득 찬 책장이 보인다. 여긴 사방이 다 책이다. 사람들만큼이나 다양한 책들이 있다. 어떤 책은 재미있고 또 어떤 책은 지루하지만 누군가는 저렇게 지루한 책을 마음속 깊이 사랑하기도 한다. 사랑에는 여러 종류가 있는데, 책을 사랑하는 사람 중에는 나쁜 사람이 없는 것 같다. 왜냐하면 저렇게 다양한 책들을 이해하며 존중하는 마음을 가진 사람이라면 세상에 있는 다양한 사람들을 또한 사랑하려는 심성을 갖고 있다고 믿기 때문이다. 그러니까 좀 이상한 손님을 보면 내 나름대로 이렇게 생각한다. '아마도 마음속에 사랑하는 감정이 부족한가 보다.'

나는 어쩌면 진상손님을 통해 멘탈을 키웠다기보다 사랑에 대해서 배우고 있는 게 아닌가 하는 생각을 하고 있다. 책 속에 길이 있는지 낭떠러지가 있는지 확신할 수 없지만 책은, 그중에서도 낡고 오래된 헌책은 사랑을 배울 수 있는 참 좋은 수단이라는 것은 믿어 의심치 않는다. 그래서 오늘도 헌책방에서 손님을 맞으며 멘탈, 아니 사랑 +10을 얻었다.

백문이불여일견

"이 책들 모두 어디서 가져오시나요?" 헌책방 사정에 어느 정도 관심이 있는 사람이라면 당연히 나올 만한 질문이다. 새 책을 파는 곳이라면 도매상과 거래하거나 출판사와 직거래를 통해 책을 받는다. 하지만 헌책방은 책을 가져다주는 사람이 없을뿐더러 필요한 책이 있다고 하더라도 그 책을 어느 곳에 주문할 수도 없다.

그렇다고 해서 어디에 있는지도 모를 책을 무턱대고 구하러 다닐 수는 없다. 헌책방 중에서도 규모가 큰 곳은 도매상 같은 역할을 겸한다. 점점 줄어들어서 이제는 거의 명맥이 끊긴 게 아닌가 싶지만 이쪽에서 흔히 '나까마'라고 부르는 중간상인도 있기는 하다. 도매상이나 중간상인에게 책을 구입하면 정처 없이 돌아다니면서 책을 찾는 것보다 편하다는 장점이 있다. 그러나 확률에 비춰보면 팔릴 만한 책을 입수하는 경우가 적기 때문에 매번 이런 식으로 책을 사들이는 것도 한계가 있다. 헌책방의 책들은 일단 구입을 하면 반품을 할 수 없다는 치명적인 약점이 있기 때문에 팔리지 않으면 100% 재고가 된다.

그래서 헌책방 주인장들은 그 누구보다도 책에 대한 넓은 식견을 유지하며 가게를 운영하려고 노력한다. 좋은 책을 발견하는 눈이 흐릿해지면 그때부터 헌책방은 손님들 발길이 뜸해질 수밖에 없다. 헌책방을 찾는 손님들은 책에 관한 한 보통 이상의 실력자들인 경우가 많다. 이런 사람들은 가게에 들어와서 5분 정도 빠르게 서가를 휙 둘러보는 정도로 그곳의 분위기가 어떤지 대강 파악할 수 있을 만큼 뛰어난 '책 감각'을 가졌다. 오랜 야인 생활을 접고 강호에 내려온 책의 고수가 허름한 옷차림으로 헌책방 문을 열고 들어와 예리한 눈빛을 몇 번 번뜩인 다음 '음, 이곳은 살 만한 책이 별로 없군…….' 하면서 소맷자락을 펄럭이며 다시 문을 열고 나가는 순간, 그가 이 헌책방에 다시 올 확률은 거의 없다고 봐야 한다.

헌책방 주인장들은 그런 초절정 고수와의 만남에 대비하여 항상 수련하는 자세로 가게를 운영한다. 그러한 수련 과정과 방법에 대해서는 몇 마디 말로 짧게 다루고 끝낼 것이 아니기 때문에 나중에 기회를 봐서 자세히 이야기 하겠다. 그보다 먼저 오늘은 내가 그동안 책을 사들이면서 겪었던 실수와 깨달음에 대해 고백하는 게 좋겠다. 깨달음이란 늘 실수를 통해 얻는 법! 책에 관해서만큼은 실수를 두려워하지 말라는 게 헌책방 업무수칙 첫 번째다.

도매상과 중간상인에게 책을 매입하는 게 앞서 말한 단점이 있는데, 그걸 극복하기 위해서는 개인들에게 적극적으로 책을 구입하는 노력이 필요하다. 당연한 말이지만 책을 좋아하는 사람들은 평소에 책을 많이 산다. 그런 사람들 책장엔 틀림없이 좋은 책들이 가득하다. 하지만 좋은 책을 많이 가진 사람들은 그 책을 쉽사리 팔려고 하지 않는다. 좋은 책을 헌책방에 진열해 두고 싶은 주인장은 애서가들과 적당한 거리를 유지하며 '밀당'을 해야 한다. 도매상에서처럼 쉽게 책을 구입할 수는 없지만 한 번 구입하게 되면 수확이 크기 때문에 애서가는 늘 좋은 고객이다.

대학교수였다가 고서판매상으로 직업을 바꾼 '릭 게코스키'의 말대로 책 수집가가 큰 집에 살게 될 확률은 별로 없는 것 같다. 책을 좋아하는 사람들은 돈이 생기는 족족 책을 사기 때문에 큰 집을 가질 만한 목돈을 모으기가 힘들다. 그래서 집에 책이 차고 넘치는 사람들은 가끔 수십, 수백 권씩 한꺼번에 처분할 때가 있다. 봄철에 하는 집안 대청소나 이사는, 헌책방 주인장 입장에서 보면 좋은 책을 무더기로 만날 수 있는 절호의 기회다. 물론 그 모든 기회들이 전부 성공으로 이어지지는 않는다. 경험으로 미루어 보아 봄철에 잡을 수 있는 기회를 절반 정도만 괜찮은 방향으로 이끌어내도 괜찮은 성적이다.

개인에게 책을 구입하는 경우, 좋은 책이란 언제 어느 곳에서 나올지 모르기 때문에 늘 촉각을 곤두세우고 있어야 한다. 때론 여러 곳에서 책을 내놓고 싶다는 연락을 받을 때도 있는데 가게 운영자금이 무한정으로 있는 것도 아니기 때문에 매입할 곳을 결정하는 게 또한 쉽지 않은 일이다. 최종 판단은 헌책방 주인장 몫이라 성공의 기쁨도 실패의 좌절도 모두 혼자 감당해야 한다. 수많은 책에 둘러싸여 매일을 보내지만 이처럼 외로운 직업이 어디에 또 있을까! 하지만 실패하는 경우만을 생각하며 풀이 죽어 앉아 있을 수만은 없다. 아이스킬로스의 『아가멤논』에 나오는

"파테이 마토스(pathei mathos, 겪어보는 것으로 지혜를 얻는다)"라는 말처럼 실패라고 하더라도 겪어보지 않는 이상 우리들은 아무것도 배울 수 없다.

헌책방 초창기에 나는 수도 없이 많은 실수를 했다. 다른 헌책방에서 직원으로 근무하면서 어깨너머로 배운 것이 경력의 전부였기 때문에 어쩔 도리가 없다고 스스로를 달래보기도 했다. 하지만 너무 실수가 잦아서 때론 내 자신이 한심하게 보일 정도였다. 대표적인 실수는 매입하는 책 가격을 너무 많이 지출하는 경우다. 상식적으로 생각해봐도 가게에서 만 원에 팔 수 있는 책을 만 원, 혹은 그 이상 가격을 쳐주고 매입하는 건 바보가 아닌가. 그런데 실제로 자주 그런 식으로 매입을 했고 얼마 못 가 회계장부에는 빨간불이 들어왔다.

그보다 더 많은 실수는 매입하는 책을 보지도 않고 덜컥 매입하겠다고 입금해버리는 것이다. 책을 팔고 싶다는 전화를 받으면 우선 그게 어떤 종류의 책들인지 물어보고 우리 헌책방에서 필요한 책이면 좀 더 구체적으로 대화를 하거나 휴대폰으로 책 사진을 좀 보내 달라는 식으로 해서 간단히 확인을 한다. 그런데 책이 있는 곳이 서울 인근이 아닌 경우, 그리고 전화상으로 들었을 때 꽤 괜찮은 책인 것 같다는 느낌을 받으면 대금을 미리 입금하고 택배 등으로 책을 보내달라고 한다. 별로 이상할 것 같지 않은 방법이지만 이렇게 해서 받은 책들 때문에 마음 상했던 때가 한두 번이 아니다. 전화로 얘기했던 것과 달리 책 상태가 너무 안 좋거나 사회학 책들이 대부분이라고 해서 받았는데 막상 배송된 책 상자를 열어보니 우리 가게에서 쓰지 않는 자기계발서만 가득했던 때도 있다.

불과 얼마 전에도 목소리가 점잖은 어떤 분의 전화를 받고는 보지도 않고 시집 수백 권을 사들인 일이 있다. 그분은 시인이 되고 싶어서 공부도 할 겸 좋은 시집을 무작정 사 모았다고 했다. 서점에서 구할 수 없는 귀한 책은 헌책방을 돌아다니며 수집했는데 이제는 그 책들을 처분하려고 마음먹었다는 것이다. 가슴 아픈 사연이지만 얘길 들어보니 보지 않아도 책들이 아주 훌륭할 것 같아 그 즉시 적지 않은 책값을 치르고 시집 수백 권을 구입했다. 며칠 후, 택배로 받은 시집을 보고 경악했다. 시집들은 대부분 1990년대 유행했던, 속칭 "사랑시집"이라고 불리는 그것이었다. "넌 가끔가다 내 생각을 하지 난 가끔가다 딴 생각을 해"처럼 제목이 엄청 긴 시집들이 유행하던 때를 기억하시는가? 그런 책만 수백 권이었다! 물론 이런 시집이 다 엉터리라고 말하는 건 아니다. 다만 내가 머릿속에 그렸던 시집과는 완전히 다른 종류라서 한동안 실망한 마음을 달랠 길이 없었다.

그런 일이 몇 번 있고는 책을 구입할 때는 꼭 눈으로 확인하게 되었다. 조금 불편하더라도 직접 보는 것만큼 확실한 게 없으니까.

한번은 수원에서 어떤 분이 책을 팔고 싶다며 연락을 해왔는데 얘길 들어보니 컬렉션이 딱히 내 마음에 들지는 않았다. 일산과 경계가 맞닿은 은평구에서 수원까지는 꽤 먼 거리기 때문에 고민이 됐지만 어쨌든 책을 직접 보고 결정하자는 생각에 약속을 잡고 알려준 곳으로 갔다. 그곳은 아파트였는데 처분하려고 미리 꺼내놓은 책들을 보니 전화로 듣던 것과 크게 다르지 않아서 먼 곳까지 온 게 후회가 됐다.

한 10여 분 정도 책 주인과 심드렁하게 얘길 나누다가 그만 돌아가려고 몸을 돌리는데 한쪽 구석에 뭔가 시커먼 물건이 쌓여 있는 게 아닌가? 가까이 가서 보니 유럽 고서들이었다. 순간적으로 '이건 물건이다!' 하는 울림이 가슴을 쳤다. 하지만 별다르지 않은 표정으로 돌아보며 "여기 있는 책들은 왜 빼놓으신 건가요?" 했더니, 이사를 가려고 이것저것 정리 중인데 저런 낡은 책이라면 헌책방에서도 받아주지 않을 게 뻔해서 오늘 폐지와 함께 버리려던 참이라는 것이다. 이야기를 들어보니 이 책들은 잠깐 유럽에서 살았을 때 틈틈이 헌책방에 들러서 몇 권씩 구입했던 것이란다. 그래서 나는 "오늘 왔다가 빈손으로 그냥 가기도 머쓱하니 허락해주신다면 이것이라도 좀 가져가겠습니다."라고 했다. 책 주인은 흔쾌히 그러라며 친절하게 책들을 끈으로 묶어주기까지 했다. 나는 도저히 그냥 나올 수가 없어서 얼마라도 책값을 치르겠다고 했는데 그분은 "어차피 버리려고 했던 거니까 그냥 가져가시죠."라며 몇 번이나 거절했다. 책들을 차에 싣고 헌책방에 와서 확인해보니 대부분 1900년대 초에 발행된 책들이었고 문학작품들은 전간기(戰間期, 1차대전과 2차대전 사이의 기간) 때 출판된 것들이 많아 자료적 가치도 높았다. 이건 진짜 행운이다. 그날 수원까지 책을 확인하러 발걸음을 하지 않았더라면 이 책들은 버려졌을 것이다.

그러니 '백문이불여일견(百聞而不如一見)'이라는 옛 가르침이 딱 맞는 말이다. 다른 것은 몰라도 책에 있어서만큼은 그렇다. 지금은 정보화시대를 넘어서 시쳇말로 정보의 홍수, 정보의 쓰나미 시대다. 여기저기서 전해 듣는 말들이 워낙 많다 보니 뭐가 진짜고 어느 게 헛말인지 구별이 어렵다. 이런 때일수록 책에서 얻은 교훈을 다시 새겨보며 마음을 다잡는다. 헌책방에 오는 손님들께도 이런 말을 자주 한다. "손님, 이 책에 대해서 많이 들어보셨죠? 하지만 아직 안 읽으셨다면 오늘 한 번 읽어보세요. '백문이불여일견'이니까요!"

어느 곳에서 책을 구입해 올 때 양이 많으면 혼자서 일하기 쉽지 않다. 이럴 때는 단골손님 중에서 일을 도와줄 수 있는 분을 미리 섭외해두는 게 중요하다. 도움 받은 '미스터리 일꾼'의 모습을 사진으로 찍어 일이 끝난 다음 SNS에 소개하는 것도 재미있는 일 중 하나다.

헌책방 옆 제본공방

우리 헌책방은 2007년 6월 4층짜리 건물 지하에 자리를 잡고 영업을 시작했다. 지하가 책과 사람 둘 모두에게 좋은 공간은 아니지만 당시엔 선택의 여지가 없었다. 햇빛을 볼 수 있는 곳은 모두 임대료와 보증금이 비쌌기 때문이다. 헌책방은 그곳에서 8년간 생활하다 드디어 2015년 봄에 다른 건물 2층으로 이사했다.

옮긴 곳은 원래 있던 자리에서 그리 멀지 않은 곳이다. 걸으면 5분 남짓 걸린다. 그런데 이삿짐 옮기는 게 역시 보통 일이 아니었다. 헌책방이기 때문에 당연히 짐의 대부분은 책이었는데 8년 동안 생활하며 쌓아둔 것이 이렇게 많을 줄 몰랐다. 이삿짐 업체에서는 짐의 무게가 10톤 정도 나올 거라고 했다. 이사하는 당일 10톤짜리 차가 골목에 들어올 수 없어서 5톤짜리 두 대에 짐을 나눠 싣고 옮겼다.

이사를 하고 나서 두 달 이상 몸과 마음에 휴식을 주는 시간으로 삼았다. 지난 8년 동안 지하에서 일했던 것이 무리였는지 쉬는 동안 이곳저곳 아프기도 했다. 그러나 마냥 쉰 것만은 아니다. 새로운 곳으로 헌책방을 옮기면서 가장 하고 싶었던 일을 드디어 실천하기로 결심했기 때문이다.

사실은 그 이유 때문에 이사 전부터 헌책방 내부 공간 배치에 관한 여러 가지 생각들을 하고 있었다. 헌책방과 함께 제본공방을 운영하기로 한 것이다. 이를 위해 새로운 헌책방은 규모를 과감하게 줄이기로 했다. 지하 헌책방 시절엔 100제곱미터 거의 전체 공간을 헌책방으로 사용했다. 물론 한쪽 구석에 작은 규모로 작업실이 따로 있긴 했지만 초반에 잠깐 운영하다가 말았기 때문에 결국 유명무실해졌다. 다시 디자인한 헌책방은 전체 규모의 30퍼센트 정도를 제본공방에 할애했다. 이를 위해 이미 갖고 있던 책과 책상, 의자, 책장들을 대폭 무료 나눔으로 처분했는데 나로서는 큰 모험이나 마찬가지였다.

'헌책방 옆 제본공방'을 운영할 사람은 '진경' 씨인데 사실 이분은 지하 헌책방 때부터 그 작은 작업실에서 가끔씩 뭔가를 만들곤 했었다. 북아트를 배운 진경 씨는 독일 프랑크푸르트 국제도서전 북아트관 그룹전에 작품을 전시한 일이 있고 도쿄 디자인페스타에도 몇 번 참가했다. 그런데 북아트 작업에 점점 흥미를 잃어가고 있는 것 같아 얼마 전부터 유럽식 제본을 배워보라고 제안했다. 북아트에서 본격적인 제본 테크닉으로 방향을 바꾼 진경 씨에게 헌책방 옆에 제대로 된 제본공방 자리를 마련해줄 테니 운영해보는 게 어떻겠냐고 주문했다. 지하에서 2층으로 옮긴 헌책방의 월 임대료가 비싸졌기 때문에 그 비용의 일부를 나눠 부담하자는 게 조건이었다.

진경 씨는 조건을 받아들여 제본공방을 운영하기로 했지만 일이 처음부터 빨리 진행된 것은 아니다. 공방을 운영하기 위해서는 우선 전문 제본 기술을 더 많이 배워야 했고 그에 맞는 장비를 구입하는 것도 일이었다. 북아트 하던 때에 비하면 제본 장비는 엄청나게 무겁고 가격도 비쌌다. 이것들은 공방에서 유료 워크숍을 운영하며 그 수익으로 차근차근 갖추기로 했다.

첫 번째 워크숍은 2015년 12월에 했는데, 아직까지는 전문적인 수준으로 제본 기술을 익힌 것은 아니었기 때문에 진경 씨가 오랫동안 연구해온 '마블링'을 주제로 삼았다. 오래전 유럽에서는 책머리면에 마블링 무늬를 넣어 장식을 했다. 오래된 책을 살펴보면 속지를 마블링 종이로 만든 책도 많이 있다. 그러니까 제본공방에서 마블링 워크숍을 하는 건 꽤 어울리는 한 쌍이다. 각자 자기 책을 갖고 와서 마블링 장식을 해보면 재미있을 것 같다는 결론에 닿았고 이것이 반응이 좋으면 앞으로도 제본공방을 홍보하는 데 큰 도움이 될 거라고 판단했다. 워크숍 내용은 책머리면에 마블링 장식을 하는 것이었는데 홈페이지에 워크숍 공지를 올리자마자 하루 만에 모집 인원이 마감될 정도로 인기가 좋았다. 이 정도 인기는 나도 진경 씨도 예상하지 못했던 것이라 조금은 어리둥절했다.

책머리면 마블링 워크숍은 그 후로도 꾸준히 인기를 모아 2016년에는 계절마다 한 번씩 수업을 진행했다. 그것과 더불어서 2016년 1월에 첫 번째 제본수업으로 드로잉 북 만들기 수업을 개설했다. 이 수업은 마블링처럼 1회 차로 끝나는 것이 아니라 총 4회 수업하게 되는, 헌책방 옆 제본공방의 본격적인 첫 제본수업이라 의미가 있다. 이 수업을 시작으로 마블링 워크숍과 드로잉 북 만들기를 번갈아가며 운영했고 제본공방은 점점 활기를 띠기 시작했다.

2016년 6월에는 보태니컬 아트와 북 바인딩을 결합한 새로운 수업을 만들었다. 진경 씨가 보태니컬 아트 작가로 활동 중인 윤경화 씨를 알게 되어 함께 수업을 만들어보자고 제안해 탄생한 총 5주 차 수업이다. 내용은 식물세밀화 그리기를 3주 동안 배우고 나머지 2주 동안 자신이 그린 세밀화를 표지로 삼아 한 권의 책을 만들어보는 것이다. 이 수업은 사실 엄청나게 인기를 끌었던 것은 아니다. 하지만 세밀화와 제본이라는 서로 다른 장르를 결합한 새로운 시도라는 것이 재미있다. 첫 수업을 시작하고 2년이 지났는데 여전히 이 '콜라보 수업'은 계속 이어지고 있다. 참가자가 한 명일 때도 있어서(심지어 아무도 신청을 안 하는 때도 있었다!) 지칠 만도 한데 두 선생님은 늘 재미있게 수업을 하고 있으니 이건 나에게 큰 도전이 되고 있다. 사실 나는 뭔가 일을 하다가 반응이 시원치 않거나 하면 금방 시들해져버리기 때문이다.

이제 헌책방 옆 제본공방은 블로그와 인스타그램도 시작했다. 아직은 많이 알려지지 않았기 때문에 제본에 대해 문의하는 손님들이 적지만 나는 큰 기대를 갖고 있다. 헌책방 옆에 제본공방이 있다는 것 자체가 일단은 대한민국 최초다. 헌책방과 제본공방이 함께 있으면 좋은 점이 많다. 때로는 망가진 책이 입고되는 경우가 있는데 이럴 때 제본공방에 수리를 의뢰한다. 나는 가끔씩 일본에 가서 유럽 고서들을 사입해 갖고 와서 팔기도 하는데 이런 책들은 100년 정도 된 것들도 많다. 책등이 헤어졌거나 제본이 갈려져 책이 두 동강이 난 경우 등 온전하게 보존된 책이 오히려 찾아보기 힘들 정도다. 이럴 때 제본공방에서 보수를 할 수 있고 고친 책은 알맞은 가격을 매겨 판매한다. 이렇게 보수를 마치고 깔끔해진 책이라면 구입하는 손님도 즐거워하니까 우리 모두에게 좋은 일이다. 수리를 한 책은 내가 헌책방 SNS에 사진을 올려 소개한 뒤 판매하는데 이것을 보고 자신의 책을 보수해 달라며 제본공방에 찾아오는 손님도 꽤 늘었다. 이 역시 지금은 공방의 소소한 수익사업 중 하나다.

헌책방 옆 제본공방은 이제 시작단계니까 여전히 할 일이 많다. 진경 씨는 유럽과 우리나라가 책에 대한 역사와 인식이 많이 다르기 때문에 무조건 유럽식 제본을 따르기보다는 결국 우리 감성에 맞는 제본을 찾아 해나가야 하지 않겠느냐는 고민을 하고 있다. 이 고민 역시 계속 진행 중이다. 조만간 생각이 정리될지, 아니면 앞으로도 계속하게 될 고민일지 알 수 없지만 그것도 나름대로 좋다. 일이라는 것은 계속해서 고민을 가지고 있을 때 창조력이 생기는 것이니까. 아무쪼록 앞으로도 이 제본공방에서 즐거운 고민들이 많이 생겨나면 좋겠다.

왼쪽: 1947년에 출판한 책으로 내용은 영국에서 1800-1900년까지 나온 책들의 대표적인 삽화를 설명하고 있다. 입수 당시에 심하게 훼손된 상태였는데 제본공방에 수리를 의뢰했다.

오른쪽: 제본공방에서 수리를 마친 책. 책등이 완전히 떨어져나갔기 때문에 새로운 책등을 붙여 깔끔하게 보수했다.

왼쪽: 어느 날 제본수업 풍경

오른쪽: 박스에 손글씨로 쓴 헌책방 옆 제본공방 간판은 나의 솜씨다.

어느덧 여러 가지 도구들로 가득 찬 제본공방의 한쪽 벽

헌책방 고양이, 짹순이와 앙또

살아오면서 무언가를 길러본 일이 없다. 어릴 때 집에서 잠깐 강아지를 키웠지만 일찍 죽은 것으로 기억한다. 초등학생 때 학교 앞에서 파는 병아리를 사 왔던 일도 있는데 역시 일찍 죽었다. 같이 지낸 시간이 짧아도 정을 나눴던 무엇이, 누군가가 죽는다는 건 슬픈 일이다. 그런데 느닷없이 고양이라니!

아직 헌책방이 지하에 있을 때인 2012년 추운 겨울, 은평씨앗학교 선생님과 학생인 재환이가 학교 근처에서 아주 작은 고양이 한 마리를 구출했다. 날씨는 옷을 두껍게 입은 사람에게도 견디기 힘들 정도로 기온이 낮았고 고양이는 너무 작았다. 전해 들은 이야기에 의하면, 고양이는 차도에서 조금 안쪽으로 들어온 길거리에 엎드려 꼼지락거리고 있었다는 것이다. 동물을 끔찍이도 사랑하는 재환이는 이 수상한 물체를 보고 그냥 지나갈 수 없었다. 얼마간 더 거기 있었다가는 분명히 얼어 죽었을 게 분명하다.

재환이와 학교 선생님은 어린 고양이를 옷으로 둘둘 싸서 헌책방으로 데려왔다. 그 밤에 달리 데려갈 곳이 없었다. 고양이는 기척이 별로 없었다. 얼마나 오랫동안 그곳에 방치되어 있었던 것일까? 우리는 고양이를 앞에 두고 어떻게 해야 하나 여러 가지 생각이 교차했다. 결론은 우선 동물병원부터 가자는 걸로 일치를 봤다. 다행히 헌책방과 멀지 않은 곳에 고양이를 전문으로 치료하는 동물병원이 있었고 고맙게도 의사 선생님은 늦은 밤인데도 불구하고 상태를 살펴주었다.

의사 선생님은 이 고양이가 태어난 지 두 달이 채 안 된 어린 녀석이고 정말로 밖에 몇 시간만 더 있었다면 죽었을 거라고 했다. 음식도 거의 먹지 못해 영양상태도 좋지 않았다. 설상가상 감기까지 걸렸다. 큰 외상이 없는 게 불행 중 다행이었다. 병원에선 감기치료약과 영양제 등을 처방해주었다.

고양이는 골목길에서 흔히 볼 수 있는 삼색 무늬를 하고 있었다. 코 옆에는 까만 반점이 있어서 그리 예쁜 외모는 아니었다. 다시 헌책방으로 데려온 고양이를 위해 종이상자에 헌 옷을 넣어주고 그 밑에는 적당한 온도로 전기방석을 깔았다. 어린 녀석이 거의 죽기 직전까지 밖에서 떨었을 생각을 하니 측은한 생각이 몰려왔다. 고양이는 며칠 동안 음식을 거의 먹지 않고 종이상자 깊숙한 구석에 웅크리고 앉아 나오지 않았다.

그렇게 일주일 정도 지나자 조금은 기운을 차리는 것 같았다. 음식을 조금씩 먹기 시작했고 배설물 색깔도 건강을 되찾은 것처럼 보였다. 그런데 진정한 고민은 이제부터 시작됐다. 동물을 전혀 키워보지 않은 내게 어린 고양이는 상당한 부담이었다. 헌책방 일을 하면서 동시에 고양이까지 보살피는 건 현실적으로 무리라고 판단했다.

이때 나타난 고마운 구원투수가 헌책방 독서모임 막독의 리더인 시로 군이다. 시로 군은 헌책방 근처에 살고 있어서 몇 번 집에 찾아가 본 적이 있는데 고양이 한 마리를 키우고 있다. 이름은 '치무'라고 했다. 길에 있던 고양이를 구출해서 몇 년 전부터 함께 지내고 있는데 치킨을 사 먹으려고 집을 나서다 발견했기 때문에 '치킨 무'의 앞글자를 따서 치무라는 이름을 지었다고 한다. 이미 고양이 한 마리를 키우고 있으니 시로 군이라면 어린 고양이를 맡아줄 수 있을 거라고 생각했다. 시로 군은 흔쾌히(사실은 고민을 많이 했을 것이다.) 고양이를 받아주었고 이후로 녀석은 시로 군의 집에서 치무와 함께 살게 되었다.

시로 군의 집에서 점점 활기를 되찾은 어린 고양이는 석 달 정도 지나자 완전히 이 집에 적응했는지 이곳저곳을 천방지축 뛰어다녔다. 장난을 치는 건지 시비를 거는 건지 잘 모르겠는데 녀석은 이곳에 먼저 자리 잡고 있던 치무에게도 솜방망이 펀치를 날리곤 했다. 철이 없고 개념 없어 보이는 행동을 자주 해서 우리들은 고양이 이름을 '앙또'라고 지어주었다. 그 이름은 프랑스혁명 당시 단두대에서 삶을 마감한 '마리 앙투아네트'에서 빌려 온 것이다. 어릴 적 봤던 만화영화 〈베르사유의 장미〉의 중심인물이 바로 앙투아네트인데 일본 애니메이션이라서 성우들 발음이 '앙또와네또'처럼 들렸다. 그래서 고양이 이름도 '앙또'라고 불렀다. 앙또는 지금도 시로 군의 집에서, 이제는 중년의 나이가 되어 살집이 꽤나 늘어진 치무와 함께 생활하고 있다.

앙또를 구출하고 몇 년 뒤, 아기 고양이를 발견했던 바로 그 장소 근처로 헌책방이 이사하게 된 것은 어떤 운명적인 느낌을 들게 했다. 2015년 봄에 헌책방 임대계약을 위해 그 건물에 갔을 때, 근처에 고양이가 많다는 걸 알았다. 그도 그럴 것이, 이곳은 벌써 몇 년째 아무도 입주를 하지 않았기 때문에 사람 대신 고양이들이 점령하고 있었던 것이다.

헌책방이 들어올 건물은 원래 2층 양옥집이었는데 1990년대 후반에 개조하여 그 후로 가게로 쓰이고 있었다. 그렇다 보니 건물의 기본 구조가 단독주택 같은 모습을 하고 있다. 차도 쪽 모습은 영락없이 가게인데 앞에서 보이지 않는 뒷문 쪽은 원래 있던 베란다를 없애지 않고 그대로 유지하고 있는 재미있는 곳이었다. 그 뒷문 쪽에 고양이가 여럿 서식하고 있었다.

한동안 비어 있던 곳에 사람이 보이니까 고양이들이 놀랐는지 경계하는 모습이 역력했다. 하지만 내가 그리 싫지는 않았는지 도망가거나 하지는 않았다. 볕이 좋은 날 고양이들이 많을 때는 예닐곱 마리까지 보였다. 그러다 한두 마리만 남아 있는 날도 있곤 했다. 하지만 고양이가 전혀 보이지 않을 때는 없었다. 유독 한 마리만은 언제나 이곳을 떠나지 않고 있었다. 고양이는 자기 영역을 확실히 지키며 사는 동물이라고 들었는데, 어쩌면 이 고양이는 여기를 자기 영역으로 삼고 있는 것일지도 모르겠다.

고양이는 여기가 자기 집이라고 생각하는지 내가 가까이 다가가도 놀라거나, 심지어 경계하는 모습도 보이지 않았다. 나는 녀석에게 사료를 주면서 친해져 보기로 했다. 그런데 가까이서 보니 이 고양이 얼굴이 정상이 아니었다. 어느 날 싸우다가 다쳤는지, 아니면 병에 걸린 것인지 알 수 없지만 한쪽 눈이 완전히 실명된 상태였다. 이런 상태로 살아가야 한다면 분명히 다른 고양이들과의 먹이경쟁에서도 밀릴 수밖에 없을 것이다. 그날 이후 고양이가 자주 오가는 곳에 사료와 물그릇을 놔주고 있다.

이 고양이 이름은 '짹순이'라고 지었다. 한쪽 눈이 없기 때문에 '애꾸눈 짹'에서 그 이름을 빌려왔고 암컷이기에 '순이'를 붙여 '짹순이'가 된 것이다. 무덤덤했던 짹순이는 매일 같은 자리에 놓여 있는 사료와 물을 보며 때론 나에게 꼬리를 바짝 세워서 친근함을 표시하기도 했다. 짹순이에게 주는 사료가 그렇게 비싼 종류의 것도 아니기 때문에 내게 큰 부담은 없을 것이라고 생각했다.

하지만 부담스런 결과가 나타나기까지는 그리 오래 걸리지 않았다. 근처 고양이들이 사료냄새를 맡은 것인지 이쪽으로 여러 마리가 무리를 지어 몰려오곤 하는 것이다. 특히 봄, 가을이 되면 그 숫자는 더 늘어났다. 어느 때는 고양이 무리들이 아예 헌책방 뒷문 쪽에 자리를 틀고 앉아 나를 기다리고 있는 것 같은 느낌마저 들었다. 이건 완전 주객이 전도된 것이 아닌가! 사료를 주는 사람은 나인데 고양이들은 마치 자신들이 사료를 먹을 권리가 있는 것처럼 나를 대하기 시작한 것이다. 나는 어느 날부터 고양이들에게 사료를 배달해주는 하인이 된 것 같아 괘씸한 생각마저 들었다.

그보다 더 큰 문제는 사료를 먹는 고양이 숫자가 늘어나면서 사료 구입하는 비용도 함께 늘었다는 것이다. 헌책방 살림이야 늘 빠듯한 것이기에 나 혼자 먹을 것도 모자랄 판인데 고양이까지 생각하며 스트레스를 받아야 하다니……. 그때 문득 일본 소설가 무라카미 하루키가 무명시절 겪었다는 일화가 떠올랐다. 하루는 생활비가 모자라서 친구들에게 돈을 빌려달라고 하자 모두 손사래를 쳤다는 것이다. 가난한 작가에게 빌려준 돈이라면 언제 돌려받을는지도 알 수 없는 노릇이고 지금까지 매번 그렇게 빌려 간 것만 하더라도 이미 적지 않은 금액으로 불어났기 때문이다. 하루키는 고양이를 기르고 있었는데 워낙 궁핍하다 보니 자신은 물론 고양이도 먹을 게 없는 지경에 이르렀다. 이에 그는 "우리집 고양이가 굶고 있으니 부디……." 라고 첫 운을 떼며 또다시 도움을 요청했는데 이번에는 많은 친구들이 흔쾌히 돈을 빌려주었다는 것이다. 인간인 자신보다 고양이에게 더 애정을 보이는 친구들이 얄궂기는 하지만 어쨌든 여기서 그건 중요한 게 아니다. 인간과 달리 고양이는 가만히 있어도 돈을 버는 초능력을 가지고 있다는 게 핵심이다!

계획을 곧 실천에 옮기기로 했다. 헌책방에서 고양이가 잘 보이는 창문 앞에 사료를 구입하기 위한 모금함을 놔둔 것이다. 손님들이 잘 볼 수 있도록 고양이를 찍은 사진도 함께 붙여놓았더니 효과는 기대 이상이었다. 대부분은 갖고 다니던 동전을 넣어줬지만 통 크게 지폐를 넣고 가는 손님도 적지 않았다. 어떤 손님은 집에서 키우는 고양이가 먹지 않는 캔사료와 간식을 우편으로 보내주기도 했다. 나는 조금 기분이 울적하기도 했다. 정말로 어느 날은 헌책방에서 열심히 일하는 나보다 창문 밖에서 늘어져 하루 종일 잠만 잘 뿐인 고양이가 올린 수익이 더 많을 때도 있기 때문이다.

어쨌든 짹순이를 비롯한 여러 고양이들과 헌책방은 즐거운 동거생활을 이어나가고 있다. 그런데 짹순이를 생각하면 마음이 아프다. 나이가 얼마나 됐는지 알 길이 없지만 겉모습으로 보면 상당히 늙고 활력도 점점 잃어가는 것 같으니 말이다. 고양이는 죽을 때가 되면 사람이 보이지 않는 곳으로 가서 쓸쓸히 혼자 죽어간다는 얘길 들은 적이 있다. 그래서 요즘엔 짹순이가 창문에서 오래 보이지 않으면 가슴이 철렁 내려앉는 기분이 들 때가 있다.

앙또도 짹순이도 언젠가는 제 삶을 다 살고 세상을 떠나게 될 것이다. 어떤 생명도 영원히 살 수는 없으니까. 우리 헌책방은 어떨까? 이곳도 영원히 여기에 있으리란 법은 없다. 헌책방 자체가 없어질 수도 있다. 슬픈 일은 없어지는 게 아니라 사랑받지 못하는 게 아닐까. 그러니까 어떤 존재든지 사랑해야겠다는 다짐을 한다. 인류애처럼 엄청난 것은 아닐지라도, 적어도 내 주변에 있는 여러 가지 생명들은 어느 날 홀연히 없어진다고 하더라도 마음을 다해 사랑해야겠다.

왼쪽: 앙또. 구출 한 뒤 몇 개월이 흘러 건강을 되찾았을 때 모습이다.
오른쪽: 시로 군의 집에서 즐겁게 놀고 있는 앙또(앞쪽)와 치무

짹순이. 처음 만났을 때부터
한쪽 눈을 다친 상태였다.

3

일본
책고수들의
가르침

책방 주인장의 일본 진보초 고서축제 탐방기

삶의 속도가 빨라지고 책보다 쉽고 재미있는 매체가 늘어남에 따라 책 읽는 사람도 점점 줄고 있다. 특히 우리나라 성인 독서량은 심각한 수준으로 낮다. 몇몇 첨단산업과 경제력에서 세계 상위권에 올라 있지만 독서량은 OECD 국가 중 꼴찌다. 나는 올해로 10년째 동네에서 헌책방을 운영해오면서 이런 문제를 늘 심각하게 고민했다. 책을 읽지 않는 사람들이 만들어낸 사회는 모래 위에 지은 성처럼 위태롭기 때문이다. 어떻게 하면 더 많은 사람들이 책과 가까워질 수 있을까? 다른 곳에서는 어떤 노력을 하고 있을까?

이런 고민을 어느 정도 풀어볼 수 있는 곳이 다름 아닌 옆 나라 일본이다. 김포공항에서 비행기를 타면 2시간밖에 걸리지 않는 일본은 말 그대로 가깝고도 먼 나라다. 특히 일본인들의 독서량은 세계적으로 높은 수준이다. 하지만 그런 일본도 2000년대 이전과 비교하면 독서량이 계속 떨어지고 있는 게 현실이다. 책을 "本(근본, 뿌리)"이라는 한자로 표기하는 일본은 그만큼 책 문화를 지켜나가기 위한 노력에도 열심이다. 나는 헌책방을 운영하고 있기 때문에 일본의 여러 책 공간 중에서도 헌책방에 관심이 많다. 올해도 어김없이 '도쿄의 명물'이라고 불리는 진보초 고서축제에 다녀왔다.

일본의 수도인 도쿄(東京), 그 중심에 오랜 역사를 자랑하는 도쿄 기차역이 있고 거기서 지하철을 타고 한 정거장만 가면 '간다(神田)'역이다. 도쿄의 고서점거리는 여기서부터 시작이다. 의외로 시내 중심부와 가까운 곳에 고서점거리가 있다는 것에서 우선 신선한 자극을 받는다. 고서축제는 간다역에서 한 정거장 더 가면 나오는 '진보초(神保町)'역 근방에서 열린다. 간다역에서 한 정거장이긴 하지만 보통 JR지하철 노선도에는 진보초역이 표기되어 있지 않아서 여행객들은 진보초라는 곳 자체를 모르는 경우도 많다. 우리나라와 달리 일본의 지하철은 대부분 민영화되었기 때문에 다른 회사의 노선은 대개 표기를 해놓지 않는다. 진보초역은 JR회사에 속해 있지 않기 때문에 JR노선표만 갖고 있는 여행객은 진보초를 찾을 수 없다. 진보초는 도쿄, 간다역에서 그리 멀지 않기 때문에 날씨가 좋다면 슬슬 걸어가도 될 만하다.

올해 고서축제는 57회로 간다와 진보초 일대의 헌책방 200여 곳이 참여하는 가장 규모가 큰 행사이다. 규모가 큰 만큼 축제 기간도 길어서 매년 10월 마지막 주 금요일부터 11월 첫 주까지 2주 동안 이 거리가 수많은 사람들로 북적거리게 된다. 축제는 날씨와 상관없이 매년 어김없이 똑같은 기간에 열리기 때문에 몇 달 전부터 비행기 표와 숙소를 예약해놓아도 된다는 것이 여행자에게는 의외로 편리한 점이다. 또한 이 기간 동안 유통되는 책만 해도 100만 권에 이른다고 하니 직접 가보지 않고는 축제의 면모를 다 알기 힘들 정도다.

이 지역에 헌책방들이 들어서게 된 것은 지금으로부터 130여 년 전부터다. 당시 일본은 근대 학문을 배우고 익혀 서양에 뒤지지 않겠다는 마음으로 여러 대학이 만들어졌다. 메이지대학(明治大学, 1881년 개교), 도쿄대학(東京大學, 1887년 개교) 등이 차례로 생겨났고 그에 따라 자연스레 책의 수요도 많아졌다. 진보초의 헌책방은 이런 역사를 배경으로 하나둘씩 문을 열었고 그것이 지금에 이르러 현재는 '세계 최대의 헌책방거리'라는 명성을 가지게 되었다.

오랜 시간이 흐르면서 거리 분위기가 조금씩 달라지기는 했어도 진보초에 있는 헌책방들은 여전히 예전 그 자리를 지키고 있는 곳이 많다. 1918년에 처음으로 영업을 시작한 '야구치서점(矢口書店)'은 100년 전 간판을 아직도 그대로 쓰고 있다. 그런가 하면 비틀즈의 멤버인 존 레논(John Lennon)이 직접 안경을 맞춘 곳으로도 유명한 안경점이 당시 모습을 고스란히 간직한 채 여전히 그 자리에서 영업을 이어오고 있다. 그 외에도 둘러보면 곳곳에 100년 전 헌책방 거리의 모습을 이렇게까지 잘 보존하고 있는 것에 부러운 마음이 앞선다. 우리나라에도 인천의 배다리, 서울의 청계천, 부산의 보수동 등 헌책방 거리가 있지만 1980년대 이후 빠른 속도로 헌책방들이 줄어들고 있는 실정이다.

그러나 헌책방의 인기가 줄어드는 건 일본 역시 마찬가지다. 우선은 인터넷의 발달함에 따라 사람들은 편리하게 집에서 컴퓨터나 휴대폰으로 서점 사이트에 접속해 책을 구입하기 시작했다.

인터넷 서점으로 전환하기 어려운 특성을 가진 헌책방의 특성상 조금씩 사람들의 발길이 줄어들었다. 그러다 1991년 '북오프(Book-off)'라고 하는 대형 헌책방 프랜차이즈 업체가 등장하면서 헌책방 업계는 큰 변화를 겪게 되었다. 북오프는 헌책방이지만 새 책을 파는 대형서점처럼 깔끔한 분위기를 갖추고 찾는 책을 컴퓨터로 즉시 검색까지 할 수 있는 편리함이 강점이다. 사람들로부터 책을 매입하는 절차도 처음부터 시스템을 갖추고 시작했기 때문에 많은 중고 책들이 일반 헌책방보다는 북오프로 유입되었다. 매출과 매입에서 동시에 경쟁력을 잃은 기존의 헌책방들은 도미노처럼 도산했다.

세계 최고의 규모를 자랑하는 진보초 헌책방 거리의 상인들은 함께 모여 이 어려움을 헤쳐나갈 방법을 고민했다. 진보초 고서축제는 이미 1960년대부터 해오고 있었지만 새로운 콘텐츠가 없다면 앞으로 이곳의 상황도 어찌 될지 알 수 없었다. 이에 고서협회와 진보초 상인연합회는 1990년대 후반부터 지금까지와는 다른 진보초 고서축제를 기획하기 위해 힘을 합쳤다. 특히 1990년대부터 시작한 '전국고서적상업협회(JADOB, 흔히 고서협회라고 부른다)'가 전국에 2200여 개 헌책방들을 회원사로 등록해 운영하면서 헌책 수집과 유통에 있어서 일관된 조직을 갖추게 되었다. 이 역시 여전히 우리나라 헌책방들이 대부분 상인들 각자 자기 가게에서 판매할 책을 수집하는 것과 차이가 있다.

일본 고서협회의 목표는 협회 홈페이지에 써놓은 '갖고 싶은 책을 살 수 있다'라는 단순명료한 문장이 잘 보여준다. 고서협회

도쿄시내에서 멀지 않은 곳에 위치한 진보초 일대는 역사와 전통, 문화가 한데 어우러져 세계 제일의 책방 거리라는 명성을 갖고 있다.

진보초에 있는 어린이 책 전문서점 ‘북 하우스(Book House)’. 각종 그림책과 동화책이 가득한 것은 물론 아이와 부모가 함께 와서 책을 보며 쉴 수 있는 공간도 마련되어 있다.

일 년에 한 번 있는 진보초 고서축제를 보기 위해 세계 각지에서 사람들이 찾아온다.

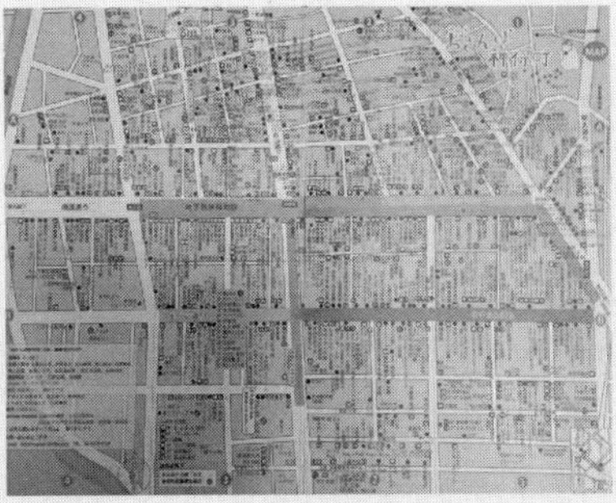

왼쪽: 가이드북이지만 무료로 주는 것이 아니라 구입해야 한다. 할인도 일절 없이 정가를 내고 사야 하지만 그 내용이 알차서 소장가치가 높다. 더구나 고서축제 기간 동안만 한정으로 팔기 때문에 재고가 떨어지면 구입할 수도 없다.

오른쪽: 주최 측에서 나눠주는 진보초 지도. 진보초 전철역 일대 책방만 표기한 것도 이 정도다. 근처 간다와 멀게는 아키하바라 근방까지 이어진 헌책방들 숫자는 실로 엄청나게 많다.

는 전국단위로 회원을 갖고 있으며 회원 중에는 국립·사립 대학교, 도서관, 박물관 및 관공서들도 있기 때문에 여기서 처분하는 책을 일괄 수집해서 각 전문 헌책방에 데이터베이스를 공개한다. 회원들은 이를 보고 즉시 구매하거나 경매를 통해 헌책방의 컬렉션을 늘 신선한 수준으로 유지할 수 있다. 대학이나 도서관, 박물관 쪽에서도 마찬가지로 전국에서 흘러들어 오는 희귀한 자료들을 검색하고 목적에 맞게 수집할 수 있으니 책이라는 귀중한 문화유산이 허투루 처분되는 일이 많지 않다.

또한 새로이 헌책방을 개업하려는 사람에게는 협회에서 마련한 교육프로그램을 제공해서 첫 시작부터 돕는다는 신뢰의 이미지를 더한다.

그런 노력의 결과가 서서히 나타나고 있다. 2010년부터 매년 축제 기간에 발행되는 고서축제 공식 가이드북은 올해 축제의 주제와 함께 진보초 헌책방들의 면면을 소개하는 자료집이다. 가이드북이라고는 하지만 내용이 충실해서 1200엔(세금 불포함, 우리나라 환율로 약 15,000원)이라는 가격이 아깝지 않다.

2016년에 발행된 7호 가이드북에는 소설가 나쓰메 소세키(夏目漱石, 1867~1916)의 사후 100주년을 기념하는 행사 소개가 특집으로 실렸다. 소세키는 일본의 1000엔권 화폐에 얼굴이 실렸을 정도로 인기와 문학성을 함께 인정받은 국민작가의 한 사람이다.(현재는 세균학자인 노구치 히데오로 도안이 바뀌었다.) 그는 일본의 1호 국가유학생으로 영국에 건너가 신식 학문을 공부했고 돌아와서 교사생활을 하며 『도련님』, 『마음』 등 훌륭한 소설작품을 남겼다. 그런 작가에게 있어서 대학과 서점이 몰려 있는 진보초 일대는 특별한 공간이었을 것이다. 그 때문에 소세키가 쓴 작품 안에는 메이지시대 도쿄의 풍경과 당시를 살았던 지식인의 고민이 잘 드러나 있다.

가이드북은 진보초 일대의 지도를 일러스트로 그려놓고 소세키의 흔적이 남아 있는 곳에 따로 표시를 해두었다. 소세키가 산책을 즐겼던 길, 소세키가 책을 구입했던 곳, 소세키가 점심을 먹었던 곳, 소세키가 차를 마시며 오후를 즐겼던 가게……. 옛 흔적이 남아 있지 않다면 자료조사를 통해 예측한 장소까지 자세하게 넣었다. 고서축제를 구경하러 온 사람들은 책도 책이지만 소세키의 흔적을 찾아 함께 헌책방 거리를 걸어보는 즐거움을 만끽할 수 있다. 이런 행사를 기획할 수 있는 이유는 100년 전에 활동한 작가의 흔적을 고스란히 보존해 놓은 노력 덕분이다. 이렇게 쌓아놓은 역사가 나중에 소중한 콘텐츠가 된다는 걸 배운다.

고서축제의 가장 큰 볼거리는 역시 거리로 쏟아져 나온 200여 개 헌책방들이 만드는 "야외 책 수레"다. 책이 담긴 리어카를 야외로 갖고 나와서 파는 것이 뭐 그리 특이할까 싶지만 실상은 그렇지 않다. 일본의 헌책방은 우리나라와 문화가 조금 다르다. 책을 구입하려는 의사와는 상관없이 손님이 헌책방에 들어가서 오랜 시간 동안 서가를 둘러보고 책을 뒤적거리는 것을 실례라고 생각해서 대개 매장에 들어갈 때에는 조심스러운 마음이 든다. 헌책방을 자주 이용하는 사람이라면 해당 헌책방에서 정기적으로 발행하는 도서목록을 이메일이나 우편으로 받아서 살펴본 뒤 필요한 책이 있으면 전화로 해당 책을 문의하고 방문 약속을 잡아서 책을 구입한다. 헌책방 이용이 이렇게 조심스럽다 보니 축제 때에 거리로 나온 야외 책 수레가 반가운 것이다. 여기라면 책을 마음대로 살펴보고 구입할 수 있으니 매년 고서축제 기간이 기다려진다. 더구나 이때에 맞춰서 각 점포들은 그동안 숨겨뒀던 특별한 책들을 공개하는 일도 있기 때문에 책 구입을 위해 이곳을 찾은 방문객에겐 더할 나위 없이 좋은 기회이다.

나는 오래전부터 영국 작가 루이스 캐럴(Lewis Carrol, 1832~1898)을 좋아해서 헌책방 이름도 그가 쓴 작품 제목인 『이상한 나라의 앨리스』와 비슷하게 지었다. 일본은 루이스캐럴 학회가 있을 뿐 아니라 진보초에는 빅토리아 시대 작품들에 대한 책이 많아서 올해도 앨리스 책을 찾기 위해 서점을 몇 군데 들렀다. 맨 먼저 찾은 곳은 진보초 책방 거리의 시작 시점인 스즈란 거리 앞쪽에 자리 잡은 '보헤미안 길드'이다. 이곳은 서양화가의 화집과 근현대 사진집을 주로 다루고 있는데 작년에 이곳에서 초현실주의 작가인 얀 슈반크마이어(jan svankmajer, 1934~)가 작업한 앨리스 그림책을 발견했다.

그다음은 고서센터 건물 근처에 있는 '오가와도서(小川圖書)'다. 여기는 19세기 영문학에 관련된 책만을 주로 다루고 있기 때문에 앨리스 책을 찾기 위해서라면 반드시 들러야 하는 곳이다. 하지만 1800년대 후반에 출판한 초기 앨리스 책은 너무도 가격

축제기간을 맞아 고서센터 건물 앞에도 매대를 만들었다. 고서센터에는 각종 희귀한 책들이 가득하다. 주머니 사정이 여유롭지 않다면 눈으로만 봐야 하지만 그런 책들을 실물로 볼 수 있다는 것만으로도 행복한 일이다.

한 서점에서 우연히 발견한 보물 상자. 디킨스 컬렉션을 따로 담은 종이상자다. 일본 사람들이 찰스 디킨스를 좋아하는 건 알았지만 이렇게 다양한 책들을 한 책방에서 구비하고 있는 것은 부럽다. 사진에 나온 책들은 매장 밖 매대에 내놓은 것이고 책방 안으로 들어가면 깔끔하게 정리된 희귀한 책들이 애서가들을 유혹한다.

오가와도서 진열장에서 발견한 루이스 캐럴 책들. 맨 왼 쪽에 표지가 보이는 『스나크 사냥』과 그 옆 빨간색 『거울 나라의 앨리스』는 1870년대 원본이다. 이 중 『거울 나라의 앨리스』 속지에 루이스 캐럴의 서명이 들어가 있고 가격은 40만 엔 정도로 우리나라 돈으로는 400만 원이 넘는다.

진보초에 있는 200개에 달하는 책방은 저마다 전문분야가 있어서 비슷한 책을 취급하는 곳이 거의 없다. 필자가 자주 들르는 이 서점은 특히 19세기 전반에 걸친 영미문학 컬렉션이 강점인데, 가격이 무척 비싸기 때문에 매번 눈으로 둘러보고 나온다.

이 높기 때문에 발견한다고 하더라도 내 주머니 사정에 구입은 어림없다. 몇 해 전 여기서 특별 도서로 내놓은 루이스 캐럴의 책 『실비와 부르노』 초기 출판본은 초판이 아니었음에도 불구하고 속지에 루이스 캐럴의 서명이 들어가 있어서 40만 엔(우리나라 환율로는 500만 원 가까운 금액이다.)이라는 가격표를 보고 구경에 만족하며 발길을 돌렸던 일이 있다. 이번에 찾아갔을 때는 도서목록표에 16만 엔짜리 『스나크 사냥』이 있었는데, 역시나 주머니 사정상 책을 눈에다가 담아 오는 것으로 서운한 마음을 달랬다. 대신 올해는 찰스 디킨스에 관한 책을 몇 권 구입했다.

마지막으로 향한 곳은 영문학 고서의 성지라고 불리는 '기타자와서점(北澤書店)'이다. 1902년에 문을 연 서점은 지금까지 한 번도 문을 닫은 일 없이 3대째 가업을 이어오고 있다. 100년을 훌쩍 넘긴 서점의 역사만큼 고서를 찾는 사람들의 발길도 끊이지 않는 곳이다. 일본의 노벨문학상 수장자인 가와바타 야스나리와 오에 겐자부로가 이 서점에 드나들었다고 하니 어쩌면 이곳 서가 어딘가에 그들의 손때도 묻어 있으리라. 나도 이 서점에서 1930년대에 출판된 앨리스 책을 구입한 일이 있다. 오래된 책이었지만 보존상태가 매우 훌륭했고 주인의 해박한 서지학(書誌學) 지식에 놀랐던 기억을 지금껏 간직하고 있다.

그 외에도 진보초에는 수많은 헌책방들이 있는데 가장 놀라운 점은 200개에 이르는 헌책방들이 저마다 독특한 개성을 가지고 있다는 것이다. 어떤 곳은 영문학 전문, 다른 곳은 고지도를 전문으로, 만화나 잡지만을 다루는 곳도 있으며, 일본인에게 인기 있는 쇼와시대 문화에 대한 책을 주로 취급하는 가게도 있다. 물론 성인물이나 오컬트, 만화, 스포츠, 서브컬처 전문 서점도 있다. 그러니 독자가 어떤 분야에 관심이 있든지 진보초에 오면 독자의 관심 분야를 전문으로 삼고 있는 서점이 반드시 있다는 말도 있다.

헌책방들이 이렇게 자신만의 색깔을 간직하며 오래 영업할 수 있는 원동력은 상인연합회와 고서협회의 오랜 노력 때문이다. 진보초 고서축제는 해마다 가도 언제나 새로운 이벤트가 있기 때문에 올해 고서축제가 끝나면 내년 축제기간이 기다려질 정도다. 일본은 축제의 나라라고 부를 만큼 전국에 다양한 마쯔리(祭り, 축제)가 있다. 수십 년 정도 이어오는 고서축제가 있는가 하면 수백 년 전통을 간직한 지역축제도 여럿이다. 이런 축제를 바라보면서 크게 느끼는 점은 역시 역사성이다. 축제의 콘텐츠 자체가 두터운 역사성에서 나오지 않는다면 깊은 맛을 내기 어렵다. 말 그대로 때가 되면 하는 '행사'가 되고 만다.

도쿄의 명물이라 불리는 고서축제를 탐방하고 돌아오는 비행기 안에서 우리나라의 책 문화를 다시금 되돌아본다. 책은 읽으라고 강요해서 독서량이 많아지는 건 아니다. 책을 읽을 수 있는 장치보다는 책을 읽어도 되는 환경을 만드는 게 무엇보다 필요하다. 그런 환경은 갑자기 만들어내기 힘들다. 일본의 경우만 보더라도 헌책방과 오프라인 서점들이 계속해서 인터넷서점과 멀티미디어 매체에 밀리고 있을 때 생각해낸 해법이 문학의 역사를 발굴해서 독자들에게 그것을 직접 체험해보도록 하는 것이었다. 인터넷의 약점을 제대로 공격한 통쾌한 한방이다. 독자들이 방 안에만 있지 않고 서점거리로 나와서 함께 걷고, 즐기고, 작가의 흔적을 찾으면서 나와 비슷한 이름 모를 타인을 길거리에서 만나 자신도 모르게 느슨한 독서 공감대가 형성되는 것이다.

헌책방은 그 나라 문화와 역사의 두께

일본의 헌책방 고수를 찾아서(1)

헌책방 전문작가, 오카자키 다케시 인터뷰

얼마전 기분을 좋지 않게 만드는 인터넷 뉴스 기사를 봤다. "다 실패한 중고서점, 알라딘만 잘나가는 이유"(쿠키뉴스, 2014년 6월 16일)가 그것이다. 기사 내용을 읽어 보니 누구라도 지금 헌책방에 대해서 그렇게 생각할 수도 있겠구나, 하는 숙연함이 앞선다. 몇 해 전 대형 인터넷서점에서 중고서적 사업을 시작하면서, 더구나 전국 주요도시에 대형 오프라인 매장까지 문을 열면서부터 작은 헌책방들이 경쟁력을 잃고 있는 건 사실이다.

하지만 그것을 기사 제목대로 '실패'라고 부르고 싶지는 않다. 그 반대를 '성공'이라 단정 짓지도 말자. 실패와 성공은 눈으로 보이는 규모나 경제력에 있지 않다고 믿는다. 적어도 책을 다루는 일을 하면서부터 더욱 그렇게 확신했다. 대형 체인점이나 동네 골목 작은 헌책방들이 누구 하나 속상한 일 없이 함께 저마다의 위치에서 웃을 수는 없을까? 성공과 실패라는 이름표 따위는 떼어 놓고 말이다.

내가 서울의 한 동네 골목에서 헌책방을 운영한 지도 벌써 시간이 꽤 흘렀다. 책에 대한 연륜도 많지 않은 사람이 헌책방을 하겠다고 무작정 뛰어든 것을 후회했던 때도 있었다. 하지만 짧은 시간 동안 책으로부터 배운 것을 되돌아보면, 헌책방을 선택한 건 내가 지금까지 살아오며 했던 어떤 결정보다 잘한 일이다.

더욱이 몇 해 전부터 일본 헌책방에 진지한 관심을 가지게 되면서 책과 책이 있는 공간에 대해서 이전보다 더 깊은 고민을 하게 되었다. 물론 서점을 시작하기 전에도 일본 헌책방에 관심은 있었지만 그때는 관광 차원에서 보는 막연한 감상뿐이었다. 그러다 헌책방을 운영하면서부터는 해마다 몇 번씩 일본에 가서 본격적으로 그곳 헌책방을 둘러봤다.

그러나 둘러보는 것은 말 그대로 둘러보는 것 이상이 되지 못한다는 걸 알았다. 일본에 우리나라보다 헌책방이 더 많다는 건 알고 있었지만 자세히 알아볼수록 짐작했던 규모보다 그 넓이와 깊이가 방대해서 혼자 힘으로는 역부족이었다. 그러던 중 우리책방에 가끔 들르는 일본인 손님인 오자키 다쓰지 씨가 '오카자키 다케시(岡崎 武志)'라는 작가의 존재를 알려줬다.

6개월에 걸친 헌책방 전문 작가 인터뷰 작전의 전말

일본엔 수천 개나 되는 헌책방이 있기 때문에 헌책방을 찾아 돌아다니면서 기행문을 쓰는 전문작가도 많다. 오카자키 씨는 이런 작가들 중에 단연 으뜸으로, '진보초계 라이터'라는 별명을 가지고 있을 정도다. 워낙 유명한 작가이기 때문에 일본판 위키피

디아 백과사전에도 이름이 올라가 있다. 이런 분을 만나 인터뷰해보면 일본 헌책방에 대해서 더 깊이 알 수 있지 않겠나, 하는 것이 오자키 씨 제안이었다.

우선 오카자키 씨에 대해 간단히 인터넷을 통해 조사해 보니 과연 듣던 대로 꽤 유명하고 펴낸 책도 많았다. 이런 분이 한국에서 온 초보 헌책방 일꾼을 만나줄까? 잃을 것도 없으니 한번 해보기라도 하자, 라는 마음으로 2013년 가을 일본 고서축제에 다녀와서 곧장 오카자키 씨에게 연락을 해보기로 다짐했다.

오카자키 씨를 알려준 오자키 씨는 "되도록 정중한 마음을 전해야 한다면 처음엔 이메일이 아니라 손으로 쓴 편지를 보내라"고 조언했다. 그리고 편지는 오카자키 씨 당사자에게 바로 보내지 말고 책을 펴낸 출판사에 먼저 보내 허락을 구하라고 했다. 까다로운 절차라고 여겼지만 수개월 전에 만날 약속을 잡는 게 예의라고 하니 그대로 따르기로 했다.

지난겨울 동안 오자키 씨와 함께 출판사에 보낼 편지 문구를 쓰고 다듬었다. 그리고 드디어 이른 봄에 출판사로 편지를 보냈는데 다행히 한 달 정도 되어서 오카자키 씨로부터 답장이 도착했다. 곧장 만날 일정을 의논했고 십여 통 편지를 주고받은 끝에 토요일 오후 4시에 도쿄의 한 전철역 개찰구 앞에서 만나기로 약속을 잡았다. 거의 반년에 걸쳐 이룬 첫 번째 성과다. 더불어 이제부터 경험하게 될 일본 헌책방의 깊은 곳을 향해 첫발을 내딛은 것이라 생각하니 가슴이 두근거렸다.

오카자키 씨를 만나기 전까지 '일본 헌책방'이라고 하면 당연히 '진보초(神保町)'와 '간다(神田)'만 떠올렸다. 오카자키 씨는 답장에서 "일본은 어디를 가더라도 헌책방이 있다"고 말했다. 진보초와 간다는 규모가 워낙 커서 사람들에게 잘 알려졌을 뿐이다. 그래서 이번 헌책방 인터뷰는 도쿄 중심에서 약간 서쪽으로 비켜나 있는 '니시오기쿠보(西荻窪)'로 정했다. 고맙게도 인터뷰와 더불어서 그쪽 동네에 있는 헌책방 몇 군데를 직접 안내하겠다는 말을 전해왔다.

도쿄 변두리 전철역에서 오카자키 씨를 만나다

도쿄 중심부에서 얼마 떨어져 있지 않은 곳에 위치한 진보초 · 간다 헌책방 거리는 100년을 훌쩍 넘긴 역사도 놀랍지만 200곳이 넘는 헌책방이 모여 있는, 말 그대로 '세계 제일의 책거리'로 통한다. 우리의 이번 탐방 목적지는 이곳으로부터 전철로 30여 분 떨어져 있다. 한적한 골목길을 함께 걸으며 인터뷰를 시작했다. 일본은 어떻게 동네마다 이렇게 많은 헌책방이 잘 운영되고 있는지 우선 궁금했다. 오카자키 씨는 담담하게, 일본도 한국과 크게 다르지 않다고 말했다.

"일본도 예전에 비하면 헌책방이 많이 사라졌습니다. 대형 헌책방 체인점이 생기고 인터넷으로 헌책을 사고파는 것이 활성화되면서 동네의 중소 규모 헌책방들은 큰 타격을 입었습니다. 제가 11년 전 처음으로 한국에 가서 헌책방을 둘러보았는데 예전에는 일본 헌책방도 비슷한 풍경이었습니다. 점포 안팎 할 것 없이 책을 가득 쌓아놓고 팔았습니다. 그렇게 해도 장사가 잘 됐습니다. 그러다 지금처럼 변화가 시작된 것은 15~20년 정도 전부터입니다. 당시 많은 헌책방이 시대의 변화를 견디지 못하고 문을 닫았습니다."

일본도 지금의 우리나라처럼 헌책방의 위기가 있었다. 그 많던 헌책방들이 도미노처럼 무너졌고 젊은 사람들은 더 이상 헌책방을 찾지 않았다. 영세한 헌책방들은 어쩌지도 못하고 역사 속으로 사라졌는데, 다른 한쪽에선 새로운 길을 모색하는 사람들도 있었다.

"일본은 대를 이어서 점포를 운영하는 일이 많습니다. 헌책방도 그렇습니다. 헌책방 운영에 위기가 찾아왔을 무렵, 그때까지 운영하던 주인이 아들이나 손자에게 일을 물려주게 되면서 헌책방에도 젊은 감각이 들어가게 됩니다. 변하는 시대에 맞춰서 적절히 옷을 갈아입은 것이지요."

저마다 뚜렷한 개성을 가지고 운영하는 일본 헌책방

이런 얘기를 들으며 처음으로 도착한 헌책방은 니시오기쿠보 역에서 멀지 않은 '니와토리문고(にわとり文庫)'다. '니와토리'는 우리말로 '닭'을 뜻한다. 재미있는 이름을 가진 이 헌책방은 작은 규모로, 그림책과 오래된 만화책 등을 위주로 책장을 구성했다.

일본 헌책방은 대부분 이렇게 점포 특성을 명확히 살려서 운영하고 있다. 그러니까 어느 헌책방을 가든지 예전에 갔던 다른 헌책방과 비슷할 확률은 별로 없다. 책장은 깨끗하게 정리되어 있고 책들도 모두 깔끔한 상태여서 놀랐다. 심지어 책들이 상하지 않도록 일일이 얇은 유산지에 싸서 진열하는 곳도 많다. 이 역시 15~20년 전부터 서서히 변화된 결과다.

"전에는 헌책방 손님들이 대부분 중년 이상의 남자들이었습니다. 그러니까 그들에 맞춰서 영업을 했지요. 헌책방에 들어서면 벽에 에로틱한 여자 누드사진이 걸려 있기 일쑤였습니다. 하지만 지금 그런 곳은 없습니다. 헌책방도 여성 손님이 많아졌기 때문에 좀 더 깨끗하고 편안한 분위기로 바뀌어야 할 필요가 있었습니다. 그리고 동네 분위기에도 맞춰서 점포를 재구성하기 시작했습니다."

니시오기쿠보는 바로 옆 동네인 '오기쿠보', 그리고 '키치죠지'로 이어지는 한적한 골목길이 인상적인 조용한 곳이다. 도쿄에서 서쪽으로 이어지는 중앙선 전철이 있다고는 하지만 주말엔 니시오기쿠보 역에 정차하지 않을 정도로 작은 전철역을 끼고 있는 곳이다. 그렇게 고즈넉한 동네이기 때문에 작고 아담한 카페나 잡화점, 서점들이 골목길 여기저기 많이 있다.

몇 해 전부터는 동네 상인들이 힘을 모아 장마철이 되기 전에 '차산뽀(茶さんぽ)' 행사를 개최한다. 차산뽀는 명칭 그대로 '차(茶)'와 함께 '산책(さんぽ)'을 즐기자는 뜻이다. 올해는 이 근방 점포 105개가 함께했다. 니와토리문고도 차산뽀에 참여하여 만화책과 귀여운 목각인형을 전시하고 판매했다. 차산뽀 기간 동안 이 동네를 찾아온 사람들은 저마다 특색을 갖고 운영하는 오

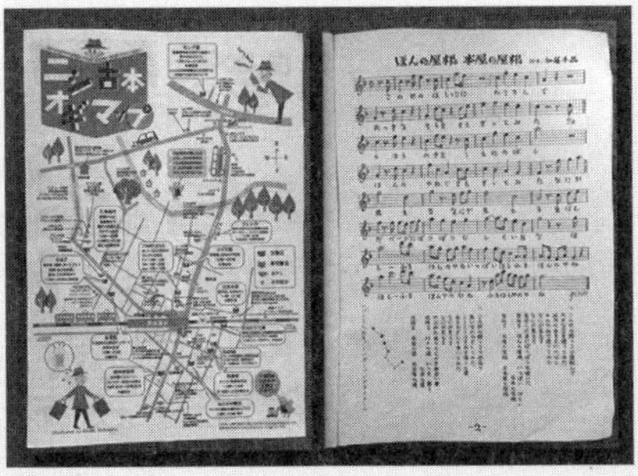

니시오기쿠보 마을 지도. 헌책방과 카페, 마을 근방의 상인들이 합심하여 만든 지도. 마을 소개 책자 첫 장에는 직접 만든 헌책방 주제가 악보도 실려 있어 재미있다.

위: 니와토리문고. 오카자키 씨가 안내한 첫 번째 헌책방으로 골목에 있는 작은 점포다. 그림책과 오래된 만화책을 주로 다룬다.

아래: 깔끔하게 정리되어 있는 니와토리문고 내부. 여기서 필자는 아서 래컴이 삽화를 그린 루이스 캐럴의 『이상한 나라의 앨리스』 책을 한 권 구입했다. 사진 왼쪽부터 통역을 맡은 제프리 님, 필자, 오카자키 씨

래된 카페와 서점을 돌아다니며 느긋하게 골목길 산책을 즐길 수 있다. 동네 분위기에 어울리는 떠들썩하지 않은 초여름 축제인 것이다.

우리나라도 요즘은 동네마다 특색을 갖추려 노력하고, 관청에서도 이를 적극적으로 돕고 있다. 일본은 관청과 상인이 협조가 잘 되는지, 이런 축제를 기획할 때 재정적인 지원도 하고 있는지 궁금했다.

"관청에서 재정적인 지원을 하는 경우는 거의 없습니다. 대부분 상인들이나 마을 사람들이 공동으로 이런 일을 만들고 있습니다. 도쿄의 대규모 헌책축제도 보통은 자력으로 합니다. 더 많은 사람들이 여기로 오도록 만들어야 하기 때문에 상인들은 갖가지 아이디어를 내놓고 시행합니다. 그래야 장사도 하고 가게도 알릴 수 있으니까요."

관청의 지원 사업이라는 것을 평소에 마땅치 않게 생각해온 나에게 이 대답은 신선한 자극이 됐다. 외부에서 돈을 받아 시행하는 일은 즉시 무언가를 눈앞에 보여줄 수 있다는 장점이 있지만 영원히 지원을 하거나 받을 수는 없는 일이기 때문에 장기적으로 보면 자력으로 하는 것이 맞다. 한 마을에서 수십 년 동안 이어지는 꾸준한 사업을 하기 위해서는 스스로 콘텐츠의 힘을 키우는 게 무엇보다 중요하다. 제아무리 화려한 사업을 기획하고 거기에 돈을 들이부어도 대를 이어 운영하는 마을서점과 카페의 소소한 콘텐츠를 따라잡을 수는 없다.

오랫동안 그림책을 전문으로 다룬 니와토리문고는 내가 좋아하는 루이스 캐럴의 책을 종류별로 모아 놓고 있었다. 평소 캐럴의 책을 수집하고 있기 때문에 반가운 마음에 거기 있는 여러 권 중에서 1980년대에 펴낸 아서 래컴(Auther Rackham)의 채색 삽화가 들어간 복각본 책을 한 권 구입하고 다른 헌책방으로 발길을 옮겼다.

패전 후 헌책방조합을 다시 세운 사람들

다음으로 들른 곳은 '세이린도서방(盛林堂書房)'다. 이곳은 미스터리물과 근현대문학, 음악, 영화에 관한 책을 주로 다룬다. 1949년에 옆 동네에서 창업했고 2년 뒤 이곳으로 자리를 옮긴 후로 지금까지 운영해오고 있다. 60년을 넘게 이 자리에서 서점을 운영한 것이다. 지금 30대 초반 나이의 젊은 사장은 창업자의 손자다. 특이하게 서가 한쪽에 '산(山)'에 관한 책들을 따로 분류해서 정리해뒀다. 오카자키 씨가 친절하게 그 이유를 설명한다.

"옛날부터 도쿄에서 다치가와(立川) 쪽으로 이어지는 중앙선 전철 주변에 헌책방이 많았습니다. 그리고 다치가와 쪽 끝에는 산이 있어서 도시에 사는 사람들이 중앙선을 타고 산행을 많이 했지요. 그래서 이 헌책방에는 산에 관한 책을 따로 정리해 놓고 있는 것입니다. 산행을 다녀온 사람들이 여기 들러서 산에 관한 책을 구입하거든요."

니시오기쿠보 근처만 하더라도 이런저런 특색을 가진 헌책방이 여럿 있다. 이제 두 곳을 둘러봤을 뿐인데 어떻게 이렇게 다양

위: 두 번째 목적지로 도착한 세이린도서방에서 헌책방에 대한 이야기를 들려주는 오카자키 씨. 이 헌책방은 1949년에 처음 영업을 시작했고 지금은 창업자의 손자가 대를 이어 운영하고 있다.

아래: 세이린도서방 입구. 헌책방 규모는 크지 않다. 손님은 남녀노소 가리지 않고 계속 오고 가는 편이다. 헌책방 앞에 한 권에 100엔(우리 돈으로 약 1000원)짜리 균일가 서가가 있어서 지나가는 사람들 발걸음을 멈추게 한다.

세이린도서방은 휠체어를 타고 들어 온 손님도 편하게 서가 사이를 오갈 수 있도록 책장과 책장 사이를 넓혔다. 책들은 일꾼이 한 권 한 권 얇은 유산지로 겉을 싸서 깨끗하게 진열한다.

한 헌책방들이, 도시 중심도 아닌 변두리에서 저마다의 개성을 갖고 운영될 수 있는지 신기할 따름이다. 오카자키 씨는 일본사람들이 예부터 책을 대하는 인식이 남달랐던 게 이유가 아니겠냐고 설명한다.

일본은 1945년 전쟁에서 패한 후 당장 필요한 것을 중심으로 국가 재건을 시작했다. 도로나 건물 같은 사회 기반시설은 당연히 여기에 포함되겠지만, 1947년에 헌책방조합을 다시 정비한 것은 여러모로 의미가 크다. 전쟁 후 흩어지거나 없어질 위기에 처한 책들을 헌책방이 수집하고 조합이 나서서 관리한다. 전쟁을 겪으면서도 진보초 등 헌책방 거리가 전과 다름없이 유지된 것도 사람들이 책을 소중하게 여겼기 때문이다.

휠체어도 통과할 수 있는 헌책방 통로

마지막으로 들른 '오토와칸(音羽館)'은 앞선 두 곳보다 규모가 조금 더 컸다. 기분 좋은 카페같이 은은한 매장 분위기에 스피커에선 편안한 보사노바 음악이 흐른다. 오카자키 씨가 이곳을 오늘 마지막 순서로 안내한 것에는 특별한 이유가 있다. 이 헌책방이 앞서 말했듯이 15~20년 전 즈음부터 시작된 헌책방 변화의 첫 번째 주자 격이기 때문이다. 오카자키 씨는 책장과 책장 사이 바닥을 가리키며 말했다.

"여기 보면 아시겠지만 예전에 헌책방이라고 하면 책장과 책장 사이 통로가 이렇게 넓지 않았습니다. 몸 하나 간신히 비스듬히 지나갈 수 있을 정도로 책만 빽빽했습니다. 그런데 이제 많은 헌책방들이 이렇게 편안하게 서가를 만듭니다. 이건 특히 휠체어를 타고 온 손님도 책장 사이를 오갈 수 있다는 것을 말하려는 의도입니다. 장애인을 포함한 교통약자까지도 쉽게 헌책방에 올 수 있다고 하면 누구라도 헌책방에 올 수 있는 것입니다."

덧붙여서 헌책방 디자인도 요즘엔 중요한 요소라고 말한다. 지금 일본에서 가장 중요한 고객층은 30~60대 여성이다. 그러니 헌책방도 그에 맞춰 디자인을 할 필요가 있다. 아기자기하고 편안한, 귀여운 분위기, 여성들도 문을 열고 들어오기 편한 매장 디자인 덕분에 지금은 헌책방에 여성 고객이 많이 늘었다.

책을 무던히도 좋아하는 일부 사람들만 고객으로 삼는 마니아적인 매장 분위기도 나쁘지는 않을 것이다. 실제 그런 매장도 찾아보면 많다. 하지만 여성들이 부담 없이 문을 열고 들어올 수 있는 헌책방이라면 남녀노소 누구라도 손님이 될 가능성이 높다.

산책을 좋아하는 일본 사람들 문화도 여기에 한몫 거든다. 혼자서, 혹은 친구와 함께 동네 산책을 하다 헌책방에 들러서 책을 사고 그 책을 들고 또 천천히 걷다가 오래된 카페에 들러 책을 보며 차를 마신다. 동네 주민은 물론, 동네를 일부러 찾아온 사람들에게도 이런 일상은 그리 어색하지 않다.

위: 오토와칸 입구 앞에도 100엔짜리 균일가 책장이 있어서 지나가는 손님을 붙잡는다. 이 헌책방은 주로 가벼운 읽을거리를 위주로 판매한다. 역사나 철학책 등은 취급하지 않는다. 미스터리물이 주종목이고 그 외에 근현대문학과 음악, 영화에 관한 책이 있다.

아래: 오토와칸 매장 내부. 다른 헌책방과 마찬가지로 깔끔하게 정리된 내부공간이 기분을 좋게 만든다. 일본은 여성을 겨냥한 마케팅이 활발하기 때문에 헌책방도 여성손님이 부담 없이 들어올 수 있도록 깔끔하고 예쁘게 디자인한 곳이 많다.

오토와칸 문 입구에는 이곳이 헌책방조합의 가맹점이라는 것을 뜻하는 스티커가 붙어 있다. 일본 헌책방조합은 패전 후 1947년에 새로 정비되었고 1996년부터는 인터넷 서비스도 하고 있다. 현재 조합 가맹 점포는 2000개가 넘는다.

오카자키 씨는 그렇기 때문에 헌책방 운영에 있어서 가장 중요한 것은 바로 '옥상'이라고 말한다. 옥상이라니? 건물 꼭대기에 있는 그 옥상 말인가? 아니다. 옥상(おくさん)은 우리말로 '아내'를 뜻한다.

"보통 가족 단위로 운영하는 헌책방 디자인은 주로 '옥상(おくさん)'이 맡습니다. 여기 헌책방도 들어오는 입구에 있는 귀여운 캐릭터를 사장의 부인이 직접 그린 것입니다. 처음 들렀던 니와토리문고도 같습니다. 여성의 감성으로 헌책방을 디자인하기 때문에 여성 손님이 왔을 때 더욱 좋아합니다."

여성 손님은 아주 중요하다. 헌책방에 혼자 오기도 하지만 친구와 여럿이 들러 책을 사는 일이 많고 책을 별로 좋아하지 않는 남자라고 하더라도 애인이 데려와서 책을 구입하는 일도 적지 않기 때문에 헌책방은 특히 여성 손님이 좋아할 만한 무언가를 계속 고민한다. 오카자키 씨는 그렇기 때문에 앞으로 한국에서 헌책방을 운영할 때도 매장 분위기를 여성 취향에 맞추는 것이 좋지 않겠냐고 조언한다.

저녁 무렵까지 돌아다니느라 피곤해진 두 다리를 쉬게 해주기 위해서 근처 다방에 들어갔다. 오카자키 씨는 '物豆奇'이라는 곳으로 우리를 데려갔는데, 여기도 창업한 지 30년이 넘은 오래된 다방이라고 한다. 30년이 넘었다고 하여 내부가 누추하지 않을까 싶었는데 전혀 아니다. 옛것을 그대로 이용한 빈티지한 인테리어에 차 마시는 손님 나이대도 다양하다. 우리는 그들 틈에 끼여서 한 자리 차지하고 다하지 못한 이야기를 풀어놓았다. 주제는 자연스럽게 책과 헌책방에 대한 것으로 이어졌다.

**"헌책방이 사라질수록 그 나라
문화와 역사의 두께가 얇아진다는 뜻이다."**

우리나라도 수십 년 전 헌책방의 전성기가 있었다. 일본은 두말할 것도 없이 헌책방의 역사와 전통이 깊은 나라다. 하지만 인터넷 시대가 닥쳐오니 사람들이 헌책방에 잘 오지 않게 되었다. '북오프(Book-Off)' 같은 대형 중고서적 체인점이 나타났고 젊은 세대는 당연히 깨끗하고 쾌적한 매장으로 많이 몰렸다. 이에 헌책방협회는 1996년부터 인터넷 데이터베이스를 구축해 운영하면서 맞서고 있다.

협회에는 현재 2000곳 이상 가맹점이 연결되어 있기 때문에 대형 체인점을 뛰어넘는 헌책과 헌책방 데이터베이스를 자랑한다. 여기엔 헌책방뿐만 아니라 지자체와 대학 도서관, 기업의 자료실까지 회원으로 등록되어 커다란 네트워크를 이루고 있다. 협회에는 이런 홍보문구가 눈길을 끈다. "お客さまがお探しの商品はきっとどこかの古本屋の棚に隠れているはずです." 이것을 해석하면 "당신이 찾고 있는 책은 반드시 어느 한 서점의 진열대에 있을 것입니다"라는 뜻이다. 일본사람이 '책'을 뜻하는 한자로 근본, 혹은 뿌리를 의미하는 '本'을 쓰는 것을 깊이 생각해볼 문제다.

“일본은 오래전부터 책(本)을 중요시하고 꼭 보관해야 한다는 인식이 깊습니다. 책은 곧 한 시대의 역사 그 자체이기 때문입니다. 이 나라 헌책방의 역사가 오래된 것도 비슷하게 해석할 수 있습니다. 헌책방은 책을 사고 파는 일을 하지만 한편으론 과거의 책을 꾸준히 수집하고 보관해야 한다는 의무도 있습니다. 일본도 한국처럼 헌책방이 조금씩 없어지는 추세이긴 하지만 어떻게든 그 전통은 이어질 겁니다. 신간을 파는 서점만 있고 헌책방이 없다고 생각해보세요. 그것은 곧 그 나라 문화와 역사의 두께가 얇아진다는 뜻입니다.”

일본 헌책방에 관심을 가지고 고작 몇 년 동안 소소하게 둘러본 것을 가지고 우리나라 헌책방의 미래를 말하기는 부족하다. 하지만 이번에 오카자키 다케시 씨를 만나 여러 가지 이야기를 듣게 된 것은 분명히 의미 있는 첫걸음이다. 앞으로 서울에서 헌책방을 운영하는 것과 동시에 틈틈이 시간을 내어 일본 헌책방에 찾아가 인터뷰하고 그것을 관심 있는 사람들과 나누어볼 계획이다. 문화와 역사가 다르다고는 하지만 옆 나라인 일본도 동네 헌책방의 위기가 있고 지금 그것을 슬기롭게 대처해 나가고 있는 중이기 때문에 헌책방을 운영하고 있는 입장에서도 곁눈질하며 배울 것이 있을 것이다.

우리말로 번역되지는 않았지만 필자가 좋아하는 책 『변덕스러운 헌책방기행』에 저자인 오카자키 다케시 씨가 사인을 해주었다. 사인할 때는 이름과 함께 상대방 얼굴을 그려준다. 그는 전문 삽화가는 아니지만 자신의 책이나 다른 매체에 원고를 쓸 때 직접 그린 일러스트를 쓴다.

도움 준 고마운 분들과 함께. 왼쪽부터, 일본말 통역을 도와준 제프리 님, 30년 이상 오랜 발행역사를 자랑하는 월간 『헌책잡지』 디자이너(우연히 이날 오토와칸에서 만났다), 오카자키 다케시 씨, 그리고 필자

방 하나에 책이 4톤, 일본 헌책방 마니아 서재를 엿보다

일본의 헌책방 고수를 찾아서(2)

일러스트레이터, 이케가야 이사오 인터뷰

지금으로부터 십수 년 전, 신촌에 있는 헌책방에 갔을 때 거기서 우연히 발견한 책 때문에 한동안 흥분된 마음을 다잡지 못했던 기억이 아직 생생하다. 그 책 제목은 『일본 고서점 그라피티』이다. 헌책방을 좋아하기 때문에 회사에 다니면서 틈만 나면 여기저기 수소문하여 헌책방을 찾아다니고 있었지만 '그라피티'라니. 헌책방 벽에 낙서라도 한다는 얘기인가? 신기함과 이질감이 반반씩 섞인 채로 책을 펼쳐 들었다.

그것이 운명이었다고 말해도 좋을까? 책을 펼쳤을 때 다가온 "번쩍 하는 황홀한 순간"의 느낌은 무엇과도 바꿀 수 없다. 이 책은 각각 1996년과 1998년 일본에서 출판된 두 권을 1999년 신한미디어에서 우리말로 번역하여 출간한 것인데 내용은 단순하다. 작가 이케가야 이사오(池谷 伊佐夫) 씨는 일러스트레이터다. 물론 그림을 그리는 것이 본업이지만 헌책방을 몹시 좋아하기 때문에 여러 헌책방을 다니면서 그곳 내부 풍경을 일일이 정밀한 스케치로 남긴 것이다. 『일본 고서점 그라피티』는 이렇게 그린

것들 중에서 도쿄, 교토, 오사카, 고베에 있는 헌책방을 모아 두 권으로 펴냈다.•

그때까지 일본 헌책방은 소문으로만 들었을 뿐 한 번도 가보지 못했다. 그저 일본 사람들은 책을 좋아한다, 서점이 많다, 헌책방도 그에 못지않게 많다, 정도로만 알고 있을 뿐이었다. 하지만 그날 헌책방에서 발견한 책을 보고 더욱 큰 충격을 받았다. 내가 생각하던 것 이상으로 일본의 책 문화라는 것은 쉽게 얘기할 수 없는 수준이라는 걸 알았다.

책 속에 정교하게 표현된 헌책방 일러스트를 보고 있자니 언젠가 꼭 저곳에 가보고 싶다는 소망이 강하게 일어났다. 단지 그날 일 때문만은 아니지만 얼마 후 오래 일했던 IT 회사를 그만두고 책에 관련된 일을 하고자 마음먹었다. 처음엔 출판사에서 일했는데 아무리 내가 좋아하는 분야가 책이라고는 하지만 출판사라는 독특한 회사 분위기에 적응하는 게 우선 쉽지 않았다. 결국 출판사는 일 년 정도 다니다가 그만두었고 큰 헌책방에서 직원으로 일하게 됐다. 헌책방이라면 어렸을 때부터 줄곧 좋아했던 곳이니까 일하는 것도 재미있을 것 같았다.

하지만 손님이었기 때문에 즐거운 것과 일로써 부닥치는 것은 큰 차이가 있음을 금방 깨달았다. 고민 끝에 내린 결론은 단순했다. "그러면 내 방식대로 헌책방을 운영해보자!" 그렇게 해

• 『일본 고서점 그라피티』 시리즈는 그 후로 '신도쿄(新東京)' 편이 한 권 더 출간됐지만 아직 우리말로 번역되지는 않았다. 최근에는 『헌책벌레가 간다』라는 책을 펴냈는데, 여기에는 진보초 헌책거리는 물론 채링크로스 같은 외국의 헌책방도 스케치로 소개하고 있다.

서 2007년에 생겨난 것이 서울 은평구 응암동 주택가 골목에 둥지를 튼 '이상한나라의헌책방'이다. 그동안 말로는 다 설명하지 못할 여러 일을 겪었다. 그런 이야기들을 엮어서 책도 몇 권 썼다. 여전히 책을 좋아하는 많은 독자들이 있기에 펴냈던 책들이 모두 좋은 반응을 얻었다.

몇 해 전부터는 일본 헌책방에 관한 책을 써볼 계획을 세웠다. 처음엔 틈나는 대로 일본에 가서 헌책방을 좀 둘러보면서 가벼운 마음으로 책을 쓰면 될 거라고 생각했는데 그런 생각 자체가 큰 잘못이라는 걸 알기까지는 오랜 시간이 걸리지 않았다. 일본 헌책방은 우리나라에 비하면 너무도 많고 개성도 제각각이기 때문에 어디서부터 어떻게 탐색해 나갈지 엄두조차 나지 않았다.

그런 이유로 계획을 바꿨다. 처음부터 일본 헌책방에 다가가기보다는 헌책방에 대해 잘 알고 있는 고수를 먼저 찾아가 인터뷰하기로 했다. 그 첫 결실은 지난여름 오카자키 다케시(岡崎 能士) 씨를 인터뷰하는 것으로 시작됐다. 그리고 선선한 가을바람이 좋았던 11월 초에 또 다른 헌책방 마니아인 이케가야 이사오 씨를 인터뷰할 수 있었다. 이케가야 씨는 헌책방을 좋아하기도 하지만 대단한 장서가로 알려져 있기 때문에, 그리고 물론 오래전 나에게 큰 감동을 선물한 책의 저자이기 때문에 그런 분을 직접 만난다는 사실 만으로도 일본에 가는 내내 흥분된 마음을 감출 수 없었다. 게다가 감사하게도 집으로 초대받아 이 독특한 장서가의 서재를 직접 볼 수 있다는 것도 내겐 큰 행운이다.

이케가야 씨가 사는 집은 도쿄 시내에서 북쪽으로 조금 떨어진 곳 오오야마(大山)다. JR전철 이케부쿠로에서 나와 다른 열차로 갈아타면 얼마 지나지 않아 한적한 주택가에 이른다. 검은색 양복에 같은 색깔로 맞춘 모자를 쓴 이케가야 씨가 전철역까지 마중을 나와 주었다. 그런 옷차림은 작가가 책에 그려 넣은 '책벌레 신사' 삽화와 놀랍도록 비슷해서 처음 만나는 이케가야 씨를 한 번에 알아볼 수 있었다.

일본의 여느 집들이 그렇듯 이케가야 씨의 집도 크지 않았다. 대신 방을 여러 개로 나눴는데 서재와 작업실로 이용하고 있는 곳에서 인터뷰를 시작했다. 방은 들고 나는 문을 빼면 모든 곳이 책으로 둘러싸여 있어서 마치 딴 세상으로 들어온 듯 착각이 들 정도다. 아래는 약 3시간 동안 진행한 인터뷰를 정리한 것이다.

방 하나에만 책이 4톤. 위험한 책과의 동거

✔ 좁은 곳인데 책이 엄청나게 많네요. 모두 몇 권인지 세어보신 일이 있나요?

책을 사 모으던 초창기에는 세어봤는데 지금은 몇 권인지 저도 모릅니다. 무게로만 대강 짐작하죠. 얼마 전 짐을 옮길 때 무게를 재어본 일은 있는데 이 방 안에 있는 책만 4톤 정도 나왔어요. 물론 여기 말고 다른 방에도 책이 좀 있고요.

✔ 이 방에는 주로 어떤 책이 있나요?

여기는 책이 가득하지만 제가 일을 하는 미술작업실로 쓰고 있기도 합니다. 작업은 주로 책상에 앉아서 합니다. 그래서 이쪽에는 제가 작업할 때 참고하는 책이라든지 제가 아끼는 책, 비싸게 주고 구입한 책들이 있습니다.

✔ 지금도 헌책방에 자주 다니시나요?

도쿄에만도 일 년에 100번 가까이 크고 작은 헌책 시장이 열립니다. 진보초같이 헌책방이 밀집된 곳도 다니지만 여러 곳에서 열리는 헌책 시장만 찾아다녀도 거의 일 년 내내 다녀야 할 정도로 헌책 시장이 자주 열립니다. 거의 매일이라고 해도 심한 말이 아니지요. 저는 직업적으로 헌책방에 다니는 사람이 아니기 때문에 매일 그렇게 나갈 수는 없고, 보통은 헌책방에서 책 목록 보내주는 것을 우편으로 받아 보고 거기서 주문을 하는 경우가 많습니다.(일본 헌책방은 인터넷 판매도 하지만 여전히 회원에게 새로 들어온 책 목록을 우편으로 발송하여 주문을 받는 곳이 많다.)

✔ 주로 어떤 책을 갖고 계신가요?

그림 그리는 일을 하다 보니, 당연한 이야기겠지만 그림에 관련된 책이 많습니다. 장정이 멋진 소설책은 따로 모아놨고요, 오래된 만화책과 삽화가 들어간 쇼와시대(쇼와 천황의 재위기간으로 서기 1926~1989년까지)

어린이 SF소설책 따위도 있습니다. 유명한 작가의 도판이 있는 책인 경우 복각된 것이 아닌 오리지널을 소장하려고 노력합니다. 당시에 출판된 오리지널 책이 주는 묘한 매력이 있거든요. 아서 래컴(Arthur Rackham, 1867~1939, 영국의 삽화가)은 특히 제가 좋아하는 작가라서 외국까지 나가 당시의 오리지널 판본을 여럿 구입했습니다. 물론 이런 책들은 가격도 상당하죠.

✔ 이렇게 책이 많으면 생활하는 데 불편하지 않으신가요?

불편하지요. 책이 계속 쌓이기 때문에 정리도 자주 해야 되고. 하지만 책을 좋아하는 사람들은 어쩔 수가 없어요. 제가 고등학생 때부터 헌책방 돌아다니면서 책을 사 모았는데요, 지금은 가족들도 이해를 해주니 오히려 고맙지요. 사실은 한국에서 오시는 손님을 맞이하기 위해 이 방도 어느 정도는 치워놓은 상태입니다. 그 전에는 저 혼자 앉을 자리밖에 없었는데 몇 달 동안 정리해서 이 정도까지 만들어놨습니다.

✔ 책이 너무 많아서 무너질까 걱정이 됩니다.

실제로 그랬던 적이 있습니다. 일본은 지진 같은 자연재해가 많으니까요. 대비를 한다고는 하지만 어쩔 수 없는 경우도 많습니다. 몇 해 전 후쿠시마에서 큰 지진이 일어났을 때도 저는 여기에 살았습니다. 방의 상태는 지금보다 더 형편없었지요. 물론 제 나름으로 정리를 한다고 해두었습니다만……. 늘 지진 경보가 있으면 긴장합니다. 후쿠시마는 도쿄에서 그렇게 가까운 곳이 아니니까 도쿄는 안전할 거라고 생각했어요. 그런데 지진의 여파가 엄청났습니다. 집이 무너질 정도는 아니었지만 지금 보시는 이 방의 책들이 다 무너져 버렸어요. 그 때문에 망가진 책들도 있고, 다시 서가를 정리하는 데 시간이 많이 걸렸습니다.

✔ 이 방을 보니 책이 많은데도 불구하고 지저분하다는 느낌은 없습니다. 특별한 정리 방법이 있으신가요?

크게 보면 '무게', '크기', '종류' 이 세 가지 구분으로 정리합니다. 먼저 무겁거나 큰 판형의 책은 아래쪽으로 가고요 가벼운 것일수록 위로 올라갑니다. 그래야 안정감이 있지요. 당연한 얘기지만 문학이면 문학, 그림이면 그림, 이런 식으로 비슷한 종류를 한곳에 모아놔야 나중에 참고용으로 찾을 때 도움이 됩니다. 그렇게 정리를 한 다음에는 책 크기별로 또 나눠서 정리를 하면 깔끔해집니다. 지난번 지진 때문에 그 후로는 대비를 좀 해놓은 상태입니다. 각 책장은 한 손으로 해서는 책이 잘 안 빠질 정도로 빽빽하게 꽂아둡니다. 그래야 흔들렸을 때 책장 밖으로 책이 쏟아지는 일을 조금이라도 막을 수 있으니까요. 하지만

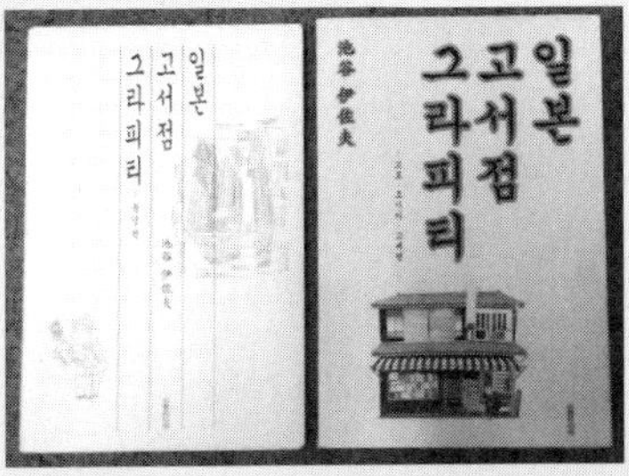

위: 우리나라에 번역되어 나온
이케가야 씨 책은 모두 두 권이다.
현재는 두 권 다 절판됐다.

아래: 이케가야 씨의 서재. 들고 나는
문을 빼면 벽이 전부 책으로 둘러싸인
좁은 공간이다.

비좁은 방에 책으로
가득 둘러싸인 곳에서
이케가야 씨는 본업인
미술작업도 함께한다.
복잡해 보이지만
본인은 무엇이 어디에
있는지 다 알고 있다고
말한다.

이것도 완벽한 방법은 아닌 것 같습니다. 바로 얼마 전 도쿄에 제법 심한 지진이 한 차례 있었는데 그 충격으로 이렇게 빽빽하게 정리한 책이 절반 정도는 책장 밖으로 튀어나왔거든요. 이런 자연재해가 거의 없는 한국이 부럽습니다.

고등학생 때부터 헌책방을 순례하다

✔ 헌책방에 대한 관심은 언제부터 본격적으로 가지게 되었나요?

제가 어렸을 때는 물론 동네에 있는 헌책방에 다녔습니다. 중학생 때는 멀리 있는 곳에도 관심이 있었지만 그렇게 멀리, 그리고 오랫동안 돌아다닐 수 없는 형편이라 답답했습니다. 그러다 고등학생 때 학교 도서관에서 『전국 고서점 지도첩』이라는 책을 발견하고 곧바로 대출했습니다. 저에겐 보물지도나 마찬가지였죠. 당연히 그런 책 하나쯤 있을 줄 알았는데 그걸 이때 발견한 겁니다. 그 책을 참조해서 여러 헌책방을 많이 돌아다녔어요. 어느 정도였는가 하면 그 책을 너무 자주 대출해서 표지며 본문이 너덜너덜해질 지경이었습니다. 고등학교 졸업할 때 도서관을 담당하던 선생님이 졸업 선물이라면서 그 책을 저에게 선물로 주셨습니다. 학교에서 너만큼 이 책을 많이 본 사람은 없을 거라면서, 그러니 이 책을 가질 자격이 있다고 하셨어요. 시간이 많이 흘렀지만 저에겐 여전히 아름다운 기억으로 남아 있습니다.

✔ 고등학생인데 학업보다는 헌책방 다니는 걸 더 즐기셨나요?

그렇습니다. 공부엔 별로 취미가 안 생기더라고요. 저는 그림 그리는 걸 좋아했습니다. 만화가가 되고 싶었습니다. 데츠카 오사무(手塚 治虫, 1928~1989, 〈우주소년 아톰〉의 작가) 같은 만화가가 되려고 열심히 그림만 그렸습니다. 학교 선생님은 물론 부모님도 포기했어요. 몇 번 혼나기도 했지만 결국 제가 만화 그리는 걸 인정해주셨습니다. 일본은 한국과 사정이 조금 다른 게 고등학교 졸업 후 대학 진학률이 그렇게 높지 않아요. 물론 일본도 명문대에 들어가려는 수험생들은 경쟁이 치열한데 꼭 대학에 나와야 한다는 생각은 안 해요. 대학 안 나와도 사회생활 할 수 있고 원한다면 지방에 있는 대학에 다녀도 사는 데 불편은 없어요.

✔ 하지만 지금 만화가로 활동하고 계신 건 아니잖아요?

고등학생 때 유명한 잡지사에서 공모한 신인 만화가 대회에서 '베토벤의 혼'이라는 단편 작품으로 1등을 했을 정도로 만화에 소질이 있었습니다. 당시엔 거의 먹고 자는 시간 빼면 만화만 그렸으니까요. 하지만 제대로 만화 공부를 해보려고 여러 만화를 봤는데 내용이 대부분 비슷했어요. 평화를 해치는 강한 적이 있고 누군가 착한 쪽이 그 적에 맞서 싸운다는 내용이죠. 보통은 싸움이 위주인 폭력적인 전개라서 별로 내키지 않았습니다. 만화가로 인기를 얻으려면 그런 만화를 그려야 하는데 저는 싫었습니다. 그래서 상업 미술 쪽으로 방향을 돌렸죠. 대학에서 일러스트를 전공하고 시각디자인, 광고디자인 같은 일을 해왔습니다. 지금은 책에 들어가는 삽화도 그리고 제가 직접 책을 쓰기도 합니다. 한국에서도 번역된『일본 고서점 그라피티』같은 책들이죠.

오직 기억에만 의지하여 그리는 헌책방 조감도

헌책방의 모습을 그림으로 그리게 된 계기는 무엇인가요?

저는 뭐 하나에 빠지면 끝을 보는 성격이거든요. 20대 시절, 돈도 좀 벌게 되었고 스스로 헌책방에 자유롭게 다니면서부터 헌책방이 과연 어떤 곳인지 연구해보자는 결심을 했습니다. 10년 정도 헌책방에 출근 도장 찍듯이 다니면서 매달렸어요. 그리고 메모를 남기듯이 다녀온 헌책방을 떠올리면서 그림으로 그리게 된 것이죠.

왼쪽: 고등학생 때 유명 만화잡지에서 주최하는 공모전에서 1등을 차지한 만화를 여전히 기념으로 간직하고 있다.

오른쪽: 이케가야 씨의 최근작 『헌책벌레가 간다』는 인터뷰를 하기 전에 한국에서 주문하여 읽었다. 인터뷰가 끝난 후 정성스레 그림과 함께 서명을 해주었다.

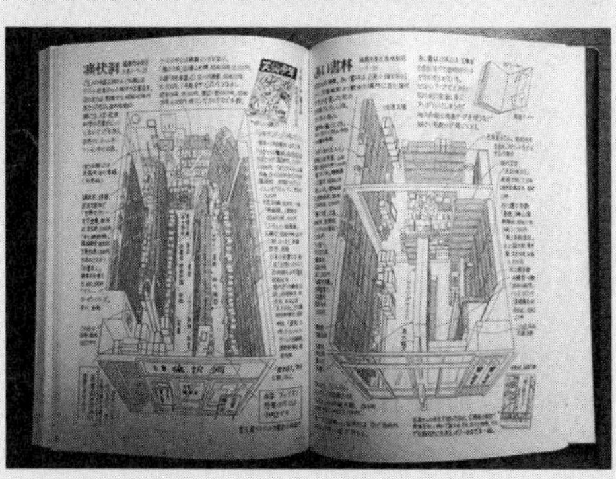

위: 스케치북에 직접 그린 헌책방 조감도를 보여주고 있다. 보통 한 곳을 그리는 데 2시간 정도 걸린다. 구조가 복잡한 가게는 두세 번 방문을 하고서야 완성할 수 있다.

아래: 정밀한 조감도로 헌책방 내부를 잘 표현했다. 헌책방 안에서는 사진을 찍을 수 없기 때문에 한 번 방문했을 때 둘러보고 기억에 의지하여 그린다.

✔ 그 많은 헌책방을 다 그릴 수는 없을 테고. 이런 곳을 그려야겠다, 라는 선생님만의 기준이 있나요?

물론 저만의 기준이 있습니다. 우선 전문 분야가 확실히 있는 헌책방이 좋습니다. 그리고 당연한 말이지만 책이 많아야겠죠. 게다가 가격까지 저렴하면 금상첨화입니다. 그 외엔 주관적인 것인데 점포 분위기가 좋으면 후한 점수를 줍니다. 문을 열고 들어가 보면 가게 분위기가 대강 어떤지 압니다. 말로 설명이 잘 안 됩니다만 왠지 다시 가고 싶지 않은 그런 분위기를 풍기는 헌책방도 있어요. 끝으로 헌책방에 주인의 개성이 배어나는 곳이라면 손님인 저도 즐거운 기분이 듭니다.

✔ 주로 조감도를 그리는데 헌책방을 이런 식으로 그리는 이유는 무엇인가요?

일본의 에도시대(서기 1603~1868년) 화가들은 지역의 풍속이나 관광지 같은 곳을 알리는 그림을 그리기 위해 조감도를 자주 이용했습니다. 그러니 일본에서만큼은 조감도가 그렇게 특이한 방법은 아닌 거죠. 일본 사람들은 헌책방에서 손님이 사진을 찍는다거나 오랫동안 책을 살피고 있는 행동을 실례라고 생각합니다. 심하면 주인이 손님에게 화를 내는 경우도 있어요. 그렇기 때문에 간접적이나마 책방을 오래 살피려면 책방 모습을 위에서 내려다본 조감도가 제격이죠. 제가 쓴 책을 보고 누군가 그 책방에 흥미를 가지게 된다면 그림을 참고해서 그곳을 가볼 수도 있는 거잖아요.

✔ 그림이 꽤 정밀한데, 헌책방 안에서 사진을 찍을 수 없다면 어떻게 이런 그림을 그릴 수 있나요?

단지 기억에 의지해서 그립니다. 한 곳에 들어갔을 때 최대 15분을 넘기지 않아요. 너무 오래 살펴보고 있으면 이상한 사람이라는 오해를 받을 수도 있거든요. 그 시간 동안 가게 내부를 확실히 머릿속에 집어넣는 겁니다. 서가의 길이는 발걸음으로 대강 파악하고 책장의 개수 등을 기억해둡니다. 특별한 책이 있는 곳이면 그 서가가 어떻게 생겼는지 등을 머릿속에 담아둔 다음 나와서 곧장 근처에 있는 카페로 갑니다. 거기라면 시간이 충분하니까 기억해둔 것을 바탕으로 그림을 그립니다. 한 가게를 대강 스케치하는데 2시간 정도 걸립니다. 구조가 복잡하지 않은 곳이라면 한 번으로 끝나는데 헌책방이라는 게 다들 모양이 제각각이라 두세 번 방문하고서야 완성하는 경우도 있습니다.

✔ 일러스트레이터로 활동하시면서 헌책방에 관한 책도 여러 권 쓰셨는데 헌책방의 매력이란 무엇인가요?

일본 사람들은 예부터 종이와 글자를 좋아했습니다. 그러니 종이와 글자가 합쳐서 탄생한 책이라는 매체는 더욱 귀하게 여겼지요. 일본에선 책이라는 말을 쓸 때 한자로 '本(본)'을 씁니다. 무엇의 근본이라는 뜻입니다. 물론 '書(서)'라든지 '册(책)'이라는 한자도 있지만 책은 '本'입니다. 그만큼 책을 귀하게 생각하는 문화를 갖고 있습니다. 그렇기 때문에 오래된 책이라고 해서 천대받는 일은 많지 않습니다. 오히려 절판된 귀한 책은 가격도 비쌉니다. 헌책방은 귀한 문화가 가득한 보물창고 같은 곳입니다.

✔ 한국은 헌책방들이 많이 없어지는 추세입니다. 일본은 어떤가요?

일본도 사정은 비슷합니다. 저와 비슷한 세대의 사람이라면 누구나 할 것 없이 헌책방에서 많은 정보를 얻었지요. 그런데 요즘 젊은 세대들은 책이 아니더라도 어디서든 정보를 얻고 공부할 수 있는 여지가 많으니까요. 일본은 세계적으로도 책을 많이 읽는 국민이라는 자부심이 있었는데 그것도 머지않아 옛말이 될 수 있어요. 그래도 희망이 있는 것은 고서협회라든지 상인조합 같은 곳들이 서점과 헌책방 활성화에 많은 노력을 기울이고 있다는 점입니다. 세계에서 가장 큰 헌책 축제가 고서협회 주최로 매년 가을 도쿄에서 열립니다. 세계 각지에서 사람들이 몰릴 정도로 인기가 좋습니다. 일회성 행사가 아닌 꾸준한 노력이 있기 때문에 그런 것이 모여 문화를 만든다고 생각합니다.

책으로 쌓은 100년 역사는 곧 그 나라 문화의 힘을 말한다

도쿄 진보초에서 매년 열리는 헌책 축제는 2014년 55회째를 맞이했다. 길 건너 메이지대학 도서관빌딩에서 열린 전국 도서관대회는 100회를 축하하는 행사가 한창이다. 진보초 헌책 거리에 있는 유명한 출판사 '이와나미'는 작년 헌책 축제 기간에 맞춰 창업 100년을 자축하는 기념회를 가졌다. 도쿄역 앞을 지키고 서 있는 대형서점 '마루젠'은 올해로 창업 145주년이다. 이케가야 씨의 말대로 이런 문화는 이벤트 몇 번으로 생겨나는 게 아니다. 이름 모를 수많은 사람들의 꾸준한 노력이 있었기에 일본은 지금의 책 문화를 가질 수 있는 힘이 되었다.

나는 비록 작은 헌책방을 운영하고 있는 처지이지만 점점 밑으로만 가라앉는 우리나라 책 문화를 생각하면 안타까운 마음이 크다. 얼마 전 우리나라에서도 도서정가제가 시행되었으나 여기저기서 들리는 소음이 시끄럽다. 출판사들이 서점에 내보내는 공급 단가를 저마다 달리해서 중소규모 오프라인서점은 오히려 힘들어졌다. 이러다가는 대형 서점 몇 개만 남고 나머지는 고사될지도 모른다는 걱정 섞인 소리가 들린다. 그러나 책은 역사를 통해 보더라도 무엇보다 강한 힘을 가진 문화매체가 아닌가. 책 속에 길이 있다는 말은 빈말이 아니다. 시대가 어려울수록 더 많은 사람들이 책에 관심을 기울이려는 노력이 필요하다.

인터뷰를 마치고.
가운데가 이케가야
이사오 씨. 사진상으로
왼쪽이 통역을 맡은
제프리, 오른쪽이 필자

인터뷰를 시작할 수
있도록 많은 도움을 준
오자키 다쓰지 선생님.
내가 쓴 책 『헌 책이
내게 말을 걸어왔다』를
번역하고 있다.

책 고수들의 가르침

헌책방을 시작할 때는 많은 사람들이 걱정스러운 눈빛으로 쳐다봤다. 돌아보면 10년 전에는 작은 책방과 문화공간을 함께 운영하는 곳이 전무했다. 어느 곳을 벤치마킹할 수도 없었다. 말 그대로 '맨땅에 헤딩'하는 식으로 헌책방을 시작했고 그 후로 여러 일들을 겪으며 여기까지 왔다.

지금은 주변에서 작은 책방을 한 번 시작해보려는 분들이 나에게 와서 조언을 구하기도 한다. 재미있는 것은 해마다 조언을 구하며 물어보는 질문이 조금씩 달라진다는 것이다. 처음에는 대부분 "책방 운영해서 먹고살 수 있나요?" 같은 걸 많이 물었다. 요즘에 그런 걸 묻는 사람은 적다. 대신에 "회사 다니실 때하고는 달리 어떤 보람을 느끼시나요?"처럼 일을 자신의 만족 또는 행복을 위해 선택하려는 흐름이 생긴 것 같다.

헌책방을 운영하고 있는 나야말로 성공적인 삶이 아닌가. 나는 아주 어릴 적부터 헌책방에서 일하는 걸 동경해왔다. 손님으로 헌책방을 드나들면서 어느 순간부터는 책을 구입하는 목적 이상의 것을 탐구하기 시작했다. 그러다 다니던 회사를 그만두고 본격적으로 헌책방 일을 시작하게 된 것이다. 해보니 좋았다. 지금도 그 마음은 변하지 않았다. 10년이나 했는데도 여전히 처음 시작했을 무렵처럼 설레는 느낌이 있으니 앞으로도 큰 이변이 없는 한 계속 이 일을 즐기면서 할 작정이다.

우리나라에서 헌책방은 일을 배울 곳이 마땅치 않다. 헌책방은 일제강점기 시절에도 이미 있었고 본격적으로는 한국전쟁 이후부터 시작되기 때문에 역사가 짧지 않은데 아직까지 이렇다 할 산업적인 시스템이 갖춰져 있는 게 아니기 때문에 젊은 사람들이 시작하기는 어려움이 있다. 나 역시 처음엔 고전을 면치 못했다. 다른 헌책방에서 직원으로 2년 가까이 일하면서 일을 배웠음에도 불구하고 내 가게를 운영하는 일은 만만치 않았다. 직원으로 일할 때 책의 수급 같은 것을 조금 알아뒀기 때문에 다행인 면도 있었지만 그 외에 자금 운영이라든지 헌책방의 도서관리, 책 분류 및 목록 작성 등은 마음먹은 대로 되지 않아 고민이 컸다. 사실상 이 부분은 아직까지도 제대로 해결되지 않아서 열심히 공부 중이다.

공부에 도움이 된 책의 고수들은 의외로 책방을 운영하면서 많이 만났다. 이런 분들을 내가 책방을 시작하기 전에 알았더라면 더 큰 도움이 되었을 테지만 어쩌랴, 사람은 앞날을 알 수 없는 존재니까. 이렇게라도 만나서 공부해나갈 수 있다는 것만으로도 기쁜 일이다. 그렇게 만난 은둔 고수들을 일일이 다 소개하기는 어려운 일이고, 우선 일본에서 만난 고수들 이야기를 하겠다.

헌책방에 대해서 잘 모르던 때, 내 관심은 온통 일본에 가 있었다. 아무래도 헌책방의 역사와 전통이 오래된 일본이기 때문에 고수들도 넘쳐나는 모양이다. 일본에 가보니 우리나라와 비교할 수 없을 만큼 헌책방이 많았고 어느 가게를 들어가도 그곳만의 개성이 전해졌다. 1990년대 들어 일본은 '북오프(Book-Off)'라고 하는 거대 헌책체인점이 중고책 시장을 잠식하기 시작했다. 그때 동네의 작은 헌책방들이 많이 폐업했다. 일본의 헌책방들과 헌책고수들은 위기라고 말하며 북오프에 밀리지 않은 헌책방 문화 만들기에 힘을 모았다.

그 모습을 보며 우리나라도 곧 대형 헌책체인점이 생길 거라고 예상했다. 무슨 상관관계가 있는 것처럼 북오프가 선풍적인 인기를 끌고 난 뒤 꼭 10년이 지나서 서울 종로에 알라딘 중고매장이 영업을 시작했다. 그렇지 않아도 영세한 우리나라 동네 헌책방들은 이렇다 할 대비책이 없었고, 분명히 알라딘 중고매장 때문이라고 단정 짓기는 어렵지만 어쨌든 그 이후로 문을 닫는 헌책방들이 속속 늘어났다.

오카자키, 이케가야 두 분은 헌책방 일을 하고 있지는 않다. 정확히 말하자면 헌책방 마니아다. 그렇다면 현업에 종사하는 사람은 어떤 생각을 가지고 있을까? 물론 손님으로 헌책방에 방문해서 주인과 이런저런 얘기를 나눌 수도 있겠지만 쉽게 마음을 열지 않는 일본 사람 특성 때문에 손님보다는 인터뷰 목적이라는 것을 확실히 해두었을 때 소득이 많다. 그렇다면 과연 어느 곳부터 인터뷰를 해야 할까? 일본엔 헌책방이 엄청나게 많다. 북오프 등장 이후로 적잖이 폐업했다고는 하지만 우리나라에 비할 수 없을 정도로 많다. 틈나는 대로 일본에 다니면서 여러 헌책방을 방문했는데 도쿄라고 하면 고양이마을로 유명한 닛포리의 헌책방 '알바트로스'가 기억에 많이 남는다.

알바트로스 주인 야마자키 아키라 씨는 2004년부터 닛포리에 자리 잡고 헌책방을 운영하고 있다. 이상한나라의헌책방보다 몇 년 앞서 헌책방을 시작했고 헌책방 일 외에 친구들과 함께 재즈밴드를 하고 있는 등 나와 여러모로 연결되는 지점이 많아서 쉽게 가까워질 수 있었다. 이제 야마자키 씨와는 SNS 메시지로 자주 소식을 교환하고 일본에 갈 때마다 알바트로스에 들러 인사를 나누고 있다. 느슨하게나마 한일 두 헌책방이 자매결연을 맺어보는 게 어떤지 생각을 교환하고 있다. 앞서 두 분의 만남은 짧게 간추려서 인터넷 신문에 기사를 써두었지만 야마자키 씨에 대한 내용은 아직 쓰지 못했다.

진보초 고서센터 건물 근처 2층에 '책거리'라는 이름으로 가게를 내고 한국책을 판매하고 있는 김승복 대표에게서도 많은 것을 배웠다. 처음엔 진보초에 있는 한국책방이라는 것에 이끌려 방문했는데 그는 거기서 출판사도 함께 운영하며 여러 가지 이벤트를 만들어내고 있었다. 거의 주말마다 저자 북토크 행사를 하고 있는 것을 보고 겁도 없이 내가 먼저 대표님께 제안을 했다. 나 역시 책을 몇 권 펴냈고 한국에서 헌책방을 운영하고 있으니 북토크 자리를 만들어볼 수 있지 않을까 하고 조심스레 메시지를 보냈는데 흔쾌히 오케이 사인을 보내주었다. 일은 빠르게 진행되어 2017년 봄에 '책거리'에서 북토크 이벤트를 진행할 수 있었다. 일본의 전혀 알려지지 않은 내가 하는 말을 듣기 위해 누가 이곳을 찾아줄까 걱정을 많이 했는데 의외로 많은 분들이 자리를 채워주었다. 그 후로 김승복 대표님과는 자주 이야기를 주고받으며 조언도 받고 있다. 우리 헌책방도 이곳처럼 알찬 이벤트를 자주 할 수 있으면 좋겠지만 아직까지 나는 그런 기획을 세울 수 있을 만한 실력은 안 되는 것 같다. 더 자주 찾아다니고 많이 배우는 수밖에 없다.

일본에서 여러 고수들을 만났는데 지면관계상 간추려 보니 이 정도다. 아무래도 혼자 힘으로 하려니까 벅찬 느낌이 많다. 가장 큰 문제는 역시 돈이다. 인터뷰를 하려면 일본에 자주 오가야 하는데 헌책방 일하면서 남는 수익을 쪼개서 일을 추진하고 있다 보니 마음은 급한데 일이 더딜 수밖에 없다. 인터뷰 섭외도 그렇다. 개인 자격으로 연락을 하면 아무래도 답신이 잘 오지 않는다. 공신력 있는 조직의 도움을 받는다면 일은 지금보다 쉬울 것이다.

고수들을 만나고 배우는 일은 앞으로도 계속 이어질 것이다. 더디더라도 거북이처럼 조금씩 움직이며 배우면 언젠가 나도 이상한나라의헌책방을 지금보다 더 멋지게 운영할 수 있는 길이 열릴 것이라고 믿는다.

도쿄 닛포리에 있는
알바트로스 헌책방에
방문했을 때 주인 야마자키
아키라 씨와 함께.

2017년 봄, '책거리'에서
북토크 이벤트를 진행했다.

진보초 헌책방 거리에서
한국책을 다루는 서점
'책거리'를 운영하고 있는
김승복 대표를 만났다.

熱風アジア

@神保町 韓国と本でつながるカフェ

日韓文化交流の拠点

本の未来を

ソウル

第99回全国高等学校野球選手権大会 出場おめでとう!

도쿄 북토크 이벤트
후기를 전하는
홋카이도 신문 기사

닫는 글

재미있게 자립하는 방법

동네에서, 도시의 동네에서, 다른 곳이 아닌 서울이라는 대도시의 한 동네에서 헌책방을 운영하게 되었을 때 가장 중요하게 생각한 부분이 바로 '자립'이다. 자립이라고 하니 멋있는 말처럼 들리지만 사실은 '살아남기' 혹은 '버텨내기'라고 해야 옳을 것이다. 말 그대로 여긴 하루에도 엄청난 수의 자영업자들이 새로이 가게 문을 열고 또 그 정도로 많은 사람들이 폐업신고를 위해 구청을 방문하는 자본의 정글과 같은 곳이기 때문이다.

한마디로 돈을 벌지 못하면 살아남지 못한다. 내가 먹고살 만큼 적당히 버는 것 가지고는 감당이 안 된다. 이곳에서 돈을 번다는 건 솔직히 나를 위해 버는 게 아니다. 자기 이름으로 된 건물을 하나 갖고 있지 않는 이상, 내가 먹고살 만큼이 아니라 건물주가 먹고살 만큼 벌어야 가게가 유지되는 것이다.

그러면 왜 자영업을 하는가? 그중에서도 헌책방이라니? 사람들은 가끔 내게 묻는다. 헌책방을 한다는 것은 다시 말해 돈 벌겠다는 욕심을 버렸다는 얘기 아니냐고. 그럴 리가! 나는 돈을 벌고 싶다. 헌책방에서 일하며 돈을 벌고 싶은 것이다. 그리고 이 가게를 유지하려면 돈을 벌어야만 한다. 얼마만큼 벌어야 하는

가? 애석하게도 그 기준은 노동과 생활의 주체인 내가 아니라 건물주가 정한다. 이것이 현대 자본주의사회의 아이러니이고 부조리다. 적어도 달마다 임대료를 지불할 수 있는 만큼은 벌어야 한다. 사실 나는 평소 씀씀이가 크지 않기 때문에 생활하면서 그 정도로 큰돈은 필요 없다. 임대료를 감당해야 하기 때문에 어쨌든 그 만큼의 돈을 벌어야 한다는 목표를 갖고 있을 뿐이다.

하지만 건물주에게 가서 나의 가치관과 철학이 이러이러하니 임대료를 내 수준에 맞게 낮춰달라고 할 수는 없다. 이런 경우, 미친놈 소리나 안 들으면 다행이겠다. 그러니까 어쨌든 돈을 벌어야 자립이라는 걸 할 수 있는데, 무작정 돈벌이를 하겠다는 게 아니라 두 가지 기준이 있다. 첫째는 너무 열심히 일하지 않는다는 것. 아무리 좋아하는 일이라고 하더라도 우선은 내 몸과 마음이 지치지 않을 정도로 해야 한다. 컴퓨터 회사에 다닐 때를 예로 들어보자. 사무용이 아닌 업무를 처리하는 서버 컴퓨터 같은 경우 CPU나 하드디스크, RAM 같은 하드웨어는 저마다 정해진 능력치가 있기 때문에 이것을 모니터링하고 있다가 한계치에 이르면 부품을 교체하거나 다른 서버를 투입해 일을 돕도록 만든다. 이 한계치는 60% 정도다. 말 못하는 기계이기 때문에 100% 성능을 내도록 일을 시키는 건 바보 같은 짓이다. 오히려 그 반대로 기계가 말을 못하기 때문에 최대치까지 끌어올려 일을 시키지는 않는다. 그렇게 하면 기계는 고장이 나는데, 이것을 고치고 데이터를 복구하는 것보다 일을 적게 시키고 컴퓨터에게 휴식시간(idle time)을 보장해주는 게 서버 운영에 더 적은 비용이 든다. 기계도 이런데 사람은 어떨까? 기계가 고장 나면 비용이 들더라도 똑같은 부품으로 교체라도 할 수 있다. 하지만 사람은 똑같지 않다. 그렇기 때문에 나는 돈을 버는 것에 앞서 나를 더 소중히 여기기로 했다. 아무리 재미있고 즐거운 일이라도 내가 할 수 있는 열심의 50~60% 정도만 풀어놓는 게 멀리 봤을 때 일을 더 오래 즐길 수 있는 길이라고 믿는다.

두 번째는 돈벌이의 상한선이다. 임대료를 지불하기 위해 내가 필요한 것 이상의 돈을 벌고 있지만 무한정 그 액수를 늘리고 싶지는 않다. 임대료는 거의 해마다 조금씩 오른다. 어떤 건물주는 임대료를 오랫동안 올리지 않기도 하는데 그건 일부일 뿐이고 대부분은 임대차계약을 갱신할 때마다 올린다. 나는 그 한계를 100만 원으로 정했다. 달마다 지불해야 하는 임대료가 100만 원을 넘게 되면 과감히 헌책방을 다른 곳으로 옮길 것이다. 돈을 벌되, 한계 이상의 수익을 창출하려고 노력하거나 거기에 의존한다면 역시 나의 몸과 마음은 고장 날 것이다. 이반 일리치의 말을 조금 비틀어 보자면, 임대료가 어느 한계를 넘어서면 내가 영업을 위해 임대료를 지불하는 게 아니라 임대료 그 자체를 위해서 내가 지불수단으로 전락하기 때문이다.

그리고 이제는 현실이 남았다. 철학이야 언제든 말로 할 수 있는 것이니까 편리한 것인데 그것을 어떻게 실천하느냐의 문제는 또 다른 차원이다. 어떻게 열심히 일하지 않으면서 임대료 상한선 100만 원과 나의 생활비를 벌겠는가? 돈 안 되는 사업으로 널리 알려진 헌책방을 운영하면서 말이다. 다양한 방법을 통해서 지난 10년간 이 목적을 이루고 있지만 여기서는 가장 중요한 문제에 대해서 말하기로 한다. '사람들을 이곳에 어떻게 오게 할 것인가?'라는 끝없는 고민에 대한 나만의 해답이다.

인터넷으로 책을 팔고 있지 않은 이상한나라의헌책방이 수익을 올리는 방법은 단 한가지다. 손님이 이곳에 방문해서 책을 구입해야 한다. 책은 솔직한 물건이다. "좋은 책은 반드시 팔린다"는 말은 수학 명제만큼이나 확실한 정의다. 그러니 내가 좋은 책을 알아볼 수 있는 안목이 있다면 헌책방에서 그 책을 팔면 된다. 그건 내가 자신 있게 할 수 있는 일이다. 물론 누군가에게 좋은 책이 다른 이에게는 별것 아닐 수도 있다. 반대의 경우도 얼마든지 있고. 내가 가진 강점이라면 어떤 책이 누군가에게 잘 맞는지 알아내는 게 아니라 책 그 자체에 들어간 작가의 진정성과 노력을 감지할 수 있는 감수성이다. 그러니까 우리 헌책방에 오면 누구든지 괜찮은 책 한두 권 정도는 발견할 수 있다. 그러나 손님이 이곳에 문을 열고 들어오지 않으면 책을 보여줄 수 없고 당연히 구입으로 연결되지도 않는다. 그래서 처음부터 내 고민은 어떻게 이곳에 사람들을 오게 할 수 있을지, 한 번 왔던 사람을 또 오게 할 수 있을지, 와보지 않은 사람이라면 여기에 오고 싶은 마음이 들 수 있도록 만드는 방법을 찾는 데 집중했다. 다음은 이런 고민의 결과물 중 효과가 좋았던 것들을 간추려 설명하겠다. 이 말인즉, 실패한 기획도 엄청나게 많다는 뜻이다. 그것에 관해서는 언젠가 또 자세히 말할 기회가 있기를 바란다.

간판 없는 가게

우리 헌책방은 처음에는 간판이 없었다. 왜 간판을 달지 못했느냐, 묻는다면 대답은 한 가지뿐이다. 간판을 사서 걸어놓을 돈이 없었기 때문이다. 그리고 솔직히 간판이라는 게 너무 비싸서 하고 싶지 않았던 이유도 있다. 그 정도 돈이면 간판을 하는 것보다 더 의미 깊은 일에 쓸 수도 있겠다 싶었다. 그러면 손님들이 어떻게 알고 찾아오라는 것인가? 내가 노린 것도 바로 그 지점이다. 흔히 사람들은 가게라고 하면 당연히 간판이 있을 거라고 생각한다. 그런데 간판이 없다. 사람들은 간판 없는 가게를 이상한 가게라고 하면서 외면할까? 내게 절대 그렇지 않을 거라는 확신이 있었다. 오히려 그 반대로, 간판이 없기 때문에 더 이곳을 찾아와 보고 싶은 궁금증이 일 것이라고 믿었다. 그래서 간판을 걸어두는 데 별로 신경을 쓰지 않았다. 없어도 된다고 생각했고 실제로 지하에 헌책방이 있던 8년 동안은 간판 없이 영업했다.

간판 없이 영업하는 헌책방이라는 게 홍보에도 적잖이 도움이 된 것도 사실이다. 신문, 잡지, 텔레비전에서도 이 점을 신기하게 여겼는지 기사를 쓸 때 매번 '간판이 없다'는 얘기를 첫 시작으로 이야기를 풀어냈다. 이렇게 해서 알려진 덕분에 손님들이 꽤 늘었다. 확실히 간판이 있어서 그걸 보고 들어오는 손님보다 간판이 없기 때문에 이야깃거리가 되어 여길 찾아오는 분들이 더 많다. 간판 비용을 아꼈고 홍보효과도 있었으니 결국 일석이조가 된 셈이다.

그리고 내겐 또 하나의 숨겨진 전략이 있었다. 간판 없이 영업하는 헌책방에 찾아온 손님을 일종의 우리 가게 홍보대사로 만드는 것이다. 요즈음은 대부분 사람들이 블로그나 SNS 계정을 갖고 있다. 2000년대 중반까지와는 또 다른 양상이다. 그때도 많은 사람들이 인터넷 미니홈피 같은 걸 하고 있었지만 그곳을 열심히 꾸미는 이들은 일부에 지나지 않았다. 그러나 헌책방을 처음 시작하던 그즈음은 '파워블로거'의 활동이 두드러지기 시작하던 때였다. 페이스북과 트위터는 초창기 서비스 수준이었으나 빠르고 편하게 글과 사진을 자기 계정에 업로드할 수 있고 이것이 공유되는 기능 역시 쉽고 빨랐다. 오랫동안 컴퓨터 회사에서 일했던 나는 이 점에 착안하여 헌책방을 찾은 사람들이 이곳의 사진을 찍어서 자신의 계정에 업로드하도록 독려했다.

물론 이 계획은 효과를 보기까지 시간이 오래 걸렸다. 헌책방에 손님이 그리 많지 않았기 때문이다. 하지만 그렇기 때문에 더욱 열심히 이 계획을 실천했다. 방법은 어렵지 않다. 헌책방을 찾아온 손님에게 항상 칭찬을 해주는 것이다. 그것도 아주 과하게. "간판도 없는 곳인데 어떻게 알고 찾아오셨어요? 정말 대단하시네요!" 혹은, "이 동네 분들도 여기 잘 못 찾아요. 그런데 손님은 굉장히 길눈이 밝으신가 봐요." 이렇게 하면서 여기를 찾아온 손님 한 사람 한 사람에게 특별하다는 느낌이 들도록 칭찬을 아끼지 않았다. 그랬더니 그중 적잖은 사람들이 자기 블로그나 개인 SNS 계정에 이상한나라의헌책방을 소개했다. 바로 이런 식으로. "드디어 찾았다, 간판 없는 헌책방!", "과연 여기를 찾을 수 있는 사람들이 몇이나 될까?", "나만의 아지트. 다른 사람에게는 절대 알려주지 않을 거야."

이렇게 쓴 포스팅이 여기저기 공유되면서 간판 없는 헌책방 찾기를 미션처럼 여기고 방문하는 손님들도 꽤 늘었다. 물론 나는 그렇게 찾아온 손님들에게도 매번 똑같이 칭찬을 아끼지 않았다. 입소문과 인터넷 공유기능에 힘입어 이곳은 이제 더 이상 간판이 필요 없을 정도까지 널리 알려지게 되었다. 몇 년이 지나고 나서는 매체의 기자들도 이런 헌책방을 취재하기 위해 연락을 해왔다.

지금은 헌책방 입구에 간판이 걸려 있다. 2015년에 지하 시절을 마감하고 거기서 조금 떨어진 건물 2층으로 이사했을 때 헌책방 단골손님 중 몇몇이 돈을 모아 주었기 때문에 간판을 만들게 되었다. 자그마치 8년 만에 간판을 걸었다. 간판은 예전에 내가 출판사 다닐 적에 알게 된 나와 동갑내기 회사 동기이자 한 동네 친구인 이종훈 씨가 해주었다. 꼼꼼한 성격에 이것저것 수집하는 것을 좋아하고 눈이 부리부리해서 '부엉이'라는 별명을 갖고 있는 종훈 씨는 길에서 주운 돌멩이를 조합해서 글자를 만드는 일에 취미를 붙였는데 그렇게 해서 탄생한 글자 폰트가 상당히 정교하면서도 아름답다. 그는 스스로 이 글자에 '돌로그래피'라는 이름을 지어주었다. 돌로그래피로 만든 간판 이미지는 그대로 이상한나라의헌책방 SNS 계정 대표 프로필 이미지로도 사용하고 있다.

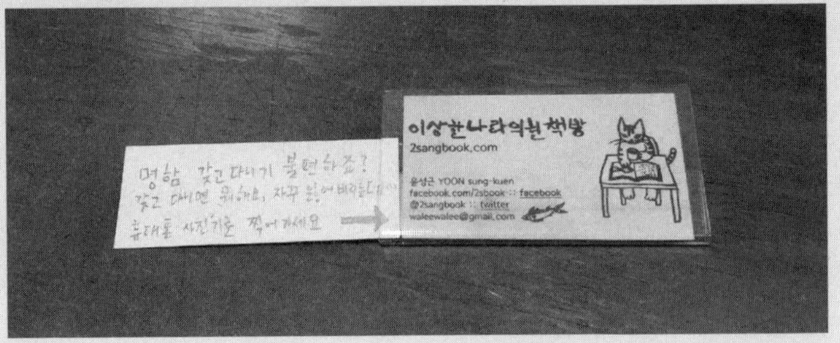

위: 명함은 특별한 경우가 아니면
실물을 주지 않고 휴대폰 카메라로
찍어 가도록 하고 있다.

오른쪽: 헌책방 입구에 있는
날아다니는 책과 에드워드 호퍼의
그림. 그 아래에는 사르트르 「구토」에
나오는 한 문장을 손글씨로 썼다.

'돌로그래피'로 만든 새로운 간판
앞에서. 디자이너이자 오랜 친구인
'부엉이' 이종훈 씨와 함께.

명함은 드리지 않습니다

헌책방을 시작하고 몇 년 동안은 지갑 속에 명함을 두둑이 갖고 다니면서 만나는 사람마다 인사하며 나눠주곤 했다. 명함이 예쁘면 소장가치고 있을 거라 생각해서 때때로 디자인도 바꿔가면서 여러 버전으로 만들었다. 심지어 직접 제작한 수제종이에 하나하나 스탬프를 찍어서 만든 것도 있다.

그런데 가만히 생각해보니 명함을 주면 대개 그것을 간직하다가 결국 버리게 된다. 스마트폰이 널리 보급되면서 종이명함을 주고받는 게 더 이상 무슨 의미가 있는지 회의가 들기 시작했다. 나만 하더라도 명함을 받으면 그 내용을 정리해 스마트폰 주소록에 저장하고 나서는 명함의 존재를 잊어버린다. 한때 명함을 철하는 스크랩북 가득히 그것을 모아둔 적도 있었지만 휴대폰 사진기로 명함을 찍고 주소록을 만들면서 조금씩 버리기 시작해서 어느 순간 그 스크랩북 전체를 다 정리해버렸다.

그렇다! 명함을 왜 나눠주어야 할까? 왜 스스로에게 그런 질문을 해보지 않았을까? 새로운 아이디어는 고민이 아니라 질문을 통해서 얻게 된다. 명함을 받으면 그걸 어떻게 하지? 그저 지갑 속에 갖고 다니다가 버리거나 스크랩한다. 그리곤 어떻게 되지? 영원히 스크랩북 안에서 잠자거나 결국은 버려지게 된다. 그것만큼 야속한 운명이 또 어디 있단 말인가? 내 이름과 가게 이름이 적혀 있는 작은 종이일 뿐이지만 그걸 보면 우리 헌책방에 찾아올 수 있고 찾아오면 책을 구입할 수도 있다. 그러면 이 명함을 공유시킬 수 있는 방법이 없을까? 내게 명함을 받지 않은 사람에게도 이 명함이 전달되도록 할 수 없을까?

아이디어를 실현하는 방법은 최대한 간단해야 한다. 복잡하면 처음부터 실행하기 싫어지기 때문이다. 나는 사람들을 만날 때 종이명함을 주는 대신 스마트폰 카메라로 명함을 찍어 가라고 했다. 처음엔 좀 의아해하는 사람도 있었다. 예의가 없다고 한 소리 듣기도 했다. 하지만 그로부터 몇 년이 지난 지금, 누구도 명함을 주지 않는 내게 버릇없다는 얘기를 하지 않는다. 오히려 신선한 아이디어라고 칭찬을 받는다.

헌책방에 방문한 손님에게도 되도록 종이명함 대신 명함 사진을 찍어 가도록 권한다. 종이명함은 내가 앉아 있는 자리 앞에 한 장 놓아두었을 뿐이다. 명함 옆에는 이것을 사진 찍어 가라는 안내 글을 적어두었다. 명함을 사진 찍어 가면 매번 명함을 인쇄해야 할 필요가 없어지고 지갑 속에 그것을 여러 장 넣고 다닐 이유도 없다. 더 좋은 점은 한 사람의 휴대폰에 이미지로 저장된 명함은 또 다른 사람에게 쉽게 넘겨줄 수 있고 넘겨준다고 하더라도 이미 있는 명함 이미지는 삭제되지 않는다는 것이다. 동일한 명함을 넘겨받은 사람은 한 명이 될 수도 있고 수십 명이 될 수도 있는 타인에게 명함을 공유할 여지가 생긴다. 이렇게 몇 사람만 거치면 내가 일일이 사람을 만나서 종이명함을 주는 것과는 비교할 수 없을 정도로 많은 사람들이 나와 우리 헌책방에 대해서 알게 된다.

여기서 한 가지 문제가 있다. 만약에 명함에 기재된 정보가 달라지는 경우 어떻게 할까? 이미 수많은 사람들에게 퍼져나간 명함 이미지를 일일이 찾아다니면서 바꿔줄 수는 없지 않나? 이것에 대한 해결책으로 명함에 표기하는 정보를 최대한 간단히, 변하지 않을 것들로만 채웠다. 홈페이지와 SNS주소, 이메일계정 정도만 표기했고 헌책방 주소나 내 휴대전화번호는 없다. 어차피 관심이 있는 사람이라면 스마트폰으로 한두 번 검색해서 얼마든지 헌책방 주소를 알아낼 수 있기 때문에 굳이 그걸 명함에 넣을 필요는 없다고 판단했다. 휴대전화번호 역시 마찬가지로, 요즘엔 대부분의 연락을 메신저나 이메일을 통해 실시간으로 받을 수 있기 때문에 굳이 명함에 휴대전화번호를 쓰지 않았다. 물론 하는 일의 특성상 휴대전화번호를 명함에 꼭 써두어야 하는 경우도 있겠지만 내가 하는 일은 그럴 필요가 없다.

헌책방 아저씨는 에디슨!

헌책방에 찾아오는 손님은 내게 아주 소중하다. 그가 여기서 무언가를 구입해 가기 때문이기도 하지만 앞서 말했다시피 이들 중 누군가는 이곳을 여러 사람에게 잘 알려줄 홍보대사가 될 수도 있기 때문이다. 그렇기 때문에 나는 한 손님이 여기 와서 책을 구입하는 것도 좋지만 사진을 찍어 가는 것도 환영한다.

이런 경우, 손님 입장에서도 이곳이 사진을 찍고 싶은 장소가 되어야 함은 물론이다. 특별히 재미있는 것도 없고 예쁘거나 흥미로운 구석이 없는데 어느 누가 사진을 찍고 싶어 할까? 주인이 먼저 다가가서 사진을 찍어 가시라고 요구할 수도 없는 법이다. 사진이 찍히고 싶으면 자연스럽게 손님 주머니에서 휴대폰이나 디지털 카메라가 나올 수 있게끔 내부를 꾸며놓는 것 또한 중요하다.

우리 헌책방은 그런 나름의 전략을 가지고 책장과 그 안의 책들, 그리고 소품 배치에도 신경 쓰고 있다. 특히 요즘은 인스타그램에 사진을 올리는 사람들이 많기 때문에 어떻게 하면 정사각형 구도로 보았을 때 멋진 배치가 될지 고민한다. 우리 헌책방에 와본 사람들 중에는 내가 이렇게 신경 쓰고 있다는 것을 알아차리는 분들도 더러 있다. 예를 들어, 헌책방 입구 유리문을 열고 들어오면 마치 다락방으로 올라가는 듯 오래된 느낌의 나무계단이 나오는데 그 옆에 오래된 책들을 함께 배치해서 정방형 구도로 사진을 찍으면 멋있다. 나무계단을 다 올라와서 보면 바로 페달을 밟아 연주하는 피아노인 '풍금'과 그 위에 있는 앨리스 책들 역시 정방형구도 배치다. 여기서 뒤를 돌아보면 뜻하지 않게 책들이 날아다니고 있는 것 같은 모습을 발견한다. 날아다니는 책들 건너에는 내가 좋아하는 에드워드 호퍼의 그림이 한 점 걸려 있다. 그 아래엔 내가 손글씨로 벽에 쓴 사르트르의 『구토』 중 한 문장이 있다. "오후 3시, 이 3시라는 시간은 무엇을 하려고 마음먹어도 늘 너무 늦거나 너무 이른 시간이다. 오후의 어정쩡한 시간" 이 문장은 우리 헌책방이 왜 하필이면 오후 3시라는 어정쩡한 시간에 문을 여는지 말해주는 단서다. 이것을 뒤쪽 벽에 배

헌책방 입구에 설치한
풍금과 오래된 앨리스 책들.

왼쪽: 거꾸로 가는 시계. 손님들이 '앨리스 시계'라는 별명을 지어주었다.
오른쪽: 도르래를 이용한 자동문. 특히 어린아이들에게 인기가 많다.

치한 이유는 손님들이 헌책방 문을 열고 나가면서 날아다니는 책과 에드워드 호퍼의 그림, 그리고 사르트르의 문장을 발견해 주길 바랐기 때문이다. 이 독특한 풍경을 보고 많은 사람들이 카메라 셔터를 눌렀다. 이곳에서 문을 열고 들어오면 비로소 헌책방인데 입구 벽에 걸려 있는 '거꾸로 가는 시계'가 우선 시선을 사로잡는다. 일반적인 시계와는 달리 숫자가 거울에 비친 듯 반대편으로 박혀 있고 시침, 분침, 초침 역시 반대로 돈다. 신기한 시계를 보고 사진을 찍어보면 역시 자연스럽게 정방형 배치임을 알 수 있다.

이런 재미있는 것들 중에서 특히 인기가 많은 것은 단연 헌책방 입구 나무문 앞에 달려 있는 도르래장치다. 처음에 사람들은 이게 무슨 용도인지 거의 알지 못한다. 문을 열고 들어오면서는 잘 보이지 않기 때문이다. 짐을 챙겨서 나가려고 문손잡이를 잡고 당기면 비로소 재미있는 모습과 마주친다. 문 밖에 끈으로 묶여 있는 책이 문을 여는 것과 동시에 위쪽으로 쭉 따라 올라간다. 마술 같기도 한 이 장면에 놀라는 분들도 있다. 하지만 '이게 뭘까?' 하는 호기심을 가지고 나무문을 잘 살펴보면 윗부분에 도르래 장치가 있어서 이것이 책과 연결되어 있는 걸 알게 된다. 그리고는 '아하!' 하면서 다시 문을 열고 닫기를 반복한다. 이 장치는 문이 열렸을 때 끈에 묶인 책이 위로 올라갔다가 손잡이를 놓으면 책의 무게에 의해 문을 자동으로 닫게 만드는 장치인 것이다. 나름 자동문 시스템이면서도 첨단기술이 아니라 오히려 헌책방과 잘 어울린다. 손님 중에 이 문을 특히 좋아하는 것은 어린이들이다. 가끔은 "헌책방 아저씨는 에디슨 같아요!"라는 칭찬을 듣기도 한다.

필요한 것 있으면 가져가세요

헌책방 출입구 쪽에는 플라스틱 상자 한 개가 놓여 있다. 거기엔 다음과 같은 글씨가 적혀 있다. "필요한 것 있으면 가져가세요." 이게 무슨 말인가 하면, 상자 안에 있는 물건을 무료로 가져가도 된다는 뜻이다. 손님들은 때로 의아하게 여기고 되묻는다. "이거 정말 그냥 가져가도 돼요?" 정말 그냥 가져가도 된다. 대신 언젠가 이 헌책방에 다시 방문해서 상자 안에 다른 사람에게 주고 싶은 무언가를 놓고 가겠다는 약속을 받는다.

이 무료 나눔 상자는 사실 지하 헌책방 시절부터 해오던 것이다. 처음에 반응은 썩 좋지 못했다. 왜냐하면 그때는 상자에서 한 개를 가져가는 대신 즉시 다른 것을 놓고 가야 하는, 말하자면 물물교환식으로 운영했기 때문이다. 물건을 가져가기만 하고 여기에 다시 채워 넣는 사람이 없다면 얼마 가지 못하고 이 상자는 텅텅 비게 될 것이라고 생각했다. 고민 끝에 물물교환 상자를 만들었다. 그랬더니 결과는 더 비참했다. 쓸 만한 연필 한 자루를 가져가고 점착 메모지 한 장을 놓고 가거나 신품 텀블러를 가져가고 거의 다 써서 때가 꼬질꼬질 묻어 있는 지우개 한 조각을 놓고 가는 사람이 많았다. 심지어는 상습적으로(?) 상자에 있는 물건을 매번 가져가고 대신에 이쑤시개를 한 개씩 놓고 가는 경우도 있었다.

역시 사람의 본성이란 이렇듯 욕심으로 가득 차 있는 것일까? 사실상 무료 나눔 상자에 들어 있는 물건들이 크게 값어치가 있거나 희소가치 있는 것들이 아님에도 불구하고 그곳에 있는 물건들은 얼마 지나지 않아 허드레 잡동사니로 가득 차게 됐다. 각자 가지고 있는 쓸모 있는 물건들의 순환이라는 좋은 의도를 가지고 시작한 무료 나눔 상자는 결국 몇 개월 만에 치워 버렸다.

2층으로 헌책방을 이사하고 나서 이것을 좀 더 과감한 방식으로 바꾸어 다시 시작했다. 기존의 물물 교환 방식을 버리고 물건을 그냥 가져가게 한 것이다. 다만 다음에 꼭 다시 헌책방에 들러서 뭔가를 상자에 넣어야 한다는 안내 문구를 작은 글씨로 함께 적었다. 이게 과연 괜찮은 생각일까? 그 자리에서 물건을 바꿔 가도록 했던 때에도 실패했던 기획이다. 그런데 물건을 가져간 사람이 언제 다시 와서 약속을 지킬 줄 알고 그냥 가져가도록 한단 말인가?

하지만 해보지 않으면 그게 정말 실패인지 끝내 알 수 없을 것 같아서 무작정 해보는 걸로 결정했다. 우선은 내가 온라인 서점 같은 곳에서 책을 사고 받아두었던 이런저런 사은품들로 상자를 채웠다. 필요한 것 있으면 그냥 가져가라는 안내 문구를 본 손님들은 예상했던 대로 하나같이 의아해했다. 정말 가져가도 되냐고 내게 물을 때마다, 지금은 그냥 가져가시고 언제든지 나중에 꼭 다시 오셔서 한 개 이상 다른 물건을 놓고 가시라고 대답했다. 결과는 전혀 예상하지 못한 쪽으로 흘렀다. 기대했던 것 이상으로 많은 손님들이 정말로 다중에 다시 와서 나눔 상자에 물건을 채워 넣었다. 화장품 구입하고 샘플로 받은 것, 쓰지 않고 보관만 해온 노트와 수첩, 대량으로 사뒀다가 애물단지가 된 점착 메모지, 사은품으로 받은 갖가지 머그컵이나 수건 같은 것들이 자꾸만 들어왔다.

전혀 예상하지 못한 일이었다. 헌책방을 이사한 지 3년이 된 지금까지 나눔 상자 안이 비어 있던 때가 없었다. 손님들은 무언가를 가져간 뒤에 언제라도 다시 와서 또 다른 물건을 놓고 간 것이다. 강제적인 것은 아니기 때문에 여기 다시 오지 않아도 되고 재방문하더라도 물건을 채워놓고 가야 할 의무는 없다. 하지만 많은 사람들이 나눔 상자에 물건을 채웠다. 어떤 분은 한꺼번에 많은 양을 갖고 와서 물건을 따로 관리해야 할 정도였다.

문제는 '자율'이 아니었을까? 사람은 본성이 악하기 때문에 갖가지 금지사항을 만들어 통제해야 한다고 흔히들 말한다. 하지만 인간성을 믿고 자유를 주었을 때 처음엔 혼란스럽다가도 시간이 지남에 따라 정화 기능도 발휘한다. 나눔 상자가 초기에 실패했던 이유도 가만히 생각해보면 손님들을 내가 전적으로 믿지 못했기 때문이다. 믿음이 없었기 때문에 손님들에게 눈치를 줬고 이런저런 규칙들을 만들었다. 오히려 그게 사람들을 더욱 불편하게 했고 나눔 상자 안에 쓸모없는 것들만 가득 차게 했던 결과를 만든 것이다. 손님들에게 완전한 자유를 주었을 때 상자 안의 물건은 늘 넘쳐났다. 어떤 사람이 상자 안에서 무얼 가져가

미확인 비행책장. 몇 년 전부터
균일가격 1000원을 계속
유지하고 있다.

이것저것 무료 나눔 상자

크리스마스 장난감 파티

는지, 또 무얼 놓고 가는지 감시하는 눈빛으로 보지 않아도 되니까 나도 편해졌다. 이를 통해 내가 배운 것은 바로 이것이다. 자율의 힘은 통제할 때의 그것보다 더 단단하고 믿음직하다.

크리스마스 장난감파티

우리 헌책방에 와본 사람이면 이곳이 단지 책만 즐기는 공간이 아니라는 걸 안다. 더 많은 손님을 자주 오게 해야 수익도 발생하기 때문에 여러 가지 아이디어를 만들어내고 있다. 딱히 책을 사지 않더라도 자주 와서 보고 가다 보면 애정이 생기는 법이니까. 자주 보지 않으면 마음도 멀어진다는 얘기가 있듯이, 어쨌든 자꾸만 와보고 싶게 만드는 게 나의 목적 중 한 가지다.

책을 좋아하는 사람들은 당연히 책을 보러 자주 헌책방에 들른다. 하지만 이것도 한계가 있다. 웬만큼 책에 빠져 사는 사람이 아니라면 날마다 헌책방에 발걸음하기란 쉽지 않다. 나조차도 매일 서점에 들르거나 인터넷으로 책을 구입하지는 않으니까 말이다. 그래서 고안해낸 것이 장난감이다. 겪어보니 책을 좋아하는 사람들은 장난감도 좋아하는 것 같다. 그 이유는 딱히 모르겠지만 내 경우는 장난감을 보고 무언가를 상상할 수 있어서 좋아했다. 책상 위에 있는 작은 장난감을 보면서 예전에 읽었던 책 내용을 떠올리기도 하고 그것들을 등장시켜 나만의 이야기를 지어내면서 즐겁게 놀았던 어린 시절 기억이 난다.

그래서 어렸을 때부터 모은 장난감들을 꽤 가지고 있는데 뭔가를 잘 버리지 않았던 성격 탓에 작은 장난감들 모은 것이 사과 상자 크기로 십여 개나 될 정도였다. 집에는 도무지 전시해둘 곳이 없어서 헌책방을 시작하고 난 뒤 가게 한쪽에 전시장을 만들어 놨다. 반응이 꽤 괜찮았다.

그런데 손님들이 이 장난감도 판매용인 줄로 오해하는 일이 자주 있었다. 헌책방이기 때문에 책만 판매한다고 몇 번 알려드렸지만 또 다른 손님이 와서 역시 장난감을 가리키며 파는 것이냐고 물었다. 이런 일을 자주 겪다 보니 조금 지치기도 했다. 하지만 생각을 좀 달리해보면 어떨까? 손님들이 장난감을 사고 싶다면, 팔면 되는 것 아닌가? 이렇게 많은 분들이 장난감 장식장을 보면서 판매용이냐고 묻는다면 헌책방에서 장난감을 판매하는 게 이상한 일도 아닌 것이다.

하지만 내 나름대로 기준을 정해놓고 판매하고 싶었다. 그냥 팔아서는 안 된다. 어떻게 하면 헌책방에 오는 손님들에게 기대감을 줄 수 있을까? 한 가지 아이디어가 떠올랐다. 예전처럼 헌책방 곳곳에 장난감을 전시해둔다. 그러나 언제라도 그것을 구입할 수는 없다. 한 해 동안 손님들에게 가장 많은 관심을 받은 장난감들을 선별해서 추석 연휴 직전, 그리고 크리스마스 연휴 직전 토요일에 장난감 파티를 연다.

이 행사는 매년 이어오고 있다. 일 년에 두 번씩 해오던 장난감 판매를 이사하고부터는 크리스마스 때만 하는 걸로 줄였을 뿐 이벤트 내용은 똑같다. 이날만큼은 헌책방에 장난감을 가득 늘어놓고 판매한다. 이미 내가 갖고 있던 장난감도 있지만 일본에 출장을 갔을 때 벼룩시장에서 구입한 이런저런 소품들도 이날 함께 판매한다.

크리스마스 장난감 파티를 기대하는 사람들이 점점 늘었다. 이벤트는 하루뿐이지만 평소에 헌책방에 진열해둔 장난감과 소품들을 구입할 수 있다는 것이 재미있는지 크리스마스까지 한참 남았는데도 헌책방에 와서 장난감을 미리 찜해두는 분들도 있다. 나의 헌책방 운영전략 중 하나는 손님에게 기대감을 심어주는 것인데 이와 더불어 더욱 중요한 것이 있다. 바로 기대를 저버리면 안 되는 것. 기대가 크면 실망도 크다는 말이 있듯이 잔뜩 기대하게 만들어놓고 실망을 안겨주면 오히려 역효과다. 장난감 파티는 한 해 동안의 기대감, 그리고 그것을 현실화시키는 작지만 확실한 이벤트가 되었다.

미확인 비행책장

헌책방은 책을 사고파는 곳이라 책이 많으면 많을수록 좋다. 하지만 아이러니하게도 책이 너무 많으면 이 역시 문제다. 책이 너무 없는 것보다는 나을 수 있겠지만 헌책방의 특성상 갖고 있는 책이 팔리지 않으면 어디로든 반품을 할 수 없다는 치명적인 약점이 있다.

그러면 어쩌겠는가? 내가 척척박사에 앞날을 내다보는 삼천갑자 동방삭이 아니고서야 어떤 책이 팔리고 또 어떤 책은 오랫동안 안 팔리고 남게 될지 미리 알 수는 없다. 하지만 안 팔리고 있는 책이라고 하더라도 매몰차게 내다 버릴 수도 없다. 왜냐하면 책이란 사람과 인연으로 연결된 물건이라 믿기 때문이다. 그 인연이 빨리 찾아올 수도, 혹은 늦게 찾아 올 수도 있으며 때에 따라선 영원히 만나지 못하는 운명일 수도 있다. 그런 소중한 책인데 헌책방 주인이라고는 하지만 어찌 내키는 대로 처분할 수가 있겠는가? 그러나 쌓여가는 책들을 바라보고 있으면 한숨이 절로 나온다.

지하책방 시절에는 오랫동안 팔리지 않고 있는 책들을 균일가로 판매하는 책장을 만들어 운영했다. 처음엔 책 가격을 500원으로 했다가 너무 저렴한 것 같아서 1000원으로 인상했다. 일본 헌책방이 흔히 가게 앞에 균일가로 100엔짜리 책을 상자에 담아서 팔고 있는 걸 보고 흉내 내본 것이다. 그런데 이게 생각만큼 잘 팔리지 않았다. 어떤 책이든지 똑같이 저렴한 가격에 판매하기 때문에 손님들이 좋아할 줄 알았는데 원인이 무엇인지 균일가 책장은 점점 외면받고 있었다. 책장의 책들을 치워버리고 한쪽에 쌓아두게 됐다. 말 그대로 애물단지가 된 셈이다.

헌책방 이사 후 제일 먼저 고민했던 것도 바로 이 책들을 어떻게 할 것인가 하는 문제였다. 일부 우리 헌책방에서 다루지 않는 분야의 책들은 이사하면서 다른 책방에 기증도 했지만 여전히 꽤 많은 양이 남았다. 내가 일일이 책을 살펴보고 가격을 다시 매긴다는 것도 보통 일은 아닐 것 같았다. 노력도 노력이지만 시간이 너무 오래 걸려서 이것만 하다가 또 몇 달은 금세 흘러갈지도 모르겠다는 생각이 들었다.

그때 고민 속에서 탄생한 아이디어가 '미확인 비행책장'이다. 사실 이것은 지하 헌책방 시절에 하던 방법을 그대로 유지하되 이름만 바꾼 것에 지나지 않는다. 그냥 균일가 책장을 다시 부활시킨 것이다. 하지만 이번에는 그 이름을 '균일가 책장'이라고 하지 않고 뭔가 재미있는 뒷이야기가 숨어 있을 것처럼 '미확인 비행책장'이라 지은 것이다. 예상대로 손님들은 미확인 비행책장이 무엇인지 물었다. 이 책장은 제목 그대로 헌책방 주인장이 아직 확인하지 않은 책들을 임시로 저렴한 가격을 책정해서 판매하고 있는 거라고 대답했다. 그러면서 단서를 하나 더 붙였다. 책들을 확인하다가 가격이 비싼 책이라고 판단되는 경우 여기서 빼내 다른 책장에 들어가는 것이다. 그러니까 이 책장에선 간혹 비싼 책을 저렴하게 구입할 수도 있다는 얘기다. 눈을 크게 뜨고 찾아보라고 말했더니 정말로 손님의 눈에선 초롱초롱 빛이 나는 게 아닌가!

말하자면 이 책장은 그저 싸구려 책을 넣어둔 게 아니라 진흙 속의 보석을 찾는 흥미진진한 경험을 선사하는 것이다. 손님 중에는 매번 이 책장에서만 책을 구입해 가는 분이 있을 정도다. 저렴한 가격이지만 많이 구입하면 내게도 이익이 된다. 물론 책을 저렴하게 구입하는 즐거움은 손님의 몫이다.

그리고 또 한 가지 미확인 비행책장 인기의 숨겨진 비밀은 바로 이것이다. 거기에 정말로 저렴한 책들만 있는 게 아니다. 일부러 몇 권 정도는 정말로 값어치가 있는 책에 1000원이라는 가격을 매겨서 끼워놓는다. 물론 이런 사실을 알고 있는 손님은 거의 없다. 어쩌면 이제 조금은 눈치 챈 분들도 있으리라. 마치 실내 낚시터 주인이 일부터 물속에 대어를 몇 마리 풀어놓듯 누가 봐도 감탄할 만한 책을 저렴한 가격에 몇 권 내놓으면 귀신같이 그런 책을 찾아가는 프로급의 책쟁이들이 나타나서 가져간다. 하지만 타이밍이 중요하다. 내가 일주일 중 어느 시점에 그런 책을 책장에 꽂아놓는지는 나만 알고 있는 비밀이기 때문이다.

이렇듯 똑같은 균일가 책장이라고 하더라도 약간의 아이디어를 보태면 상황은 완전히 역전된다. 나의 핵심 전략은 손님에게 궁금증을 불러일으키는 것이다. 그래서 물어보면 대답해주면서 손님과 대화하고 자연스레 궁금한 부분에 준비해둔 멋진 스토리를 덧입힌다. 스토리텔링이다. 그렇게 전해들은 스토리가 흥미로우면 손님은 사진을 찍고 블로그나 SNS에 올려 우리 헌책방을 홍보하는 역할을 하게 된다. 만약 자신이 이 책장에서 값비싼 책을 뜻밖에 저렴하게 구입했다면 더욱 즐거운 마음으로 이곳을 다른 사람에게 소개하게 될 것이다. 아, 물론 전혀 반대의 경우도 있다. 이런 곳을 혼자만 알고 싶어서 주변에 일부러 알려주지 않는 사람도 분명히 있다. 하지만 그것 역시 좋다. 이런 분은 대체로 책을 많이 구입하기 때문이다.

헌책방 인증샷

손님 중에는 더러 이런 질문을 하는 분이 있다. "이 헌책방은 왜 인터넷으로 책을 팔지 않나요?" 당연히 이해는 한다. 요즘 세상에 장사를 한다면서 인터넷으로 물건을 팔지 않는 사람이 얼마나 될까? 더구나 책이라고 하면 온라인 서점의 등장 이후로 꾸준히 성장하고 있는 사업이 아니던가? 몇 권 구입하면 이미 가방이 무거워지는 책이야말로 온라인에서 구입하고 싶은 물건 중 열 손가락 안에 들 것이다.

그러나 우리 헌책방은 인터넷으로 책을 팔지 않는데다가 특별한 경우가 아니라면 택배 서비스도 하지 않는다. 책은 반드시 헌책방에 직접 방문해서 구입해야 하고 구입한 책은 부피가 얼마가 됐든 직접 들고 돌아가야 한다. 그 이유는 온라인 서점과 경쟁하고 싶지 않기 때문이다. 규모로 보나 가격으로 보나 우리 헌책방은 온라인 헌책방과 비교하면 경쟁력이 떨어진다. 당연히 그럴 수밖에 없다. 이미 체급차이부터 상대가 안 되기 때문에 공정한 경쟁을 할 수도 없다. 경재상대가 안 된다면 어째야 하나? 나는 단순하게 결론지었다. 경쟁 자체를 안 하면 된다. 내가 온라인으로 책을 등록해 팔게 되면 그 순간부터 내 의지와는 상관없이 거대한 온라인 헌책방과 경쟁하는 걸 피할 수 없다. 그러니까 아예 온라인 판매 자체를 안 하는 것이다.

그렇다면 이런저런 불편함에도 불구하고 헌책방에 방문해서 책을 구입하는 분들에게 어떤 식으로든 서비스를 해줄 수 없을까? 사은품이라거나 가격 할인 등 당장 손에 잡히는 뭔가를 드리기는 어렵다. 하지만 책을 구입하는 재미와 헌책방을 방문했을 때 느낄 수 있는 즐거움을 선물로 드릴 방법은 있다. 그럴 아이디어에서 시작한 것이 '헌책방 인증샷'이다.

내가 만들고 실행한 아이디어가 대부분 그렇듯 '헌책방 인증샷'도 아주 단순하다. 손님이 책을 구입하면 책을 들고 있는 모습을 인증샷으로 남겨 헌책방 SNS 계정에 소개하는 것이다. 그런데 여기서 한 가지 문제가 있다. 내가 생각하기에 이 방법은 재미있을 것 같긴 한데 과연 책을 구입하러 온 손님들도 같은 반응을 보일까? 아닐 것 같다. 왜냐하면 아무리 헌책방 계정이라고는 하지만 팔로워 숫자도 꽤 있는데 자기 모습이 수천 명에게 노출되어도 좋을 사람은 그리 많지 않을 것이기 때문이다.

이 문제를 가지고 꽤 고민했는데 사실 해결책은 너무도 간단한 곳에 있었다. 얼굴이 보이지 않는 구도로 사진을 찍으면 되는 것이다. 구입한 책 표지가 정면으로 보이도록 가슴 부분까지 들고 턱 아래쪽으로만 보이게 인증샷을 찍는다. 사람이 아니라 책이 주인공인 사진이 되는 것이다. 하지만 여기서도 문제는 생긴다. 이 책을 누가 구입했는지 알 방법이 없다. 다시 한 번 문제의 벽 앞에 서자 인증샷 찍기는 포기하고 싶었다. 그런데 역시 가장 쉽고 간단한 생각을 간과하고 있었다는 걸 알게 되자 막혔던 것이 한 번에 뻥 뚫리는 기분이었다. 얼굴이 나오지 않은 인증샷이지만 주인공이 누구인지 확실하게 알 수 있는 사람이 있다. 바로 사진 속에 있는 그 사람, 책을 구입한 본인이다.

그런데 이런 식으로 찍은 헌책방 인증샷이 가게 홍보와 매출에 얼마나 도움이 될까? 결론부터 말하자면 손님들에게 꽤 인기기가 있어서 인증샷을 멋지게 찍으려고 책을 구입하신다는 분도 있었다. 비록 얼굴은 나오지 않지만 그렇기 때문에 사람들은 더

이상의 시대 반항의 음악

GUSTAVE DORE

INDIANS

OXFORD
LATIN
DICTIONARY

다양한 헌책방 인증샷

영미극작가론

욱 창의적인 모습으로 인증샷을 남기려고 한다. 오래된 책을 구입하러 올 때면 빈티지 패션을 차려입고 온다거나 표지에 있는 식물 그림에 맞춰 화사한 꽃무늬 원피스를 입는 건 기본이다. 헌책방에 책을 사러 오기 전에 책의 디자인이나 내용에 어울리는 장신구를 일부러 구입했다는 손님의 얘기를 듣고 함께 웃기도 했다.

이렇게 촬영한 인증샷을 헌책방 SNS 계정에 올리면 팔로워들에게도 반응이 좋다. 얼굴이 나오지 않기 때문에 누구인지 모를 만도 한데 친한 친구들이거나 잘 알려진 인디가수 같은 분들은 구입한 책과 옷 입은 스타일만으로도 그게 누구인지 밝혀지기도 한다. 이제 어떤 손님들은 헌책방 인증샷을 찍는 것에 목적을 두고 이곳에 방문할 정도다. 이렇게 사소한 아이디어 하나가 커다란 파급효과를 내는 때가 많다. 그리고 이런 경험을 통해 내가 확실하게 깨달은 것은 실행하는 쪽도, 손님에게도 어렵거나 귀찮은 구석이 있으면 오히려 효과가 떨어지거나 심하면 반작용이 생기기도 한다는 점이다. 쉽게, 간단하게, 그리고 자연스럽게! 이것이 내가 아이디어를 만들 때 가장 중심에 두는 세 가지다.

헌책방 주변 이것저것 지도

처음 동네 골목 지하에서 헌책방을 시작했을 때 가장 고민했던 것이 이곳을 대체 어떻게 찾아오게 할 것인가 하는 문제였다. 그건 정말로 심각했다. 홍보는 어떻게 해서든 하면 되는데 솔직히 내가 생각해도 이곳 헌책방은 찾아오기 힘든 골목에 위치하고 있었기 때문이다. 여기를 처음 부동산 사장님하고 보러 온 것이 어둑어둑한 저녁이었다. 공교롭게도 건물 주인을 만나 가계약을 한 것 역시 밤 시간이다. 다음 날 오후 시간에 조금은 들뜬 기분으로 조만간 내 가게가 될 곳을 다시 찾아가 봤다. 그런데 이걸 어쩐다? 두 번이나 가봤던 곳인데 다시 가보려고 하니 위치를 찾을 수가 없었다. 밤에 갔던 길과 낮의 골목길 풍경은 완전히 다른 분위기였기 때문에 위치를 도무지 짐작조차 하기 힘들었다. 심지어 나는 그래도 이 동네를 잘 알고 있다 믿고 있었는데도 말이다.

주인장조차 자기 가게 위치를 못 찾고 헤맬 정도니 손님은 오죽할까? 이 문제는 몇 년 동안이나 쉽게 해결되지 않았다. 가게 위치가 애매하게 서울 지하철 6호선 응암역과 역촌역의 중간에 있기 때문에 대중교통을 이용하려면 거기서 내려 걸어와야 하는데 가게까지는 어느 역에서도 10분 이상 걸렸다. 지도를 보면서 찾아오더라도 쉽지 않은 길이다.

이를 해결하기 위한 방법을 단골손님에게 공모하기도 했다. 어떤 분은 헌책방이 있는 건물 옥상에 애드벌룬을 띄워 멀리서도 가게 위치를 알 수 있도록 하면 어떻겠냐고 제안했다. 괜찮은 방법이었다. 동네에 새로운 빌라가 들어서면 입주신청을 알리는 애드벌룬을 띄우는데 그걸 헌책방 알리는 것에 응용하자는 얘기다. 그러나 풍선을 365일 계속 띄워놓을 수 없다는 한계가 있다. 게다가 애드벌룬을 개인 사업자가 광고 목적으로 띄울 때는 법적으로 풀어야 할 문제도 있었고 그걸 해결한다고 하더라도 애드벌룬 자체의 가격이 상당했다. 비싸서 입구에 간판조차 달지 않았는데 애드벌룬이라니. 있을 수 없는 일이다. 그래서 이 방법은 며칠 만에 폐기됐다.

지하철역부터 헌책방까지 땅바닥에 발자국 모양 종이를 붙여서 해당 장소까지 이어지게끔 연결하는 재미있는 아이디어도 있었다. 이를테면 고등학교 축제 때 학교를 처음 방문하는 손님들을 안내하는 재미있는 방법 중에 하나다. 재미있긴 하지만 이 역시 현실적으로 불가능하다는 판단이 들었다. 발바닥 모양 종이는 내구성이 떨어지기 때문에 땅바닥에 아예 페인트로 화살표 그림을 그리자는 의견도 있었다. 제주도 올레길 안내판처럼 중간 중간에 화살표 표시를 만들자는 얘기도 나왔다. 하지만 모두 실현 가능성은 낮았다.

이렇게 몇 년이 흐르고 난 뒤 아주 신선한 아이디어 하나가 떠올랐다. 역에서부터 헌책방까지 오는 길을 손으로 그린 지도에 표시해 사람들에게 나눠주는 것이다. 지난 몇 년 동안 헌책방을 찾아온 손님들 중에 근처에서 헤맸다는 분들 얘기를 들어보니 대부분 이 근방 식당이나 카페, 편의점 등에 들어가서 위치를 물었다는 의견이 많았다. 여기에서 힌트를 얻었다. 나 역시 이 동네에 살면서 근처 식당, 카페를 자주 이용하는 편이다. 게다가 최근엔 잘 살펴보아야만 발견할 수 있는 작은 맛집들이 많이 생겨나고 있다. 이들 역시 비슷한 고민을 가지고 있지는 않을까? 이렇게 탄생한 마을지도가 2014년에 선보인 '이상한나라의헌책방 주변 이것저것 지도'다.

나는 우리 헌책방을 지도의 중심에 두고 아래쪽은 응암역, 위로는 역촌역까지 범위를 설정해 그 주변에 있는 가게들, 특히 내가 자주 가곤 하는 곳들을 표시했다. 그리고 완성된 지도를 여러 장 프린트해서 그곳에 이름이 등장한 가게에 나눠주며 누군가 헌책방 위치를 찾거든 귀찮아 마시고 지도를 드리라고 당부했다. 멋지게 그린 손그림 지도인데다가 본인들이 운영하는 가게 위치도 표시되어 있기 때문에 이런 부탁을 마다하는 곳은 없었다. 오히려 칭찬을 많이 받았고 이 지도를 찾는 사람들이 많아져서 나중엔 지도 발행 부수를 늘려야 했다.

동네지도 만들기 프로젝트는 헌책방에서 했던 여러 가지 실험 중 가장 크게 성공했던 것이라고 평가한다. 손님들이 헌책방을 찾아오는 데 도움을 주었을 뿐만 아니라 근처에 있는 가게들과 느슨하게나마 협력했다는 점이 내겐 의미가 깊다. 지도를 완성하기까지 오래 걸리기는 했지만 이것이 어느 곳에서 비용을 지원받아 한 것이 아니라 내가 스스로 즐기면서 했다는 점이 가장 자랑스럽다.

이로부터 몇 년이 지난 후 헌책방을 이사했을 때, 물론 원래 있던 곳에서 위치가 크게 달라진 것은 아니지만 동네 지도를 다시 그려야겠다는 생각을 했고 원래 지도에 있던 곳들을 일일이 찾아다녔다. 그런데 그 몇 년 사이에 내게 좋아했던 작고 소박한 가게들이 많이 없어진 걸 알았다. 여전히 남아 있는 곳도 있지만 사라진 가게를 지도에서 지울 때 속상한 마음이 컸다.

그렇게 몇 년 동안 속앓이를 하고 나서 최근에 새로운 동네지도를 그렸다. 역촌역 근방 일부가 지난번에 그렸던 지도와 중복될 뿐, 완전히 새로운 동네를 소개하는 멋진 지도를 완성했다. 이런 지도 따위 누가 볼 것인가 하는 자괴감이 들었던 것도 사실이지만, 공개하고 난 뒤 손님들로부터 받은 반응은 아주 뜨거웠다. 여기에 표시된 작은 가게들을 틈나는 대로 돌아다니면서 내가 만든 지도를 몇 장씩 나눠드렸다. SNS에 지도 이야기를 썼더니 다른 동네에 사는 분들도 이걸 직접 보고 싶다며 일부러 헌책방에 찾아오기도 했다. 지도 덕분에 전에는 알지 못했던 다른 가게를 가보게 되었다며 감사 인사도 여러 번 받았다. 어떤 가게 주인은 헌책방에서 만든 지도를 보고 찾아왔다는 손님들이 있어서 고맙다며 나에게 작은 선물을 전해주기도 했다.

진정한 자립이란 무얼까? 가게를 운영하며 살아간다는 것은 어떤 의미일까? 버텨낸다는 것이 갖는 의미를 어떻게 설명할 수 있을까? 여전히 대답은 찾아가는 중이다. 이건 마치 우주의 끝을 찾아 떠나는 여행처럼 막연할 때도 있다. 그러나 한 가지는 알겠다. 자립이란 '살아남아 제 스스로 서는 것'인데 혼자 서면 의미가 없다는 깨달음이다. '석시현문(昔時賢文)', 또는 '고금현문(古今賢文)'이라 불리는 중국 명나라 후기 명언집을 보면 '일화독방불시춘(一花獨放不是春) 백화제방춘만원(百花齊放春滿園)'이라는 말이 나온다. 풀어보면, '꽃 한 송이 핀 것으로 봄이 온 것은 아니다. 온갖 꽃들이 함께 피어야 비로소 봄'이라는 의미다. 자립 역시 그

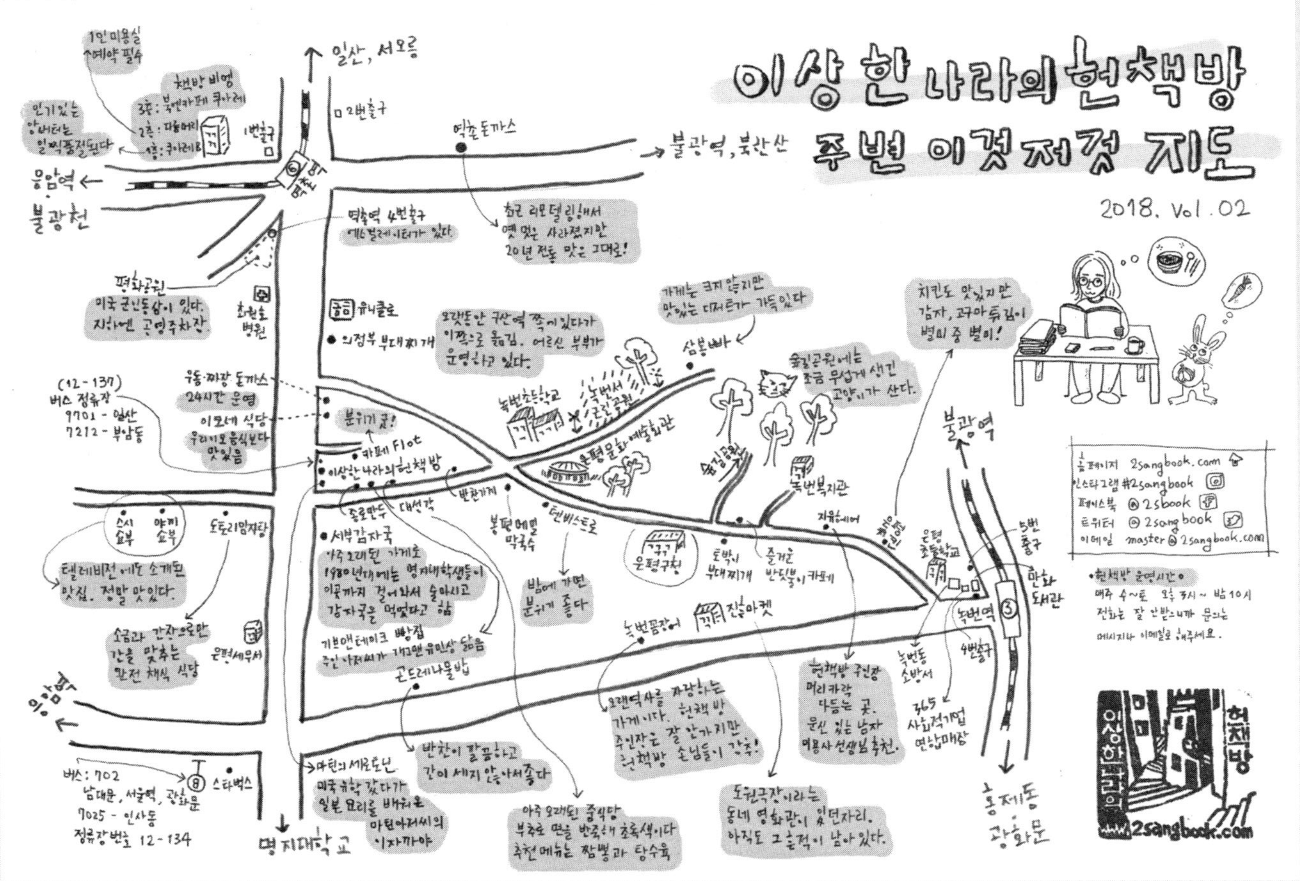

이상한 나라의 헌책방
주변 이것저것 지도
2018. Vol.02
일산, 서오릉
불광역, 북한산
응암역
불광천
응암
명지대학교
불광역
홍제동
광화문
1인 미용실
예약 필수
책방 비엥
3층: 북카페 쿠아레
2층: 미용실
1층: 쿠아레
인기있는 앙버터는 일찍 품절된다
1번출구
2번출구
연신내역
역촌돈까스
최근 리모델링해서 옛 멋은 사라졌지만 20년 전통 맛은 그대로!
연신내역 4번출구
엘리베이터가 있다
평화공원
미국 군인동상이 있다.
지하엔 공영주차장.
연세 병원
유니클로
의정부 부대찌개
오랫동안 구산역 쪽에 있다가 이쪽으로 옮김. 어르신 부부가 운영하고 있다.
가게는 크지 않지만 맛있는 디저트가 가득있다
삼봉빠
치킨도 맛있지만 감자, 고구마튀김이 별미 중 별미!
(12-137)
버스 정류장
9701 - 일산
7212 - 부암동
우동·짜장 돈까스
24시간 운영
이모네 식당
우리 이모 음식보다 맛있음
분위기 굿!
카페 Flot
이상한 나라의 헌책방
녹번초등학교
녹번서 공원
은평문화예술회관
숲길공원
숲길공원에는 조금 무섭게 생긴 고양이가 산다.
녹번복지관
종로만두
대성각
반찬가게
봉평메밀 막국수
텐버스토로
스시 쇼부
야끼 쇼부
도토리맘제당
서부감자국
아주 오래된 가게로 1980년대에는 명지대학생들이 이곳까지 걸어와서 술마시고 감자국을 먹었다고 함
기브앤테이크 빵집
주인 아저씨가 개그맨 유민상 닮음
곤드레나물밥
텔레비전에도 소개된 맛집. 정말 맛있다.
소금과 간장으로만 간을 맞추는 완전 채식 식당
은평세무서
밤에 가면 분위기 좋다
은평구청
토박이 부대찌개
즐거운 반딧불이 카페
자유헤어
녹번품앗이
진달마켓
은평 초등학교
5번 출구
만화 도서관
녹번역
4번출구
녹번동 소방서
365 사회적기업 면상매장
오래된 역사를 자랑하는 가게이다. 헌책방 주인장은 잘 안가지만 헌책방 손님들이 강추!
헌책방 주인장 머리 카락 다듬는 곳. 운신 있는 남자 미용사 선생님 추천.
도원극장이라는 동네 영화관이 있던자리. 아직도 그 흔적이 남아 있다.
아주 오래된 중식당 부추로 면을 반죽해 초록색이다 추천 메뉴는 짬뽕과 탕수육
반찬이 깔끔하고 간이 세지 않아서 좋다
마틴의 세모로닌
미국유학 갔다가 일본 요리를 배워온 마틴아저씨의 이자까야
버스: 702
남대문, 서울역, 광화문
7025 - 인사동
정류장번호 12-134
스타벅스
홈페이지 2sangbook.com
인스타그램 #2sangbook
페이스북 @2sbook
트위터 @2sangbook
이메일 master@2sangbook.com
•헌책방 운영시간•
매주 수~토 오후 3시 ~ 밤 10시
전화는 잘 안받으니까 문의는 메시지나 이메일로 해주세요.
이상한 나라의 헌책방
www.2sangbook.com

와 같다. 자기 혼자만 일어서는 것은 결국 제 혼자 사는 삶이다. 조금 시간이 걸리고 더디게 움직이더라도 여럿이 함께 설 수 있는 자립이 필요하다.

이상한나라의헌책방은 10년 넘게 잘 버텨왔다. 어떤 단체나 기관의 도움도 없이 잘 살아왔다. 앞으로도 그럴 수 있을까? 그건 장담할 수 없다. 하지만 분명히 말할 수 있는 것은 우리 모두의 자립을 위해, 그것도 아주 즐거운 자립을 위해 기도하며 내가 있는 자리에서 늘 겸손한 마음으로 하루하루 노동할 것이라는 다짐이다.